SARAH NOFFKE
MICHAEL T. ANDERLE

# DIE EIGENSINNIGE KRIEGERIN

UNZÄHMBARE LIV BEAUFONT
BUCH 2

Für Kathy.
Dank dass Du mir mein erstes Fantasy-Buch gegeben hast.
Seitdem ist die Welt für mich ein besserer Ort.

# Impressum

Die eigensinnige Kriegerin (dieses Buch) ist ein fiktives Werk.
Alle Charaktere, Organisationen, und Ereignisse, die in diesem Roman geschildert werden, sind entweder das Produkt der Fantasie des Autors oder frei erfunden. Manchmal beides.

Copyright © 2018-2021 NM Sarah Noffke & Michael Anderle
Titelbild Copyright © LMBPN Publishing
Eine Produktion von Michael Anderle

LMBPN Publishing unterstützt das Recht zur freien Rede und den Wert des Copyrights. Der Zweck des Copyrights ist es Autoren und Künstlern zu ermutigen die kreativen Werke zu produzieren, die unsere Kultur bereichern.

Die Verteilung von diesem Buch ohne Erlaubnis ist ein Diebstahl der intellektuellen Rechte des Autors. Wenn Du die Einwilligung suchst, um Material von diesem Buch zu verwenden (außer zu Prüfungszwecken), dann kontaktiere bitte international@lmbpn.com Vielen Dank für Deine Unterstützung der Rechte der Autoren.

LMBPN International ist ein Imprint von
LMBPN Publishing
PMB 196, 2540 South Maryland Pkwy
Las Vegas, NV 89109

Version 1.03 (basierend auf der englischen Version 1.01), April 2021
Deutsche Erstveröffentlichung als e-Book: Dezember 2019
Deutsche Erstveröffentlichung als Paperback: Dezember 2019

Übersetzung des Originals The Rebellious Sister
(Unstoppable Liv Beaufont Book 2) ins Deutsche vom:
4media Verlag GmbH

Verantwortlich für Übersetzungen, Lektorat
und Satz der deutschen Version:
4media Verlag GmbH,
Hangweg 12, 34549 Edertal,
Deutschland

ISBN der Taschenbuch-Version:
978-1-64202-554-5

DE19-0008-00015

# Übersetzungsteam

**Primäres Lektorat & Koordinator**
Jürgen Möders

**Sekundäres Lektorat**
Jens Schulze

**Betaleser-Team**
Astrid Handvest
Jessica Köhler
Stefan Krüll
Sascha Müllers
Volker Tesche
Thorsten Wiegand

# Kapitel 1

Der Klang von Mönchen, die in der Ferne sangen, erinnerte Adler daran, wo er war. Das hätte angesichts der Steinmauern und des allgegenwärtigen muffigen Geruchs in der Halle eigentlich nicht schwer sein sollen, aber er fühlte sich bei jedem Besuch dieses Ortes immer noch desorientiert. *Das waren die Schutzzauber,* erinnerte er sich. Die Schutzvorrichtungen, die Jahrhunderte zuvor auf dem Kloster angebracht worden waren, um das zu schützen, was in ihm verborgen lag.

Neben ihm eilte der alte Mönch, die Schlüssel in seinen Fingern klapperten, als er nach vorne taumelte, eine Laterne in seiner anderen Hand. In der Ferne erzeugte ein tropfendes Geräusch ein angenehmes Trommeln, dass das Singen begleitete.

»Ich erinnere mich nicht, wann ich dich das letzte Mal gesehen habe«, sagte der Mönch namens Niall und starrt angestrengt in die Dunkelheit.

»Das würdest du nicht«, antwortete Adler und achtete darauf, das Bündel unter seinen Gewändern sicher und unsichtbar zu halten. Das Gedächtnis des alten Mönchs war so oft gelöscht worden, dass er der Demenz nahe stand. Doch in den Tiefen des Verstandes des alten Mannes erinnerte er sich zumindest gut genug an Adler, um ihn jedes Mal ins Kloster zu lassen. Niall allein kannte den Weg, den sie durch die Katakomben unter dem alten Kloster nahmen. Wenn er kurz davor war zu sterben, würde sein Wissen an einen anderen Mönch weitergegeben werden, wie es seit Jahrhunderten Tradition war.

Adler hatte es nie gemocht, einem Sterblichen etwas so Wichtiges anzuvertrauen, aber das war der sicherste Weg. Die Informationen waren nicht einmal in *seinem* Kopf sicher, glaubte er. Einige Dinge waren so wichtig, dass die Maßnahmen, die sie zu ihrem Schutz ergriffen hatten, diese Risiken wert waren. Er legte seine Hand auf den Kanister unter seinem Gewand. Gespeicherte Magie war eines dieser Dinge. In den falschen Händen könnte sie unglaubliches Unheil anrichten. Was Adler am meisten fürchtete war, dass die Magie, die er jetzt in der Hand hielt, Türen öffnen würde, die vor langer Zeit geschlossen worden waren. Es war so für alle besser.

Fledermäuse flogen von der gewölbten Decke, als die beiden Männer durch den nächsten Tunnel gingen. Eine größere dunkle Form, die nach den Fledermäusen durchflog, erschreckte Niall. »Was war das?«, fragte er, stoppte und hielt die Laterne hoch.

Adler drängte ihn weiter nach vorne. »Es war nichts. Nur ein Schatten.«

Der alte Mönch sah nicht überzeugt aus als er sich nach vorne bewegte und fast gezwungen werden musste, weiterzugehen.

»Ich bin mir nicht sicher, was du hier unten machst«, sagte Niall. »Hier gibt es nichts als endlose Gänge und Eingänge zum großen Turm.«

»Es geht dich auch nichts an.« Adler wurde unruhig vor Sorge, je länger sie da unten blieben. Das Kloster war gegen die Anwendung von Portalmagie geschützt, was bedeutete, dass er gefangen wäre, wenn etwas passieren sollte. Nicht in der Lage zu sein, hier Magie anzuwenden, war Teil der

Schutzvorkehrungen, obwohl die Ironie dabei dem alten Magier nicht verborgen blieb.

Niall blieb abrupt stehen, ein Schauer lief über seinen vom Alter gebeugten Körper. Er zeigte mit der Laterne nach vorne. »Der Ort, den du suchst, ist gleich da vorne.«

Adler nickte und ging an dem kleingewachsenen Mann vorbei.

»S-s-sir«, stotterte Niall, sein Kiefer klapperte plötzlich, als hätte ihn die Kälte in der Luft bis zum Kern seines Körpers eingefroren.

Adler drehte sich ungeduldig um. »Ja?«

»Was ist es, was du da unten aufbewahrst?« Der Mönch kratzte sich am Kopf und dachte nach. »Ich kann mich einfach nicht erinnern, obwohl ich den Weg kenne. Warum ist das so?«

Adler ließ einen langen Atemzug aus. Er sollte den alten Mönch entlassen; es blieb keine Zeit für Plaudereien. Adler wusste jedoch, wie der Zauber funktionierte. Er wurde durch die Worte besiegelt, die er als nächstes sprechen würde. »Du bist der Führer und führst nur einen der Sieben zu diesem Ort. Es schützt das Heiligste und es kann von niemandem außer dir gefunden werden.«

Nialls Augen glänzten für einen Moment, als ob er plötzlich in Trance gefallen wäre. Dann schüttelte er den Kopf. »Ja, ich erinnere mich jetzt.« Er winkte mit der Hand, die langen, rostigen Schlüssel klapperten mit der Bewegung. »Bitte lass dir Zeit. Ich bin hier, wenn du fertig bist.«

Adler drehte sich um und war sich nicht ganz sicher, wohin er wollte. Der Flur teilte sich vor ihm auf. Er hielt an der Kreuzung an, wo ein blaugrüner runder Stein auf dem Boden seine Aufmerksamkeit erregte. Adler kehrte zu dem Ort zurück, an dem der Mönch stand und blinzelte in die

Dunkelheit. Anhand des Laternenlichts konnte er erkennen, dass Niall mit geschlossenen Augen an einer nahegelegenen Wand lehnte.

Adler wandte seine Aufmerksamkeit wieder dem Stein zu und las die Sprache, die nur wenige kannten und die unter seinen Füßen eingemeißelt war. Die Worte rollten von seiner Zunge wie das Rauschen des Wassers über einen Felsen, weich und melodisch.

*Schaut zum Himmel. Klettere hoch, um den Schatz zu erreichen.*

Adler blickte nach oben und erkannte sofort, dass der große Turm über ihm emporragte und einen Abgrund von Schwarz schuf. An den Wänden, die ihm am nächsten waren, erkannte er kleine Vertiefungen auf den Steinen – den Weg, den man nehmen würde, wenn man es wagte, nach oben zu klettern. Immer im Kreis, bis hin zum verschlossenen Gewölbe auf dem höchsten Gipfel des Klosters.

Wie oft hatte Adler zu diesem Turm aufgeschaut und sich gefühlt, als würde er ihn zum ersten Mal sehen? Er wusste es nicht. Die Schutzzauber verhinderten, dass er sich daran erinnerte und doch wusste er, was in der Turmspitze aufbewahrt wurde, auch wenn er sich nie erinnern konnte, wie er dorthin kam.

Er zog den Kanister aus seinem Gewand heraus, die hellblaue Substanz im Inneren glühte schwach im meist dunklen Flur. Magie verblasste nie, aber wenn sie nicht benutzt wurde, wurde sie ein wenig langweilig – genau wie Menschen und Kreaturen.

Für Adler war das keine Erklärung dafür, warum Olivia Beaufonts Magie so stark war, nachdem sie wieder freigeschaltet worden war. Es gab viel an dem Mädchen, das ihn verwirrte. Er glaubte immer noch, dass sie die richtige Wahl als Kriegerin gewesen war, obwohl er nicht vorausgesehen hatte, dass sie beinahe alles ruinieren würde. Anstatt die Zonks auszuschalten, hatte sie eingegriffen und einen Plan vermasselt, der schon seit langem in Arbeit gewesen war.

Adler betrachtete den Kanister in seinen Händen mit großer Genugtuung und seufzte. Er versuchte sich damit zu trösten, dass die Dinge dennoch gut gelaufen waren. Ohne Olivias Handeln wäre Valentinos doppeltes Spiel vielleicht erst dann aufgedeckt worden, wenn es schon zu spät gewesen wäre. Es war töricht gewesen, einem rebellischen Magier eine solche Mission anzuvertrauen. Es gab nur wenige, denen Adler bei einer solchen Aufgabe vertrauen konnte. Die meisten würden Fragen stellen. Die meisten würden es nicht verstehen. Sie könnten denken, dass Adler die Magie für sich selbst sammeln und horten wollte. Sie würden nicht verstehen, dass er einfach nur verlorene Teile der Magie beseitigte. Sie sicher aufbewahrte. In Zukunft musste er vorsichtiger sein, wem er bei solchen Dingen vertraute. Vielleicht musste er es einfach selbst machen, denn dann wusste er wenigstens, dass die Arbeit mit Sorgfalt erledigt wurde.

Adler hob die Hand und ein kleiner Drache von der Größe eines Falken flog aus dem Schatten, um sich auf seinen Handschuh zu setzen.

Adler betrachtete Indikos mit Zuneigung und fing den Funken in seinen grünen Augen auf. Er zog ein dünnes Seil aus seiner Tasche und benutzte es, um den Kanister der Magie auf den Rücken des Drachen zu binden. Er erkannte sofort, dass er das viele Male getan haben musste, da der Akt für ihn so natürlich war, instinktiv wie Fahrradfahren oder Klavierspielen.

Indikos blieb still, während der Kanister an Ort und Stelle befestigt wurde. Nachdem Adler dafür gesorgt hatte, dass es fest genug war, hob er seinen Arm in die Luft und der Drache stieg nach oben und schlug mit seinen orangefarbenen Flügeln, bis er von der Dunkelheit verschluckt wurde. Als er zurückkehrte, war der Behälter der Magie weg, fernab den Händen derer, die ihn nie wieder zu Gesicht bekommen durften.

# Kapitel 2

Liv Beaufont verschränkte ihre Arme vor der Brust und blickte auf das Chaos unter ihr herab. Auf dem Dschungelboden kämpften ein Dutzend oder mehr Goblins um Haufen von Schmuck, Elektronik, Kleidung, Handtaschen und anderen Dingen, die sie den Touristen auf der indonesischen Insel Bali gestohlen hatten. Das Aufspüren der kleinen Monster war nicht schwer gewesen, da sie geschrien und geschnauft hatten, als sie durch den Dschungel geflitzt waren. Liv schlug auf ihren Arm, als eine dreiste Mücke landete und versuchte sie zu stechen.

*Die verdammten Mücken waren das Problem gewesen,* dachte sie bitter. Oh, und natürlich die Affen, die ihr immer wieder gefolgt waren, was es ihr enorm erschwert hatte, ungesehen zu bleiben.

Die Goblins achteten derzeit nicht auf sie, zu sehr damit beschäftigt, zu beißen und zu treten und sich gegenseitig zu schlagen, um die besten Beutestücke zu bekommen.

Liv schlug die Kapuze wieder hoch und hielt ihren Blick tief gesenkt. Sie hätte die Diebe bereits mehrmals auf frischer Tat aufhalten können, als sie sie stehlen und durch verschiedene Resorts verschwinden sah. Doch diese sechzig Zentimeter großen grünen Kreaturen waren nicht diejenigen, die sie aufhalten musste. Es war ihr Meister, der das Problem war.

Aus der größten Hütte des Lagers kam ein Goblin, der größer und hässlicher war als der Rest. Trock trug für Livs

Geschmack viel zu wenig Kleidung und hätte sicherlich von einer großen Maske profitiert, um sein pockennarbiges Gesicht zu bedecken. An seinen langen Ohren hingen Reihen von Silberringen und auf seinem Rücken befand sich ein kurzes Schwert, dessen Spitze mit frischem Blut bedeckt war. Als er dem Chaos näher kam, begannen die anderen Goblins noch wilder zu schreien.

Als sie auf den Kater herabblickte, der neben ihr stand, schürzte Liv ihre Lippen. »Das wäre jetzt eine perfekte Gelegenheit, ein paar Feuerbälle zu werfen.«

»Das nächste Mal musst du dir eben von den Gnomen beibringen lassen, wie man sie beschwört«, sagte Plato beiläufig neben ihr auf dem Strohdach, das sie als Beobachtungsposten auserkoren hatten und blickte auf die Goblins herab. »Es *ist* immerhin Gnomenmagie.«

Liv stimmte mit einem Nicken zu. »Ja, aber es wäre gut gewesen das zu wissen, BEVOR ich einem Haufen von ihnen an den Karren gepinkelt habe und damit meinen Leumund ein klein wenig beschädigt habe. Ich bezweifle, dass die mir jetzt auch nur eine Minute zuhören würden, wenn ich versuchen würde mich zu entschuldigen.«

Plato hob seine rosa Nase in die Luft. »Du brauchst die Gnome nicht.«

»Nun, ich würde schon gerne wissen, wie man Feuerbälle beschwört, also denke ich, dass ich es leider doch brauche«, sagte Liv. »Und schließlich brauchen wir doch alle einander. Wir teilen uns diesen Planeten.«

Platos grüne Augen schwangen zurück zu den Goblinkämpfen. Ein größerer Goblin hatte einen gestohlenen Laptop einem kleineren weggenommen und ihm damit auf den Kopf geschlagen. Der Angriff zerbrach das Gerät und ließ den ersten Goblin vor Frustration kreischen. »Ich denke, die

Kreaturen da unten brauchen einen Auffrischungskurs darüber, wie Teilen funktioniert.«

Liv seufzte schwer. »Ja, und auch eine Lehrstunde darüber, dass Stehlen falsch ist.« Sie hob ihre beiden Hände und die Bäume begannen zu rascheln, als würde ein großer Sturm durch die Insel ziehen. Schmutz und Blätter flogen über den Boden und bedeckten viele der niedergeschlagenen Kreaturen. Palmen, die fast bis zum Boden gebogen waren, sahen aus als ob sie jeden Moment umfallen würden.

Liv hatte vielleicht nicht die Fähigkeit, Feuer zu erzeugen, aber sie konnte Elemente nutzen, die es bereits gab – in diesem Fall den Wind. Als es im Lager unten dann noch chaotischer als zuvor war, die Goblins sich zu Boden warfen und ihre unförmigen Gesichter bedeckten, um den umherfliegenden Trümmern zu entkommen und andere sich an großen Pflanzen festhielten, um sich am Boden zu verankern, sprang Liv vom Dach der Hütte. Sie landete in der Mitte der Lichtung, ihren Kopf gebeugt und hielt eine Hand knapp über den Boden. Der Wind hörte sofort auf.

Das Wimmern der Goblins verblasste, als sie erkannten, dass der Wind, der versucht hatte, sie in die Luft zu wirbeln, weg war. Es wurde durch bedrückende Stille ersetzt, als sie sich umdrehten und die Kriegerin sahen, die sich plötzlich in der Mitte des offenen Bereichs aufrichtete.

»Magier! Wie kannst du es wagen unser Lager zu betreten?«, schrie der grottenhässliche Goblinhäuptling und stürmte auf Liv zu, sein Kopf fast auf gleicher Höhe wie ihre Taille. Trotz seiner Statur, seiner zerklüfteten Zähne und seines stämmigen Aufbaus war er eine Kraft, mit der man rechnen musste. Deshalb hob Liv sofort ihre Hand. Ein Satz Seile auf dem Boden vor einem nahegelegenen Baum erhob sich und flog durch die Luft, wickelte sich um den Goblin und band ihn zu einem ordentlichen kleinen Bündel zusammen. Er fiel auf die Seite und sah aus wie ein Schokoriegel, dessen Kopf aus einem Ende der Verpackung ragte und dessen knorrige Füße aus dem anderen.

»Ich stimme dir zu«, begann Liv und drehte sich im Kreis, als die anderen Goblins ihre Waffen aus den Scheiden zogen und ihre gelben Zähne zeigten. »Die Vereinbarung mit dem Haus der Sieben besagt, dass Magier nicht ohne deine Erlaubnis in dein Gebiet einreisen dürfen. Aber sie besagt auch, dass du nicht von Sterblichen stehlen darfst, oder?«

Der Häuptling hatte sich umgedreht, so dass die Hälfte seines Mundes im Dreck lag. Er fing an, verstümmelte, unverständliche Geräusche von sich zu geben.

Liv rollte mit den Augen und richtete ihre Aufmerksamkeit wieder auf die anderen Goblins, die näher an sie heran rückten. Sie schnippte mit dem Handgelenk und der ihr am nächsten stehende flog gegen einen Baumstamm. Er rutschte mit einem lauten Quietschen runter auf den Boden. »Hoppla. Entschuldigung. Ich wollte dich eigentlich in den Teich da drüben werfen«, sagte sie kichernd und deutete auf eine Grube mit ekelhaftem Sumpfwasser hin – ein Brutplatz für diese elenden Moskitos.

Ein Goblin hinter Liv raste auf sie zu, aber sie drehte sich nur kurz um, streckte ihre Hand aus und hob den Goblin in die Luft. Als er in Augenhöhe schwebte, schnalzte sie mit der Zunge. »Nun, ich würde diese ganze Angriffsidee überdenken, weil ich immer noch an diesem präzisen Zielen arbeite. Es wird wohl noch etwas Übung erfordern.«

Der Goblin trat wütend mit den Füßen, hielt einen riesigen Dreizack über seinen Kopf und ließ ein Schimpfwort nach dem nächsten heraus. Oder zumindest klang es so.

Sie zuckte mit den Achseln und schickte ihn mit einer Handbewegung in Richtung Teich, aber statt im brackigen Wasser zu landen streifte er leicht einen benachbarten Baum. »Siehst du, ich habe es dir ja gesagt. Ich war nie gut im Sport. Ich werfe wie ein Elf.« Liv lachte über ihren eigenen Witz. »Verstanden? Weil sie so schlaksig sind und so. Ihre Arme verheddern sich, wenn sie versuchen, einen Ball zu werfen.« Sie lachte weiter. Die Goblins funkelten sie mit Verachtung an.

»Okay, gut«, sagte Liv, ihr Lachen verblasste. »Ich merke so langsam, ihr seid ein schwieriges Publikum.«

Liv wandte sich dem Häuptling zu und glättete ihren schwarzen Kapuzenumhang. »Trock Swaliswan, wie oft wurdest du höflich ermahnt, die Sterblichen auf dieser Insel nicht zu bestehlen?«

Der Goblin kämpfte mit seinen Fesseln, was ihn nur mehr in den Schlamm rollen und einen Mund voll Dreck fressen ließ.

»Hoppla, tut mir leid.« Liv hob ihre Hand und der Goblin schwebte aufrecht. »So ist es besser.«

Trock spuckte einen Mund voller Schlamm aus und bespritzte Livs Stiefel. Sie beäugte den Fleck kurz und schenkte dem Goblin dann einen angewiderten Blick. »Ich werde das jetzt einmal übersehen. Das nächste Mal verlierst du ein Ohr.«

Der Goblin lachte und zeigte einen Mund voller fehlender oder geschwärzter Zähne. »Du bist ein Witz, wenn das Haus der Sieben dich schickt, um mit uns zu verhandeln. Sie wissen, dass wir nicht aufgehalten werden können.«

Liv kippte ihren Finger zur Seite und das Gesicht des Goblins flog nach vorne, während seine Füße jedoch immer noch mit der Erde verbunden waren. Sie hob ihn wieder an, nachdem sein Gesicht dummerweise noch einmal im Schlamm gelandet war. »Die Sache ist die, ich bin neu im Haus und habe irgendwie in den letzten Jahren gar nicht mitbekommen, wie man nach den Regeln spielt.« Sie drehte sich und ihr Umhang wirbelte um sie herum. Mit der Bewegung bröckelten die nächstgelegenen kleinen Hütten zu Boden.

Als sie dem Häuptling wieder gegenüberstand, schlug sich Liv theatralisch mit der Hand auf die Stirn. »Hoppla. Habe ich das getan? Tut mir leid.«

Der Goblin schüttelte den Kopf und Schlamm spritzte in alle Richtungen, verfehlte Liv aber knapp. »Du darfst unser Eigentum nicht beschädigen, wenn du Regeln durchsetzt.«

»Richtig, ich soll dich wegen deiner Ungerechtigkeiten vorladen«, stimmte Liv mit gelangweilter Stimme zu. »Ich soll dir sagen, dass dies deine letzte Warnung ist und wenn du es noch einmal tust, musst du dich vor dem Rat verantworten und möglicherweise deine Magie blockieren lassen.« Liv gähnte laut. »Die Sache ist die: Diese Bestrafungen sind dir doch vollkommen egal. Du wirst so lange Unfug treiben, bis dir jemand beibringt es nicht mehr zu tun, also dachte ich mir, ich könnte einfach jedem diesen Ärger ersparen und es dir jetzt gleich beibringen.«

»So funktionieren die Regeln nicht!«, schrie Trock mit sich überschlagender Stimme.

Liv wagte einen Schritt nach vorne, ihre Hand zeigte auf die Brust des Häuptlings, während sie ihn mit einem mörderischen Blick in den Augen ansah. »Du wagst es, mir etwas von Regeln erzählen zu wollen, obwohl du sie selbst nicht befolgst?«

»Wir sind durch die Vereinbarung des Hauses der Sieben geschützt«, argumentierte Trock. »Du kannst mir nichts tun! Das war die Vereinbarung, als wir uns bereit erklärten, unsere Magie vom Haus regulieren zu lassen.«

Liv sah sich beiläufig um. »Die Sache ist die, ich sehe hier niemanden, der mich aufhalten könnte.« Sie zuckte mit einem Finger zur Seite und die Seile um den Goblin zogen sich zusammen, so dass sein Gesicht sofort einen dunkleren Farbton bekam. Die Goblins um sie herum zogen sich bei dem Anblick zurück. Liv machte einen weiteren Schritt nach vorne. »Nun, so wird es nach *meinem* Gesetz ablaufen. Du wirst aufhören von Sterblichen zu stehlen. Du wirst ihnen nicht mehr ihren Besitz wegnehmen. Wie in der Vereinbarung festgelegt, kannst du das haben, was verloren geht oder weggeworfen wird, aber unter keinen Umständen darfst du stehlen. Hast du verstanden?«

Der Goblin sah sie verachtungsvoll an, seine großen Augen wölbten sich.

»Schau, ich verstehe, dass komplexe Sachverhalte hart für dich zu artikulieren sind, also genügt ein einfaches Ja«, sagte Liv und zeigte immer noch mit dem Finger in Trocks Richtung.

Sein Ausdruck änderte sich nicht.

Sie nickte ruhig. »Sehr gut.« Liv fegte mit ihrer freien Hand in Richtung einer Reihe von breiten Hütten und schickte sie zu Boden. Um sie herum schrien viele der Goblins vor Entsetzen und rannten auf den Schutt ihrer Häuser zu, in der Hoffnung, noch etwas von ihren Habseligkeiten retten zu können.

Liv streckte ihre Hand zu einer anderen Reihe von Hütten aus, die wahrscheinlich ebenfalls mit den gestohlenen Gütern unschuldiger Menschen gefüllt waren. »Sag mir, Trock, wie lange wird es dauern bis ihr alles wieder aufgebaut habt, nachdem ich es zerstört habe?«

»Nicht!«, schrie der Häuptling und sprang in seinen Fesseln nach vorne. »Wir werden aufhören! Ich verspreche es!«

Liv warf ihm einen skeptischen Blick zu. »Bist du sicher? Ich weiß doch, wie schwer es für euch Goblins ist, euch anständig zu benehmen.«

Wütend schüttelte der Häuptling den Kopf. »Wir werden uns an die Vereinbarung halten. Ihr habt mein Wort. Und wir geben die gesamte Ware zurück, die wir gestohlen haben. Verschwinde einfach von hier, ohne noch mehr Schaden anzurichten.«

Liv nickte. »Ich werde es dir noch einfacher machen.« Sie fegte ihren Arm wieder durch die Luft und die Hütten, die sie zerstört hatte, standen wieder an ihrem Platz, als wären sie nie abgerissen worden.

Kratzendes Flüstern von den Goblins, als sie die Magie bestaunten. Goblin-Magie beschränkte sich auf Findezauber wie diejenigen, die ihnen halfen, den Reichtum zu finden, den sie an diesem Tag gestohlen hatten und die Feuerbälle, die sie werfen konnten. Sie hatten keine Kräfte, die denen der Magier ähnelten und der Wiederaufbau ihrer Häuser hätte lange gedauert.

Liv ging weiter auf den gefesselten Häuptling zu und sah ihn ernsthaft an. Sie nickte einmal und die Seile, die ihn fixiert hatten, fielen weg. »Tu, was du versprochen hast und gib die gestohlenen Gegenstände zurück.«

Trock schüttelte seine steifen Glieder aus und massierte sich den Hals. »Es ist schon spät, Zauberin. Wir machen es morgen.«

Liv seufzte und rollte die Augen. »Das ist nicht das, worauf wir uns geeinigt haben. Ich schätze, ich muss meinen Kater auf dich loslassen.«

Aus dem abgedunkelten Dschungel auf der anderen Seite der nächsten Hütte ertönte das Gebrüll eines wütenden

Löwen, das durch das Lager hallte, den Boden erschütterte und die Blätter zum Zittern brachte.

Die Goblins sprangen alle von ihren Plätzen, packten die verschiedenen gestohlenen Gegenstände und eilten davon, um sie zurückzugeben, als ob sie von Feuerbällen verfolgt wurden.

*Es ist kein Feuer, aber es wird reichen,* dachte Liv, als sie die Goblins beobachtete, wie sie davon rasten.

# Kapitel 3

»Schlag zwei Eier in eine Rührschüssel«, las Liv laut aus dem Rezeptbuch auf ihrer Arbeitsplatte vor.

Sie nahm eines der Eier aus dem Karton und schlug es mit etwas zu viel Kraft gegen die Schüssel und ein paar Schalenstücke fielen mit hinein. »Hoppla. Wie bekommt man die Eierschale wieder heraus?«

Plato blickte von dort auf, wo er auf einem Berg aus Müll auf der Arbeitsplatte schlummerte. »Du lässt sie erst gar nicht mit hineinfallen«, kommentierte er hämisch.

Liv quittierte das mit einem Kopfschütteln. »Das ist nicht sehr hilfreich, aber das wusstest du sicherlich bereits.« Sie warf das Ei in die Spüle und versuchte es mit einem weiteren. Diesmal war sie erfolgreich.

»Also, obwohl ich diese Ungewissheit mag, nie zu wissen, was ich finden werde, wenn ich auf einem Haufen Zeug sitze«, begann Plato und sah sich um, »dachte ich mir, dass du vielleicht in Betracht ziehen solltest, diesen Ort einfach mal aufzuräumen.«

Liv blickte sich in ihrer Studiowohnung um, die eher wie ein Kriegsgebiet aussah als wie ein Ort, an dem jemand lebte. »Ich muss in weniger als einer Stunde bei der Arbeit sein und ich muss noch den Verkleidungszauber üben, den Rory mir beigebracht hat. Wann sollte ich dann bitteschön noch zum Aufräumen Zeit haben?«

»Nun, verschwende deine Energie nicht mit Magie, um diesen Saustall hier zu reinigen, besonders da du noch nichts gegessen hast und deine Kraftreserven daher gering sind.«

Liv zog alle drei Schubladen in ihrer Küche heraus und sah sich verzweifelt nach einem Schneebesen um. Das Öl in der Pfanne war fast schon zu heiß. »Und es sieht so aus, als würde ich bei dieser Geschwindigkeit verhungern. Wer hätte gedacht, dass Kochen so schwer ist?«

»Du weißt, dass du nicht alle deine Mahlzeiten kochen musst«, erinnerte Plato sie daran.

Sie nahm eine Gabel und fing an, die Eier zu schlagen. »Ich habe es satt, mich von der Bäckerei unten an der Straßenecke zu ernähren. Meine Lederhose muss passen, sonst brauche ich bald einen größeren Umhang, um meinen pummeligen Hintern zu verstecken.«

»Magier, die regelmäßig Magie ausüben, sind selten übergewichtig und ein Krieger sollte überhaupt keine Probleme haben.«

Liv nickte sinnierend. Einer der besten Vorteile, ein Magier zu sein, war, dass sie nicht übergewichtig werden konnte. »Ehrlich gesagt will ich nur versuchen, etwas autarker zu sein. Es wäre schön, nicht jede Mahlzeit auswärts zu mir zu nehmen. Und auf Dauer wird das auch ziemlich teuer.«

»Du könntest im Haus der Sieben essen«, schlug Plato vor.

Liv schnitt eine undefinierbare Grimasse. »Dann müsste ich ja mit den Leuten dort reden und ich bin mir ziemlich sicher, dass mich das umbringen würde. Oder zumindest würde ihr Verhalten abfärben.«

»Du redest mit *einigen* Leuten dort ziemlich gerne«, bemerkte er.

Liv goss die halb geschlagenen Eier in die Pfanne und ließ das Öl knistern und spritzen. »Sie ist anders.«

Plato streckte sich und ließ dabei einen Haufen überfälliger Rechnungen auf den Boden rutschen. Sie landeten auf einem Haufen schmutziger Wäsche.

»Hey, ich hatte das alles schön sortiert«, meckerte Liv.

»Apropos Essen.« Plato sah sich um und ignorierte ihre Beschwerde. »Hast du meinen Futternapf gesehen? Er scheint sich irgendwo in dem Durcheinander verirrt zu haben.«

Liv schürzte ihre Lippen und schob Lebensmittelbeutel und Geschirr auf der Theke beiseite. »Ja, es tut mir ja leid. Ich muss diesen Ort wirklich mal aufräumen. Ich weiß nur nicht, wann ich endlich die Zeit dazu haben werde. Rory besteht darauf, dass ich schlafe, was bedeutet, dass ich keine Zeit für was anderes habe, wenn ich dauernd gegen Goblins kämpfen muss, die Schmuckstücke stehlen, und Minotauren jage, die Schlamm durch die Straßen Spaniens tragen, oder in all den anderen trivialen Fällen, die mir die Ratsmitglieder zuweisen.«

Plato drückte seine Nase in einen anderen Stapel von Papieren und ließ die meisten von ihnen auf den Boden fallen. Er freute sich, als er endlich seinen Futternapf fand, aber er runzelte die Stirn, als er entdeckte, dass der leer war.

Livs Mund ging auf. »Oh, tut mir leid. Ich habe vergessen, dir Essen zu besorgen. Das mache ich heute. Irgendwann. Willst du ein paar meiner Eier?«

Plato schnüffelte in der Luft. »Ich glaube kaum. Ich mag eigentlich kein verbranntes Essen.«

»Verbrannt? »Liv blickte verwirrt auf und rannte zum Herd, auf dem ihre Eier qualmten. »Verdammt! Warum ist diese Kocherei nur so schwer?«

Plato sprang von der Theke und verschwand in der Speisekammer. »Es wird alles gut. Ich kann immer etwas zu essen für uns finden.«

Liv schaltete den Gasbrenner aus und begann, die Eier aus der Pfanne in den Mülleimer zu schaben. Das waren ihre letzten Eier gewesen, was bedeutete, dass es in der Wohnung nichts anderes mehr gab was essbar war. Nun, abgesehen von dem Kater...

Sie kicherte vor sich hin, als plötzlich ein roter Samtbeutel, mit einem Kordelzug zugebunden, auf dem Haufen ungeordneten Krimskrams auf der Arbeitsplatte erschien. Liv hielt inne und betrachtete den Beutel zögerlich und mit einer gesunden Vorsicht. »Ummm... Ich glaube, ich habe gerade ein Paket bekommen, aber ich habe eigentlich gar nichts bestellt«, sagte Liv und schob die noch heiße Pfanne in das Waschbecken.

Plato verließ die Speisekammer mit einem gebratenen Hühnerbein im Mund. Er starrte auf den Beutel und machte sich dann an die Arbeit, an dem Fleisch zu nagen.

»Hey, wo hast du das her?«, fragte Liv neidisch und sah auf den Kater herab.

»Magie«, antwortete er ihr verlegen mit vollem Mund.

Liv dachte darüber nach, nach der Hälfte zu fragen, schüttelte aber stattdessen den Kopf. »Also, denkst du, was auch immer in dem Beutel ist, ist sicher?«

»Nun, erschien es auf magische Weise aus dem Nichts?«

»Ja.«

»Und hast du etwas von jemandem erwartet?«

»Nein.«

»Hast du irgendwelche Feinde?«

»Ja.«

»Dann ist es wahrscheinlich nicht sicher.« Plato ging wieder an die Arbeit und riss die Haut vom Hühnerbein, von dem Dampf aufstieg, als wäre es noch heiß.

Liv sah den Kater widerwillig an. »Ich verstehe dich nicht, Plato. Du bist einfach ein sehr seltsames Tier.« Sie kam um den Küchentresen herum und betrachtete den Beutel mit einem langen, durchdringenden Blick und erwartete jeden Moment, dass ein Goblin herausspringen würde und versuchte, ihr ins Gesicht zu schlagen. Als nichts passierte, stieß sie den Beutel an und wartete. Immer noch nichts.

Schließlich - neugierig wie sie war - zog Liv an den Schnüren des Beutels und öffnete ihn. »Jetzt oder nie«, sagte sie und steckte ihre Hand hinein. Das dicke, papierartige Material, das ihre Hand begrüßte, war eine völlige Überraschung. Liv kannte dieses Gefühl, hatte es aber schon lange nicht mehr gespürt. Sie hielt ein Bündel Geld in der Hand als sie ihre Hand wieder aus der Tasche zog.

»Wer hat das geschickt?«, fragte sie überrascht und sah sich den Pack Hundertdollarscheine an, die in ihrer Hand lagen.

»Ich schätze mal das Haus der Sieben«, antwortete Plato. »Es muss Zahltag sein.«

»Haus der Sieben?«, fragte Liv und legte das Bündel Scheine auf den Tresen neben dem ständig wachsenden Stapel von Post und Rechnungen. Sie grub wieder in dem Beutel und fand einen weiteren Zettel. Dieser war nicht so dick, und darauf stand ›Wöchentliches Gehalt für Liv Beaufont‹.

Ihr Mund stand offen, als sie entgeistert das Blatt Papier und dann das Geld betrachtete. »Ich wurde bezahlt.«

»Nun, du hast doch nicht im Ernst gedacht, dass das eine ehrenamtliche Stelle sei, oder?«

»Ich meine, ich wusste, dass sie mich bezahlen würden, aber ich schätze, ich erwartete Koboldgold oder Edelsteine oder etwas anderes, das in der realen Welt wertlos ist. Ich hätte nie erwartet, dass man richtiges Geld bekommt.«

»Sie leben auch in dieser Welt, weißt du.«

Liv nahm das Geld, zählte es und genoss die Aufregung, so viel davon zu haben. »Ja, aber es fühlt sich nicht wirklich so an. Die Ratsmitglieder und Krieger scheinen alle aus einer anderen Welt zu kommen als die, in der wir leben.«

»Sie leben zwar in einer anderen, aber ihre befindet sich tatsächlich in *unserer* Welt. Vergiss das nie. Sie können nicht von unserer Welt wegkommen, deshalb müssen sie sie beschützen.«

Liv betrachtete Plato für einen Moment und fragte sich, was er sonst noch wusste, ihr aber nicht sagte. Es würde allerdings nichts nutzen, zu versuchen ihn auszufragen. Er konnte wie ein Tresor sein, wenn er es wollte.

»Nun, es sieht so aus, als könnte ich uns nun sogar ein richtiges Frühstück kaufen«, sagte Liv und steckte das Geld ein. »Ich kaufe dir auch etwas Katzenfutter auf dem Heimweg von der Arbeit. Und meine Rechnungen kann ich ausnahmsweise auch einmal pünktlich bezahlen.«

Plato kaute an seinem Stück Fleisch. »Darf ich auch vorschlagen, dass du das Geld benutzt, um dir dein Leben ein wenig einfacher zu machen?«

»Ich glaube nicht, dass das genug Geld ist, um die Welt von Bianca Mantovani und ihren ständigen missbilligenden Blicken und Bemerkungen zu befreien.«

Plato prustete vor Lachen. »Ja, ich fürchte, dafür ist es dann doch nicht genug. Aber ich dachte eigentlich eher, du könntest es benutzen, um ein Dienstmädchen einzustellen. Da du dich weigerst deine Schicht in Johns Laden zu kündigen, musst du einige deiner anderen Aufgaben auslagern.«

»Ja, das ist gar keine schlechte Idee«, bemerkte Liv nachdenklich und sah sich das Chaos und die Unordnung an, die einst ihr sicherer Hafen gewesen war. Das erste Zuhause, das sie nach dem Tod ihrer Eltern für sich selbst gebaut hatte.

»Und ich schätze, ich werde nun regelmäßig bezahlt und das ist viel mehr, als ich bei John verdiene.«

»Was bedeutet...« Plato hatte einen langen, harten Blick auf die Küche geworfen, »dass man es sich auch leisten kann jemanden einzustellen, der für uns kocht, wenn man es nicht selber kann. Das ist übrigens keine Schande.«

»Hey, ich hätte uns etwas Essen herzaubern können«, argumentierte Liv.

Plato schüttelte den Kopf. »Ich fürchte nicht. Denke daran, dass es bei Hausmagie, wenn du überhaupt nicht weißt wie man etwas macht, umso schwieriger ist, wenn man dann Magie dafür benutzen möchte.«

»Richtig, wenn ich also nicht weiß, wie man Cello spielt, dann wird es die Magie nicht unbedingt schaffen, dass ich es kann«, sagte Liv.

Plato nickte zustimmend. »Magie macht dein Leben einfacher, aber sie ersetzt nicht die Fertigkeit.«

»Aber ich habe gestern Abend den Wind kontrolliert, was ziemlich cool war.«

»Das ist elementare Magie«, erläuterte Plato. »Denke auch daran, dass es viele verschiedene Arten von Magie gibt und sie kreuzen sich und ihre Regeln vermischen sich, was bedeutet...«

Liv nickte und unterbrach ihn. »Das Magie ein kompliziertes Biest ist.«

# Kapitel 4

Liv starrte auf die roten Heizspulen des Toasters und wartete, um das zu sehen, wovon Beth Dallas gesprochen hatte. Die IT-Expertin hatte den Toaster nach der Reparatur wieder zurück in die Werkstatt gebracht und gesagt, er würde irgendetwas Bizarres machen.

Ihr Dalmatiner, Jersey Girl, lief gerade mit ihrer Schnauze am unteren Regal entlang und versuchte, Plato zu finden.

»Jers, hör auf«, sagte Liv und drehte sich, um mit dem Hund zu schimpfen.

Der Hund schenkte ihr einen verächtlichen Blick, zog sich aber folgsam zurück.

Liv sorgte sich dabei wirklich nur um Jersey Girl. Als sie das letzte Mal nicht aufgehört hatte, nach Plato zu suchen, waren plötzlich alle ihre Flecken auf mysteriöse Weise verschwunden und ließen sowohl den Hund als auch Beth ausflippen. Liv hatte eine Lüge erfunden, dass es für Dalmatiner üblich sei ihre Flecken zu verlieren. Glücklicherweise waren die Flecken kurz darauf wieder zurückgekommen und Beth hatte keine weiteren Fragen mehr gestellt.

Der Toaster warf den Toast aus. »Siehst du es nun?«, rief Beth aus.

Liv drehte sich um und fand zwei Scheiben Toast im Toaster, auf beiden Seiten perfekt knusprig. »Er funktioniert doch einwandfrei. Was soll daran seltsam sein?«

»Ich habe vorher gar kein Brot hineingetan«, erklärte Beth, zog den warmen Toast heraus und zeigte ihn Liv.

»Vielleicht hast du vergessen...«, versuchte Liv eine Ausrede zu konstruieren und ihr Gesicht wurde knallrot, wie immer, wenn sie versuchte zu lügen. Sie hatte Beths Toaster selbst repariert und Beth war nicht der einzige Eintrag in einer Liste von Kunden, die Toaster hatten, die ohne Brot funktionierten oder Mikrowellen, die immer frisches Popcorn drin stehen hatten, wenn ihr Besitzer die Tür öffnete, um beispielsweise Tee aufzuwärmen. Die Schadensbegrenzung wurde immer schwieriger, je mehr Dinge sie reparierte.

»Nein, schau einfach zu. Er macht es jedes Mal.« Beth drückte den Hebel am Toaster nach unten und Liv wusste bereits, was als nächstes passieren würde.

»Das ist nicht seltsam«, sagte Liv und brachte ihre Worte mit dem magischen Einfluss zusammen, den sie im Umgang mit den anderen Kunden zu nutzen gelernt hatte.

Beth sah auf. Ihr Gesicht erhellte sich. »Ja, weißt du, du hast Recht. Das ist völlig normal.«

Die Technik funktionierte nicht immer, aber Rory hatte gesagt, dass sie bei Sterblichen sehr hilfreich sein würde. Der Riese war tatsächlich überrascht gewesen, dass Liv über die Macht des »Einflusses« verfügte.

»Trotzdem, lass mich daran arbeiten, um sicherzustellen, dass er richtig funktioniert«, sagte Liv, zog den Hebel hoch und beobachtete, wie zwei fast getoastete Stücke Brot auftauchten. »Vielleicht kannst du morgen irgendwann wiederkommen?«

Beth nickte und schlug auf ihren Oberschenkel, um die Aufmerksamkeit von Jersey Girl zu erregen. »Ja, das klingt gut.« Die beiden verließen den Laden und sahen leicht benommen aus.

»Was hast du mit dem Hund gemacht?«, fragte Liv und drehte sich um, um ins Regal zu schauen.

Platos schwarz-weißer Kopf ragte aus der Mitte zwischen einem tragbaren Staubsauger und einem Luftbefeuchter heraus. »Ich habe genau dasselbe getan, was du Beth angetan hast.«

»Was hast du Jersey Dog eingeredet?«

»Dass sie eine Katze ist.«

Liv rollte mit den Augen, aber sie lachte, als sie sich wieder dem Toaster zuwandte. »Ich muss herausfinden, wie ich damit aufhören kann, dieses Zeug mit Geräten zu machen. Entweder das, oder ich fange wieder an, Sachen auf altmodische Weise zu reparieren.«

»Ich denke, es muss eine Kombination aus beidem sein.«

Liv nickte. »Ja, ich erinnere mich daran, was Rory mir gesagt hat. ‚Finde zuerst heraus, was mit dem Gerät nicht stimmt und passe dann die Magie an, um genau dieses spezielle Problem zu lösen'.« Liv dachte einen Moment nach, bevor sie ihre Aufmerksamkeit wieder auf Plato richtete, der sich zwischen den Geräten herausquetschen musste. »Hey, warum kann ich nicht mit Magie kochen, aber ich kann Toaster machen, die endlose Mengen an Brot produzieren? Und ich muss wissen wie man etwas tut, um Magie zu benutzen um es zu tun, aber ich kann diese Geräte dazu bringen, all diese seltsamen und fantastischen Dinge zu tun?«

Plato sprang auf die Werkbank. »Magie ist unberechenbar, wenn man sie mit Technologie mischt. Erinnerst du dich, was Rory dir gesagt hat, was du tun solltest, bevor du deine Magie kontrollieren konntest? Oder besser gesagt, ein wenig mehr als vorher.«

»Halt dich von der Technik fern«, antwortete Liv.

»Das stimmt, denn Technologie hat ihre eigene Art von Magie, die, wenn sie mit deiner vermischt wird, verschiedene Effekte hat.«

Liv lachte. »Technologie ist Wissenschaft, keine Magie.«

Plato roch misstrauisch an dem Toast. »Wissenschaft und Magie sind dasselbe. Der Unterschied ist nur, dass das eine verstanden wird und das andere nicht.«

»Du scheinst die Magie zu verstehen. Zumindest ein wenig mehr als du manchmal zugibst«, bemerkte Liv.

Plato tat so, als hätte er die Aussage nicht gehört. »Was wirst du John sagen, wenn er von diesen Geräten erfährt?«

Liv zog den Toaster näher heran, um ihn sich genauer anzusehen. »Nun, ich benutze diese Gehirnwäschetechnik, oder was auch immer es ist, nicht bei ihm.«

»Ich glaube, er wird dir gegenüber immer misstrauischer.«

Liv stieß einen resignierten Seufzer aus. »Ich weiß, dass er das ist, aber ich weiß nicht, was ich dagegen tun soll.«

»Hast du vielleicht mal darüber nachgedacht, ihm die Wahrheit zu sagen?«, bot Plato an.

»Nur etwa hundert Mal«, gab Liv zu, als sie den Boden vom Toaster zog. »Meine Mutter hatte, als sie jünger war, eine Freundin die neben ihr wohnte. Sie sind zusammen aufgewachsen und obwohl meine Mutter in einer Familie von Magiern aufgewachsen ist, hatten sie es verborgen, wie das Haus es wünschte. Nun, eines Tages entschied sie, dass sie ihrer besten Freundin die Wahrheit sagen würde. Sie sagte ihr, dass sie eine Magierin sei und seltsame und wunderbare Dinge tun könne.«

»Ich muss nicht hören, wie die Geschichte endete, denn sie wurde bereits hundertmal in den Geschichtsbüchern beschrieben«, sagte Plato, seine Stimme plötzlich verdrießlich.

Liv seufzte, schob den Toaster weg und blickte niedergeschlagen drein. »Ja, Magier wurden von Anfang an verfolgt. Oder ihre Kräfte werden als außerirdische Aktivität oder ein anderes Phänomen abgetan.«

»Du weißt, dass es das Beste ist«, sagte Plato ihr einfach.

»Das tue ich eigentlich nicht.« Liv blickte in den Laden, ihr zweites Zuhause und spürte ein Gefühl des Verlustes. »Wie kommt es, dass wir getrennt von den Sterblichen handeln und verbergen, wer wir wirklich sind? Es ergibt keinen Sinn.«

»Und doch ist es schon seit geraumer Zeit so.«

»War es schon immer so?«, fragte Liv.

Plato schenkte ihr einen beleidigten Blick. »Woher soll ich das wissen?«

»Weil du schon seit Anbeginn der Zeit da bist«, antwortete Liv mit einem trockenen Lachen.

»Steht das in dem Buch das Rory dir gegeben hat?«

Liv zuckte mit den Schultern. »Es heißt, dass ihr Lynxe viele Leben habt und das ist angeblich der Ursprung der Redewendung, dass Katzen neun Leben haben.«

»Glaub nicht alles was du liest, liebe Liv.«

»Also ist es *nicht* wahr?«

Plato legte seinen Kopf auf die Pfoten, als sich die Ladentür öffnete. Pickles, Johns Terrier, rannte zuerst rein und kläffte den Kater an. John schüttelte den Kopf und Regentropfen flogen von seinen Haaren.

»Die Menschen in LA verhalten sich, als ob der Regen sauer wäre und sie sich nicht in ihn hineinwagen können«, kommentierte er und zog seinen triefend nassen Mantel aus.

»Sie werden schmelzen, weißt du«, sagte Liv lachend.

»Ja, ihre gepuderten Nasen und turmartigen Frisuren werden wahrscheinlich schmelzen, wenn sie im Regen nach draußen gehen.« Johns Auge fiel auf den vor Liv stehenden Toaster. »Ich dachte, du hattest Beths Toaster bereits repariert?«

»Das habe ich auch, aber anscheinend muss ich ihn mir noch einmal ansehen.«

John nickte. »Hat sie jemals herausgefunden, was mit den Flecken von Jersey Girl passiert ist?«, erkundigte sich John, zog einen Leckerbissen aus seiner Tasche und bot ihn Pickles an, damit der sich niederlassen sollte.

Liv arbeitete wieder am Toaster und wich Johns Blick aus. »Nur ein Zufall. Es geht ihr jetzt gut.« *Abgesehen von der Tatsache, dass sie denkt, dass sie eine Katze ist*, fügte Liv gedanklich hinzu.

»Ich habe bemerkt, dass ein paar Dinge wieder zurückgebracht wurden nachdem du sie repariert hattest«, sagte John und sah zu dem Regal, in dem die Mikrowelle war. »Ist alles in Ordnung?«

Das war ihre Chance – ihre Chance, ihm zu sagen, dass sie eine Magierin war und sie die Reparatur von Geräten vermasselt hatte. Nun, die Geräte besser zu machen, als sie sein sollten. Aber dann klangen die Worte ihrer Mutter in ihrem Kopf: ʻ*Die Sterblichen wollen uns akzeptieren, aber aus irgendeinem Grund können sie es normalerweise nicht. Es ist ein Rätsel. Es ist fast so, als ob ihnen das verboten worden wäre. Unsere Magie passt nicht in ihre Welt.*'

Liv biss sich auf ihre Unterlippe. »Alles ist in Ordnung. Ich habe nur die Reparaturen an der Mikrowelle und dem Toaster etwas hastig gemacht, aber ich werde es wieder gerade biegen. Ich verspreche es.«

John sah sie nachdenklich von der Seite an, nickte dann aber, sah allerdings nicht ganz überzeugt aus. »Und dein anderer Job? Wie läuft es damit?«

Warum musste er sich so sehr darum kümmern? Liv mochte es nicht, ihn anzulügen, aber sie sah keinen anderen Weg. Vielleicht hätte ja Rory ein paar Ideen, die sie sich von ihm abschauen könnte. Sobald sie an den Riesen gedacht hatte, erschien er schon vor der Ladentür. Sie erinnerte sich nicht daran, dass er an der Glasscheibe vorbeigegangen war und seltsamerweise war er nicht wie John nass vom Regen. Natürlich war es nicht wirklich seltsam, da sie wusste, wie geheimnisvoll Magie ist, aber es bereitete ihr trotzdem Schüttelfrost, jedes Mal wenn sie es sah.

John folgte Livs Blickrichtung und sein Gesicht erhellte sich. »Nun, hallo, Rory! Ich habe dich nicht reinkommen hören! Du bist so still wie eine Maus.«

»Ja, aber gebaut wie ein Nashorn«, neckte Liv. »Wie kann man so eine Tarnung hinbekommen? Die könnte ich auch gut gebrauchen.«

Rory kicherte nervös. »Es muss der Regen gewesen sein.«

»Ja, aber du musst schnell genug gewesen sein, um die meisten Spritzer zu verpassen, was?«, nahm Liv ihre Befragung auf.

John musterte Rory nun ebenfalls nachdenklich. »Ja, stimmt, du hast keinen Tropfen auf dir.«

»Dieses mausähnliche Verhalten muss dich zwischen den Regentropfen durchsprinten lassen«, schlug Liv vor.

John blickte auf Liv zurück, ein verwirrter Ausdruck auf seinem Gesicht. »Es *ist* schon seltsam.«

Rory schoss ihr einen verärgerten Blick zu.

»Oh, ich wette, du bist von Markise zu Markise gehuscht, nicht wahr?«, bot Liv an.

Der Riese nickte. »In der Tat bin ich das.«

Also war auch Rory bestrebt, seine Magie geheim zu halten. Es gab noch mehr zu diesem Thema zu lernen.

John klatschte seine Hände zusammen, was Pickles zu einem Bellen veranlasste. »Nun, mein Junge, was hast du mir heute mitgebracht? Ich kann immer noch nicht glauben, was für einen Schatz du mir gestern gegeben hast. Sie machen sich im Regal sehr gut.« Er hielt seine Hand hoch und zeigte stolz auf die Reihe von Geräten, die Rory gestern abgegeben hatte und sagte, es sei Schrott, den er im Hof gefunden hätte.

Er schüttelte den Kopf. »Ich habe noch nichts, aber ich arbeite an ein paar Sachen.« Interessanterweise wurde sein Gesicht rosa. »Eigentlich bin ich hier, um nach einer Dienstleistung zu fragen.«

John strahlte. »Oh, nun, das ist es, was wir tun. Wir reparieren das, was die Leute nicht wollen, da man alles gleich wegwirft und die Deponien damit füllt. Wo ist dein Gerät?«

Rory steckte seine Hände in seine Taschen. »Es ist leider zu groß für mich, um es herzubringen. Der Kühlschrank meiner Mutter ist defekt.«

»Oh, ich liebe einen guten Hausbesuch«, rief John begeistert aus. »Und Kühlschränke sind mein Favorit.«

»Eigentlich hatte ich gehofft, dass Liv mir bei diesem Fall helfen könnte«, sagte Rory, seine Augen auf den Boden gerichtet.

Pickles, der wütend gekratzt hatte, hielt an und sah den Riesen gleichzeitig mit seinem Meister an. »Liv?«

»Nun, es ist nur so....« Rory zog sich zurück, seine Stimme und sein Gesicht voller Schuldgefühle.

»Dass ich darum gebetet habe, meine Erfahrung mit der Reparatur von Kühlschränken zu verbessern und das wäre die perfekte Gelegenheit«, bot Liv an.

»Das hast du?«, fragte John und kratzte sich am Kopf.

»Ja«, sagte Liv sofort. »Ich habe das Rory neulich gesagt. Danke, dass du dich daran erinnerst, Kumpel.«

Die Schuldgefühle schmolzen dem Riesen vom Gesicht. »Ja, ich erinnere mich.«

»Oh, nun, du hattest tatsächlich bisher nicht viel Gelegenheit, an Kühlschränken zu arbeiten und es ist eine sehr nützliche Fähigkeit«, sagte John. »Ja, es ist eine gute Idee, dass du gehst. Du bist klein, also wird es wahrscheinlich einfacher für dich sein, an diesen alten Kühlschränken zu arbeiten. Aber ich möchte, dass du mich anrufst, wenn du auf irgendwelche Probleme stößt. Es kann eine komplizierte Reparatur sein.« John blieb stehen und dachte einen Moment nach. »Wir könnten beide gehen, eigentlich...«

»Nein«, meldete sich Rory.

Als John sich umdrehte, um ihn anzusehen, erzwang der Riese ein breites Lächeln. »Ich meine, ich würde es hassen, euch beide für diese Reparatur aus der Werkstatt zu locken. Ich fühle mich schon schlecht genug, weil ich nach einem Vor-Ort-Termin frage.«

John winkte ab. »Ich schulde dir zig Gefallen für all die wertvollen Waren, die du bisher in meine Regale gestellt hast. Ich wünschte, du würdest mich dafür bezahlen lassen.«

»Ja, Rory, warum erlaubst du nicht, dass dich jemand für das Zeug bezahlt?«, fragte Liv, die anfing, den Grund des Riesen zu verstehen und es genoss, ihn sich winden zu sehen.

»Ich bin einfach auf diese Geräte gestoßen als ich mich umgesehen habe«, erklärte Rory. »Es ist nichts dabei was ich gebrauchen kann, aber ich will auch nicht, dass es verschwendet wird. Es ist eine Win-Win-Situation für uns alle.«

Liv lächelte hinter Johns Rücken. Sie wusste, dass der Riese mit all seinen Taten etwas bestimmtes bezweckte, aber sie hatte bisher nicht herausfinden können, was genau das war. War er vielleicht die gute Fee der Riesenwelt? Sie war sich nicht sicher, aber sie wollte es herausfinden.

»In Ordnung, lass mich meinen Mantel und meinen Werkzeugkasten holen und dann folge ich dir nach Hause«, sagte Liv, als Plato von seinem Nickerchen aufwachte, aufstand und sich streckte. »Und vielleicht kannst du mir dann mal zeigen, wie man von Markise zu Markise springt, damit auch ich nicht nass werde.«

# Kapitel 5

»Du bist jetzt wohl so richtig stolz auf dich, oder?«, fragte Rory, als er versuchte, sich hinten in den SUV zu quetschen.

Liv hatte ihn natürlich gefragt, warum sie nicht einfach teleportieren oder irgendeinen 'seltsamen Riesentransport' benutzen könnten. Der Riese hatte sie aber abgewimmelt und gemurmelt, dass es keine gute Idee wäre, das zu riskieren. Also hatte sie letztendlich über Uber einen Wagen für sie beide bestellt.

Sie beobachtete mit Vergnügen, wie er krampfhaft versuchte, einen Platz zu finden, wo er seine langen Beine unterbringen konnte. Nach etwa einer Minute dieses Hin- und-Hers sprang Liv neben ihn auf den Rücksitz des SUV und streckte sich aus, ihre kurzen Beine hatten viel Platz zum herumstrampeln.

Er sah sie mit grüblerischer Verachtung an. »Ich werde mich daran erinnern, wenn du das nächste Mal etwas aus einem niedrigen Regal nicht erreichen kannst.«

»Haha, sehr witzig.« Liv kicherte. »Und ja, dich vor John zappeln zu lassen, gab meinem Leben einen neuen Sinn, also danke dafür.«

»Du brauchst echt ein Hobby, glaube ich.«

Liv gähnte. »Ich brauche ein Nickerchen. Das ist es, was ich brauche!«

Rory schaute sie nachdenklich an, während der Fahrer das Fahrzeug auf die Straße und in den Verkehr lenkte.

»Oh, keine Sorge, Mama.« Liv wischte seine Sorgen mit einer Handbewegung weg. »Ich bekomme viel Schlaf und esse mein Gemüse.«

»Es würde dir mehr helfen, wenn du Kohlenhydrate essen würdest«, riet Rory. »Sie halten dich länger satt und energiegeladen.«

»Dann werde ich mir danach noch irgendwo Nachos besorgen«, sagte Liv und leckte sich die Lippen. »Und hey, wohin fahren wir übrigens? Ich schätze, du hast gar keinen Kühlschrank, den du reparieren lassen musst?«

Rory schüttelte den Kopf, zog ein paar zerknüllte Geldscheine aus seiner Tasche und drückte sie Liv in die Hand. »Nein, aber tu bitte so als ob du es getan hättest und gib das John für die Reparaturen. Ich werde ihm später berichten, dass du einen angemessenen Job gemacht hast.«

Liv schob das Geld in ihre Tasche. »Wie wäre es, wenn wir das Adjektiv in 'ausgezeichneten Job' ändern?

Rory schüttelte den Kopf. »Ich will doch, dass er die Lüge glaubt. Das würde es vollkommen unglaubwürdig machen.«

Liv blickte den Riesen an. »Übrigens, du lügst ihn an wegen... nun, du weißt schon.« Sie warf einen Blick auf den Fahrer.

»Keine Sorge«, sagte Rory. »Ich habe einen Schallzauber auf das Fahrzeug gelegt. Er denkt wir wären völlig still.«

»Verdammt, das war schnell. Also kann er mich nicht hören, wenn ich schreie oder anfange, aus vollem Hals zu singen?«

Rory nickte. »Und er wird nicht wissen, das ich dich aus dem Fahrzeug geworfen habe. Jedenfalls nicht, bevor es zu spät ist.«

»Okay, also dann sag mir, warum erzählst du den Sterblichen nicht von deiner Magie? Sterblichen wie John zum Beispiel?«

Rory dachte einen Moment lang nach, seine grünen Augen betrachteten die Straße vor ihm. »Es ist nicht sicher für sie, es zu wissen.«

»Ich verstehe nicht«, sagte Liv, als er für einen langen Moment still war.

»Ich verstehe es selbst nicht, aber es hat nie funktioniert, wenn Sterbliche etwas über Magie erfahren«, erklärte Rory. »Sie rebellieren entweder dagegen oder tauchen so weit in die Vorstellung ein, dass sie sich selbst Schaden zufügen. Meistens sind ihre ersten Instinkte, die Idee als Spinnerei abzutun.«

»Das ist eigentlich verständlich«, sagte Liv. »Ich weiß auch nicht, ob ich es glauben würde, wenn ich an ihrer Stelle wäre.«

»Ja, aber Magie ist echt«, sagte Rory. »Doch selbst wenn man sie mit Beweisen konfrontiert, leugnen Sterbliche es normalerweise und das verursacht dann größere Probleme.«

»Wie das?«

Rorys Gesichtsausdruck wurde düster. »Ich weiß nicht. Es war nur immer gefährlich für Sterbliche, wenn sie etwas über Magie erfahren. Es scheint sie verrückt zu machen und entfremdet sie von der Gesellschaft.«

»Wie die verrückte alte Frau, die schwört, dass sie Dinge sieht und niemand ihr glaubt?«, fragte Liv.

»Ja, so etwas in der Art.«

»Nun, dann bin ich froh, dass ich es John gar nicht gesagt habe.«

Rory beobachtete den Verkehr auf der Straße, als ob er nach etwas Ausschau hielte. Ohne Liv anzusehen, sagte er: »John könnte vielleicht in der Lage sein, die Nachricht gefasst aufzunehmen. Ich weiß es nicht. Aber du solltest ihm dennoch besser nichts sagen, es sei denn, es wird absolut notwendig. Es ist das Risiko einfach nicht wert.«

»Ich glaube, das war es, was mir mein Instinkt sagte«, stimmte Liv mit einem Nicken zu.

»Achte immer auf deine Instinkte. Sie liegen nie falsch.«

»Also, da ich deinen Kühlschrank jetzt doch nicht repariere, wohin bringst du mich dann?«

»Du wirst es sehen, wenn wir da sind.«

Liv hob eine Augenbraue und blickte den Riesen skeptisch an. »Wow, echt jetzt? Du bist ein schrecklicher Reiseleiter. Das ist der letzte Ausflug, den ich mit dir mache. Wie bekomme ich am Besten mein Geld zurück?«

»Warum machst du nicht einfach so lange ein Nickerchen, bis wir angekommen sind?«, schlug Rory vor und es war etwas in seinem Ton, dem Liv nicht widerstehen konnte. Sie bemerkte, dass ihre Augenlider sich sofort schlossen.

Rory schüttelte sie wieder wach und es kam ihr so vor als wäre sie nur wenige Sekunden weggenickt gewesen.

»Hey, wach auf. Wir sind da«, sagte Rory, als das Fahrzeug langsamer wurde.

Liv erschrak und setzte sich auf. »Warte, was? Ich bin echt eingeschlafen? Wie ist das passiert?«

Rory zeigte auf ihren Mund. »Ich habe wirklich keine Ahnung, aber du sabberst überall. Schön sieht das nicht aus.«

Liv schoss ihm einen skeptischen Blick zu, als sie ihren Arm über ihren Mund zog. »Ich denke, du hast eine Idee, und das hat alles mit deiner seltsamen Riesenmagie zu tun.«

»Komm schon«, sagte Rory und öffnete die Hintertür des SUVs. »Ich habe etwas, das ich dir unbedingt zeigen möchte.«

Liv sprang auf der anderen Seite heraus und blickte auf die belebte Straße, an der ihr Fahrer geparkt hatte. Als sie um das Fahrzeug herum kam, kämpfte Rory immer noch damit, aus dem Fond zu kommen.

»Ich dachte, du sagtest, du wolltest mir etwas zeigen?«, stichelte Liv und unterdrückte ein Lachen. »War es dieser Verrenkungsstunt? Weil es ist nicht so unterhaltsam, wie du denkst.«

Rorys Beine steckten hinter der Fahrerseite fest. Er lehnte sich zur Seite, fiel fast in den Sitz und zappelte sich den Weg nach draußen, zog zuerst seine Beine und dann seinen Oberkörper heraus.

Als er vollständig aus dem SUV ausgestiegen war, lenkte er Liv in Richtung eines großen Gebäudes.

»Das Naturkundemuseum?«, fragte Liv, als er sie endlich losgelassen hatte. »Du nimmst mich mit auf einen Ausflug?«

»Da ist etwas drin, das ich dir zeigen muss«, meinte Rory, als sie eine lange Treppe hinaufgingen.

»Ich habe die Dinosaurierknochen bereits gesehen«, kommentierte Liv und musste laufen, um mit ihm Schritt zu halten. »Die fand ich beim letzten Mal schon nicht so cool.«

»Und was sie hier haben, sind sowieso nicht die echten Dinosaurierknochen«, sagte Rory.

»Woher weißt du das?«

»Weil sie vor langer Zeit in einem der großen Kriege zerstört wurden«, erklärte Rory.

»Große Kriege?«, fragte Liv neugierig.

»Es ist ein Teil der Riesengeschichte.«

»Wenn das nicht die echten Knochen sind, was haben sie dann hier ausgestellt?«

»Die Knochen von Dingen, die noch nicht ausgestorben sind.«

»Warte, es gibt immer noch Dinosaurier, die herumstreunen?«, fragte Liv verblüfft.

»Nun, du kennst sie besser als Drachen, aber ja.«

»Warum habe ich nichts von all dem oder von diesem großen Krieg erfahren? Ich hatte mehrere Jahre Ausbildung, als ich im Haus der Sieben aufwuchs, obwohl meine ein wenig angewandter war als die meisten anderen.«

Rory ging durch die Glastüren und kam an den Sicherheitskräften vorbei, die ihn nicht zu bemerken schienen.

»Miss«, sagte eine Mitarbeiterin des Museums und hielt Liv an, als sie versuchte, vorbeizukommen. »Ich muss Ihr Ticket sehen.«

Liv hielt an und beobachtete, wie Rory in die massive Halle ging. »Ähm, ich habe keins.«

Die Mitarbeiterin zeigte auf ihre Hand. »Natürlich haben Sie eins. Es ist da. Ich muss es nur scannen.«

Liv sah auf ihre Hand herab. Sie hielt tatsächlich ein Papierticket in der Hand, obwohl sie sich nicht mehr erinnerte, wie es dorthin gekommen war. »Richtig«, sagte sie und übergab es der Mitarbeiterin.

Einen Moment später, nachdem ihr der Zutritt gestattet worden war, beeilte sie sich Rory einzuholen. »Das ist ein cleverer Trick, so eine Illusion.«

»Und um deine letzte Frage zu beantworten, es gibt vieles, was das Haus aus den Geschichtsbüchern nicht anerkennt. Es wird deine Aufgabe sein, so viel von der Geschichte zu lernen, wie du trotz allem kannst.«

»Sind wir deshalb hier? Wirst du mir etwas davon beibringen?«

Rory ging um eine Gruppe von lautstarken Schulkindern herum. »Nicht einmal ich kenne die ganze Geschichte. Ja, ich kenne die Teile, die sich auf Riesen und einige andere magische Rassen beziehen, aber das meiste davon wurde nicht gut dokumentiert. Die Geschichte der Magier zum Beispiel ist ziemlich löchrig.«

Das erschien Liv sehr seltsam. Sie hatte davon noch nie in ihren Geschichtslektionen gehört, aber sie hatte immer schon das Gefühl gehabt, dass viele Dinge in den Lehrbüchern der Magier ausgelassen worden waren. Ihre Eltern hatten ihr das schon als Kind gesagt. Das war ein Grund, warum sie sich der formalen Bildung ihrer Kinder widersetzt hatten und die Kinder dazu ermutigten, auf eigene Faust zu forschen, um Wissen zu finden. »Das wertvollste Wissen findet man nicht in einem Lehrbuch, sondern an den Orten, an denen man nie hinsehen soll«, hatte ihr Vater ihr wiederholt gesagt. Dieser rebellische Geist hatte ihn oft in Schwierigkeiten gebracht und jetzt.... naja, war er tot. Dennoch würde Liv, die wußte, was sie jetzt wußte, lieber dem Weg ihrer Eltern folgen und alles riskieren, als ein sicheres Leben im Hamsterrad der Sieben zu führen.

»Und ich bin hier, um dir ein wenig Geschichte zu zeigen, obwohl deine Ausbildung heute ein komplettes Nebenprodukt zu meiner eigentlichen Agenda ist«, erklärte Rory und wandte sich abrupt in einen Korridor, der nicht so überfüllt war wie die anderen.

»Wow, diese komplizierten Worte hätte ich dir gar nicht zugetraut«, sagte Liv und bemerkte eine vorbeikommende Gruppe älterer Frauen, die ihr seltsame Blicke zuwarf. »Was ist ihr Problem? Ist meine Wimperntusche vom Schlafen auf meinem Gesicht verschmiert?« Sie fuhr sich mit den Fingern unter die Augen, um ihr Make-up zu verbessern.

Rory hielt inne und drehte sich in einem Kreis, als wäre er vorübergehend verloren. »Was meinst du damit?«

»Warum sehen mich die Leute so seltsam an?«, fragte Liv, nachdem er wieder weiterlief.

»Abgesehen von der Tatsache, dass du ein Zwerg bist, von dem sie denken, dass er sich von seiner Schulgruppe getrennt hat?«

»Ja, abgesehen davon«, antwortete Liv mit einem Lachen.

»Nun, es sieht so aus, als ob du mit dir selbst redest, da sie mich nicht sehen können.«

»Aber *ich* kann dich sehen.«

Rory sah sie seitwärts an und zwinkerte. »Ja. Es nennt sich selektive Tarnung.«

»Sehr hinterhältig. Erinnere mich daran, einem Riesen nie zu vertrauen. Warte, erinnere mich nicht daran. Ich erinnere mich jetzt selbst: ich vertraue dir nicht.«

»Wir sind bei Weitem nicht so hinterhältig wie dein Lynx und ihm vertraust du immerhin«, bemerkte Rory und hielt vor einem Torbogen zu einem abgedunkelten Raum an.

»Plato ist nicht... Ja, nun, ihr seid beide Geheimniskrämer.«

Rory schenkte ihr keine Aufmerksamkeit mehr. Seine Augen waren auf einen Glaskasten in der Mitte des Nebenraums gerichtet. Er hob eine Hand hoch und zeigte darauf. »Da drin.«

Liv trottete vorwärts und versuchte herauszufinden, was in dem überdimensionalen Kasten war. Als sie in den Raum trat, lief ihr eine eisige Kälte über den Rücken. Sie drehte sich um und stellte fest, dass Rory sich nicht bewegt hatte. »Hey, kommst du nicht mit?«

Er schüttelte den Kopf. »Ich kann nicht.«

»'Kann nicht?'«, fragte Liv verblüfft. »Ich verstehe, dass du dich ducken musst, um unter dem Türbogen durch zu kommen, aber das hier ist nicht niedriger als die Vordertür zu Johns Laden.«

Rory schüttelte wieder den Kopf. »Nein, es gibt etwas, das mich daran hindert, diesen speziellen Raum zu betreten.«

Liv blickte über ihre Schulter und dann zurück zu dem Riesen. »Oh, nun, dann muss das bedeuten....« Sie trat vor, froh, dass sie den Raum für sich allein hatte, als sie sich dem großen horizontalen Kasten näherte. Auf einer weißen

Fläche unter dickem Glas lag ein riesiges Schwert. Liv hatte noch nie so etwas gesehen. Der Griff war aus Bronze gegossen und mit einem Ledergriff umwickelt, und die Klinge war so glänzend, dass es ihren Augen fast weh tat, direkt darauf zu schauen. Die Schnitzereien am Griff waren unglaublich detailliert und die neben dem Schwert liegende Scheide war mit Hunderten von Rubinen bedeckt.

Sie las das Schild neben dem Display. »Stammt vermutlich aus dem Römischen Reich. Zeit unbekannt.«

Liv drehte sich um und war sich bewusst, dass ihr Mund staunend sperrangelweit offen stand. »Das Ding da gehörte nicht den Römern, oder?«

Rorys Augen waren glasig, als er den Kopf schüttelte.

»Das ist das Schwert eines Riesen, nicht wahr?«, fragte Liv und dachte, dass nur jemand der so groß war wie Rory eine so lange Waffe schwingen könnte.

Wieder nickte der Riese.

»Aber warum kannst du nicht hier rein kommen?«

»Das weiß ich nicht«, antwortete Rory. »So ist es seit dem Bau dieses Museums vor über hundert Jahren.«

»Aber dieses Museum wird von Sterblichen geleitet. Und was macht das Schwert überhaupt im Naturkundemuseum?« fragte Liv.

Rory ließ einen langen Atemzug aus. »Leider konnten wir in all dieser Zeit keine Informationen über dieses Geheimnis herausfinden. Das Schwert gehörte meinem Großvater, Rory Bemuth Laurens. Es wird als 'Turbinger' bezeichnet. Es verschwand vor langer Zeit und tauchte dann hier mit magischen Schutzzaubern auf, die uns Riesen davon abhielten, es zurückzunehmen.«

»Also kannst du nicht in die Nähe davon gehen, aber ich kann?«

»So scheint es«, antwortete Rory. »Obwohl dies das erste Mal war, dass ich die Möglichkeit habe, meinen Verdacht zu testen.«

»Das muss bedeuten, dass Magier einen Schutzzauber auf das Schwert gelegt haben«, vermutete Liv.

Rory sah nicht so sicher aus. »Vielleicht, aber Magier halten Dinge gerne verborgen und hätten das dann so weggeschlossen, dass nur noch sie selbst in den Genuß des Anblicks gekommen wären. Sie haben wahrscheinlich ein ganzes Museum mit Artefakten im Haus der Sieben.«

Liv dachte an die Bibliothek, in der sie viele Abende verbracht hatte. Es war mehr eine Schatzkammer mit seltsamen Objekten als ein Ort, an dem man Bücher finden konnte. »Also, Sterbliche haben das Schwert deines Großvaters, aber wer hat die Schutzzauber darum gelegt, damit du es nicht zurückholen kannst?«

»Nochmals, das ist alles unklar«, sagte Rory. »Alles, was ich weiß, ist, dass das Schwert, das meiner Familie und mir gehören sollte, seit einem Jahrhundert in diesem Raum ausgestellt ist, ohne dass wir es zurückgewinnen können.«

Liv runzelte die Stirn. »Das ist traurig. Es tut mir leid.«

»Riesen sind bekannt für ihre überlegene Metallbearbeitung«, erklärte Rory. »Mein Großvater, einer der talentiertesten Handwerker, den ich je kannte, hat dieses Schwert gemacht. Es ist nicht nur unglaublich stark und wird nie stumpf, sondern auch von einzigartiger Magie durchdrungen, die den Träger schützt.«

»Verdammt, ich hätte gerne so ein Schwert«, sagte Liv und beäugte die schöne Waffe, die in dem Kasten lag.

»Und du könntest eins haben«, sagte Rory mit scharfer Stimme.

Liv drehte sich verblüfft um. »Ich könnte?«

»Ich könnte dir dein eigenes Schwert machen, eines, das zu dir und deiner Statur passt.«

»Du meinst, winzig«, entgegnete Liv lachend.

»Echte Schwerter werden speziell für eine Person geschmiedet. Mein Großvater wusste, wie man sie herstellt, also ergänzten sie denjenigen, der sie führte. Diese Fähigkeit ist inzwischen jedoch verloren gegangen.«

»Aber ich wette, du weißt immer noch, wie man es macht«, tippte Liv.

Rory nickte. »Ja. Er hat mir alles beigebracht, was ich weiß, und ich wäre bereit, dir ein Schwert zu machen – eines, das eine Erweiterung von dir ist und stärker und schöner als jedes Schwert, das je ein Magier benutzt hat.«

Liv blickte zurück auf das Schwert, bevor sie Rory direkt ansah. »Du hast meine Aufmerksamkeit. Wo ist der Haken?«

Der Riese grinste ertappt. »Ich bitte dich nur um einen Gefallen als Gegenleistung für dieses Schwert, das ich für dich machen würde.«

»Nur zu«, ermutigte Liv trocken.

»Alles, was du tun musst, ist das Schwert meines Großvaters zu stehlen, von da wo es gerade ausgestellt wird.«

Liv blinzelte den Riesen an. »Verstehe ich das richtig? Du willst, dass ich in ein bekanntes nationales Museum einbreche. Das ist *alles, was* ich tun muss?«

## Kapitel 6

Liv fuhr mit der Hand über die Wände in der Eingangshalle und beobachtete, wie die alten Symbole aufleuchteten und unter ihren Fingerspitzen tanzten. Sie starrte sie jedes Mal an, wenn sie in das Haus der Sieben kam, und fühlte sich, als ob sie sich danach sehnten, ihr eine Botschaft zu übermitteln. Je intensiver sie die Symbole betrachtete, desto vertrauter wirkten sie und doch wurde ihr ihre Bedeutung nie offenbart.

»Kannst du das glauben, was er da von mir verlangt hat?«, fragte sie Plato und bezog sich auf Rorys Bitte, dass sie das Schwert stehlen sollte. Plato hatte anscheinend die ganze Zeit in den Schatten im Museums gestanden, also wusste er, was Rory ihr angeboten hatte.

»Es klingt nach einem vollkommen vernünftigen Arrangement«, sagte Plato und schlenderte mit hocherhobenem Schwanz neben ihr her. »Du brauchst eine Waffe und er braucht einen Gefallen, den du ihm bieten kannst.«

»Wer sagt denn, dass ich eine Waffe brauche?«

»Nun, Wind und Einschüchterung sind gut, um Goblins zu bekämpfen, aber eines Tages werden deine Gegner größer sein als kniehoch.«

Liv stimmte mit einem Nicken zu. »Hey, ich war ziemlich gut darin, diesen Minotaurus in seine Schranken zu weisen, wenn du dich richtig erinnerst.«

»Ja, aber du hast dazu einen langen roten Schal benutzt, um ihn abzulenken. Ziemlich klischeehaft«, antwortete Plato.

»Alles was nötig war, damit ich ihn aus den Straßen Spaniens holen konnte. Ich hoffe wirklich, dass die Ratsmitglieder mir nicht noch so einen beschissenen Fall wie diesen zuweisen.«

»Nun, zumindest dachten die Sterblichen, der Minotaurus wäre ein Stier und niemand hat etwas gemerkt, nachdem du ihn da rausgeholt hattest«, sagte Plato.

»Ich bin mir nicht sicher, ob die Sterblichen erkennen würden, dass ein Einhorn vor ihnen steht, auch wenn es ihnen das Horn direkt in ihr...«

»Scheunentor«, bot Plato hilfreich an.

»Ja, das war genau das, was ich sagen wollte. »Scheunentor«.

»Sterbliche sehen, was sie erwarten zu sehen, aber angesichts von zu viel Magie werden die Scheuklappen irgendwann nichts mehr nutzen«, warnte Plato.

»Rory sagte etwas darüber, dass es für Sterbliche nicht sicher ist, etwas über Magie zu wissen. Glaubst du, dass das wahr ist?«, erkundigte sich Liv bei ihrem samtpfotigen Begleiter.

»Ich denke, es ist ein kompliziertes Thema und es kommt immer darauf an, wen man fragt«, antwortete Plato. »Für Magier und Riesen und viele andere magische Kreaturen ist es wahrscheinlich besser, wenn die Sterblichen nicht über alle Ereignisse in der magischen Welt Bescheid wissen. Aber ich bin mir nicht sicher, wie Sterbliche sich dabei fühlen würden.«

»Weil sie nie gefragt wurden?«, wollte Liv wissen.

Plato nickte. »Das vermute ich.«

»Nun, hier in der magischen Gemeinschaft sind wir hervorragend darin, zu entscheiden, was gut für alle anderen ist«, sagte Liv, als sie um die Ecke zur Tür der Reflexion ging. Ihr Bild starrte sie an und war wellig, als wäre die Oberfläche der Tür aus Wasser. Ihr langes, fließendes blondes Haar war fast komplett von der schwarzen Kapuze ihres Umhangs verdeckt, der über ihren Rücken hing.

Liv tat so, als würde die schwarze Leere zu ihrer Linken ihre Aufmerksamkeit nicht auf sich ziehen. In letzter Zeit, immer wenn sie den Flur hinunter in den Abgrund der Dunkelheit blickte, spürte sie einen seltsamen Zug dort hin. Aber genau wie der weiße Tiger und die schwarze Krähe sprach niemand über diesen seltsamen Aspekt des Hauses der Sieben. Die Magier eilten normalerweise daran vorbei und bemerkten nicht einmal, dass sie neben etwas gingen, das wie eine Klippe aussah, die vom Rand der Welt in den Abgrund führte.

Als sie durch die Tür der Reflexion trat, erlaubte sich Liv, sich vorwärts zu bewegen, jetzt gewöhnt an das seltsame Gefühl um in die Kammer des Baumes zu gelangen. Der Prozess sollte das hindurchgehende Mitglied der Sieben von Ängsten und Zweifeln vor jedem Treffen des Rates reinigen. Liv verstand nicht, warum sie immer einen seltsamen Traum erlebte, in dem sie blind wurde und von undeutlichen Figuren umgeben war.

Sie erwartete, auch jetzt wieder den gleichen Traum zu sehen, als sie durch die Tür ging, aber diesmal war es anders. Liv stand am Rande eines Berges, unheimlich ähnlich dem, von dem sie sich vorstellte, dass ihre Eltern fünf Jahre zuvor in den Tod gefallen waren. Der eisige Wind drückte gegen ihren Rücken und schickte kalte Schauer über ihre Haut. In der Ferne sah sie Rauch aus einem scheinbar gemütlichen Dorf aufsteigen. Der Rauch verwandelte sich schnell in wütende Flammen, die sich von Dach zu Dach ausbreiteten. Liv erschrak und fühlte sich, als wäre sie die einzige meilenweit, die das Feuer sehen konnte. Die Einzige, die helfen konnte. Aber sie war zu weit weg, gefangen auf einem Berggipfel.

Liv stolperte durch die Tür der Reflexion und richtete sich auf, sobald ihre aktuelle Realität wieder Gestalt annahm. Sie drückte ihre Schultern zurück, hob ihr Kinn und versuchte, die Überbleibsel dessen zu verbergen, was sie gerade gesehen hatte.

Die Ratsmitglieder saßen alle an ihren gewohnten Orten auf der hohen halbkreisförmigen Bank an der Rückseite der Kammer. Und wie üblich waren auch nicht alle Krieger anwesend, die meisten arbeiteten wohl an ihren Fällen. Maria Rosario, Stefan Ludwig und Decar Sinclair standen mit dem Rücken zu Liv, ihr Fokus lag auf den Ratsmitgliedern.

Stillschweigend nahm Liv ihren Platz zwischen Decar und Stefan ein.

»Miss Rosario, glauben Sie, dass Sie diesen Fall alleine lösen können?«, fragte Adler Sinclair, seine hellen Augen flackerten kurz zu Liv.

»Ich bin zuversichtlich, dass ich eingreifen kann, bevor das Gift in die Wasserversorgung gelangt«, sagte Maria mit Sicherheit. Sie trug eine wunderschön bestickte kastanienbraune Jacke, ihr langes schwarzes Haar floss über ihren Rücken.

»Du musst schnell sein«, warnte Adler. »Das Leben von Tausenden liegt in deinen Händen.«

Die Kriegerin nickte, machte eine Kehrtwendung und schritt schnell zum Ausgang.

Die Aufmerksamkeit der Ratsmitglieder verlagerte sich, die meisten schauten auf Decar, obwohl Liv einen kurzen abschätzenden Blick von Clark erhielt.

»Die Rebellion bei den Elfen«, begann Adler, »Wurde sie schon unterdrückt?«

»Ich muss mich mit mehreren ihrer Diplomaten treffen und einige Grenzfragen klären«, antwortete Decar. »Aber ich denke, dass wir uns in spätestens zwei Wochen geeinigt haben.«

Adler nickte und sah sich um, als er seine Kollegen ansah. »Ich denke, das ist vernünftig, wenn man bedenkt, was auf dem Spiel steht. Ich stimme den nächsten Schritten der Verhandlungen zu.«

Es gab eine gemeinsame Zustimmung von den übrigen Ratsmitgliedern und ähnlich wie Maria drehte sich auch Decar um und marschierte weg.

»Miss Beaufont...«, begann Adler, seine Stimme klang plötzlich müde, als er die Notizen auf seinem Tablet betrachtete.

»Sehr kreative Problemlösung«, warf Hester DeVries ein, ein freundliches Lächeln auf ihrem Gesicht. »Die Goblins haben tatsächlich viele der gestohlenen Gegenstände zurückgebracht, oder?«

Liv schnaubte fast vor Lachen. »Nun, das wollten sie anfangs nicht, aber ich konnte sie davon überzeugen, dass es in ihrem besten Interesse sein würde.«

Adler drückte seine Fingerspitzen auf die Stirn, an seinen typisch verärgerten Blick auf seinem blassen Gesicht konnte sie sich einfach nicht gewöhnen. »Miss Beaufont, du hast Häuptling Trock Swaliswan gefesselt und ihn vor seinem ganzen Stamm gedemütigt.«

»*Das* war es, was ihn gedemütigt haben soll?«, gluckste Liv. »Du hättest das lächerliche Outfit sehen sollen, das er trug. Ich bedeckte ihn hauptsächlich aus Selbstschutz mit Seilen, um zu verhindern, dass ich Augenkrebs bekomme.«

Aus dem Augenwinkel heraus sah sie ein schwaches Lächeln, das Stefans Lippen umspielte. Auch seine Schwester Raina Ludwig sah ziemlich amüsiert aus. Sie saß zwischen Hester und Clark auf der Bank.

Adler klopfte ungeduldig mit den Fingern auf den Tisch vor ihm.

»Ich denke, dass du, Olivia, ein paar Lektionen in Diplomatie brauchst«, bot Bianca Mantovani an, ihre scharfen Wangenknochen sahen hohl aus im funkelnden Licht, das der Baum auf sie warf. Sie las von ihrem Tablet und schüttelte den Kopf vor Missbilligung. »Ist es wahr, dass du mehrere Goblins über das Lagergelände geworfen hast?«

Liv lachte. » Ich heiße Liv. Und die kleinen Pisser waren dabei, mich mit stumpfen verrosteten Klingen und krummen Heugabeln anzugreifen. Ich glaube, das nennt man 'sich selbst verteidigen'.« Sie deutete die Anführungszeichen in der Luft mit ihren Fingern an.

Der weiße Tiger ging um die Bank herum und sah noch majestätischer aus, als Liv ihn in Erinnerung hatte. Er blickte sie nicht an, sondern stolzierte im Raum herum, seinen Kopf hoch erhoben. *Was zum Teufel ist mit dem Tier los und warum scheint ihm niemand viel Beachtung zu schenken?* fragte sich Liv. *Nur eine riesige Katze, die durch die Kammer schlendert. Hier gibt es nichts zu sehen. Bitte gehen Sie weiter!*

»Ich verstehe nicht, was das Problem mit Livs Taktik war«, sagte Raina, ihre Stimme klar und laut. »Ein Krieger darf in einem solchen Fall alle erforderlichen Abwehrmaßnahmen ergreifen. Und obwohl Goblins nicht als tödliche magische Kreaturen angesehen werden, können sie in großen Mengen wie diesen überwältigend sein.«

Haro Takahashi und Lorenzo Rosario stimmten ihr mit einem Nicken zu, aber Bianca ignorierte Rainas Worte und lehnte sich nach vorne, um die Bank entlang auf Raina zu schauen.

»Das Problem ist, dass Olivias Taktik zusätzliche Probleme für das Haus geschaffen hat«, erklärte sie.

Raina war unbeirrt und zeigte auf den Baum, auf dessen Ästen jeder der Namen der Ratsherren und Krieger hell in Blau und Grün leuchtete. »Ich glaube, ihr Name ist Liv, Bianca.«

Die andere Frau ignorierte diese Korrektur und sah Adler zur Unterstützung an.

»Miss Mantovani hat Recht«, sagte Adler nüchtern. »Wir haben mit den Goblins vereinbart, dass sie uns bei der Suche bei verschiedenen Projekten im Gegenzug für bestimmte Kronzeugenregelungen helfen werden. Ja, sie haben gegen ihre Vereinbarung verstoßen, aber du solltest einfach nur eine Warnung aussprechen, nicht ihr Lager zerstören.«

»Ich habe es abgerissen und dann wieder zusammengesetzt, also habe ich ihr Lager technisch gesehen nicht zerstört«, argumentierte Liv.

Adler seufzte. »Du hast ihren Häuptling gefesselt und bedroht.«

»Lass mich das klarstellen«, begann Liv. »Ich soll die Regeln durchsetzen, es sei denn, wir haben eine Vereinbarung mit einer Gruppe von magischen Kreaturen. Dann gebe ich ihnen einen Klaps auf das Handgelenk? Das sind Goblins. Sie würden sowieso nie auf die Vernunft hören.«

»Dann würden sie halt weiterhin ein wenig von Touristen stehlen«, sagte Adler abweisend. »Das Problem hätte sich irgendwann von selbst gelöst. Ab sofort müssen wir dem Häuptling Wiedergutmachung leisten.«

»Die hatten übrigens aus Resorts auf ganz Bali Zeug gestohlen«, sagte Liv, ihr Gesicht wurde heißer.

»Ja, dieses Verhalten war unglücklich, aber die Vereinbarung, die wir mit den Goblins getroffen haben, ist wichtiger, als ihren Verstoß auf die von dir gewählte Weise zu ahnden«, sagte Adler.

»Also sollen wir die Regeln vollständig durchsetzen, es sei denn, wir haben eine Vereinbarung mit den Kreaturen und dann ignorieren wir die Regeln?«, fasste Liv zusammen. »Was wäre, wenn es Riesen oder eine andere Kreatur gewesen wäre, mit der wir kein Abkommen haben?«

Viele der Ratsmitglieder lachten, Bianca am lautesten, ihr Ton schrill und unwillkommen. »Riesen würden nie eine Vereinbarung mit dem Haus der Sieben abschließen«, sagte sie mit hoher Stimme. »Sie werden selten gesehen, und wenn, dann weigern sie sich, mit Magiern Umgang zu pflegen.«

Lorenzo Rosario nickte von der anderen Seite der Bank. »Es ist wahr. Sie sind weniger zivilisiert als Goblins, wenn du mich fragst.«

Liv wollte den Ratsvorsitzenden daran erinnern, dass er nicht gefragt worden war, aber das würde ihr wahrscheinlich keinen Gefallen tun, da die meisten sie mit missbilligenden Blicken betrachteten. Glücklicherweise hielt Clark seinen Kopf unten und vermied es, ihr weitere Blicke zuzuwerfen.

»Miss Beaufont, wir hoffen, dass du eine wertvolle Lektion aus all dem entnehmen kannst«, sagte Adler, sein Tonfall eindeutig bevormundend. »Wir haben bei der Vergabe deines neuen Falles deinen Bedarf an mehr Praxis im Bereich der Diplomatie berücksichtigt. Die Details findest du auf deinem Tablet. Überprüfe das jetzt und stelle uns bitte alle Fragen, die dir helfen werden, in diesem Fall effektiv zu arbeiten.«

Liv schluckte die kluge Bemerkung herunter, die darum bettelte, aus ihrem Mund zu springen, während sie ihr Tablet aus ihrer Robe zog. Sie konnte es kaum erwarten zu sehen, welche mühsame Aufgabe sie ihr diesmal übertragen hatten. Vielleicht würde sie Feen an die richtigen Zonen für die Bestäubung erinnern, um nicht zu weit in konkurrierende

Gebiete zu gelangen, oder vielleicht würde sie Brownies über die neuesten wissenschaftlichen Erkenntnisse für die Reinigung von Häusern aufklären müssen.

Sie blickte auf ihr Tablet und für einen Moment dachte sie, sie könnte Hellsehen auf ihre Liste der magischen Talente setzen. Ein weiterer wertloser Fall.

Liv blickte zu den sieben Ratsmitgliedern auf, die sie mit Gleichgültigkeit betrachteten. »Ich habe keine Fragen. Ich denke, ich kann damit umgehen.«

Adler strich sich sein weißes Haar von den Schultern und nickte. »Hoffen wir, dass du Recht hast. Wir brauchen keine weiteren Probleme mehr von dir.«

## Kapitel 7

»Wir brauchen keine Probleme mehr von dir«, äffte Liv Adler Sinclair und seinen arroganten Tonfall nach.

Sie eilte an der ›Großen Leere‹ vorbei, ein Name, den sie sich für die seltsame Schwärze ausgedacht hatte. Vielleicht würde die Person, nach der sie gerade auf der Jagd war, wissen, worum es hier ging. Liv hatte es nicht eilig, mit dem Fall anzufangen, der ihr gerade zugewiesen worden war. Und außerdem hatte sie diesen Abend eine Verabredung, die sie nicht verpassen durfte. Die Brownies konnten warten.

Liv konnte immer noch nicht glauben, dass ihr nächster Fall darin bestand, mit den Brownies über ihre Arbeit zu reden und den kleinen Elfen, die nur dienen wollten, indem sie heimlich die Häuser der Sterblichen putzten, die sie bewunderten, Reinigungsvorschriften aufzuerlegen.

Die Kriegerin öffnete die große Tür zur Wohnabteilung des Hauses der Sieben und trat vorsichtig ein. Sie schaute hinter dem Wandteppich, der an der Wand hing. Da war niemand.

Sie glitt den Gang hinunter und schaute in eine große Vase, die neben einem Sideboard stand. Nichts.

Liv steckte ihren Kopf in den Speisesaal und vergewisserte sich, dass er vor dem Betreten leer war. Sie stöberte unter dem Tisch, in dem großen Schrank an der Rückseite und hinter einer großen Topfpflanze. Wieder fand sie nicht, was sie suchte.

»Bleib wo du bist, kleiner Affe, denn ich werde dich finden«, flüsterte Liv.

»Du redest wieder mit dir selbst«, sagte Plato. Er war plötzlich an ihrer Seite erschienen.

Liv schüttelte den Kopf. »Du weißt verdammt gut, mit wem ich rede.«

»Alles, was ich weiß, ist, dass du nicht mal kurz davor bist, sie zu finden.«

Liv betrachtete ihn mit plötzlicher Neugierde. »Sag es mir nicht. Ich will das alleine machen.«

»Ich würde nicht im Traum daran denken, deiner Schwester und mir den Spaß zu verderben.«

Livs Augen gingen zum großen Kronleuchter, der über dem langen Tisch hing. Kristalle in verschiedenen Farben hingen in Strängen von den Ebenen. Über dem Kronleuchter schienen die Dachbalken der Decke für immer weiterzugehen. Sie dachte immer, sie sähe kleine Gestalten, die sich dort verstecken, als sie ein Kind war. Wahrscheinlich hatte sie das, aber die Person, nach der sie suchte, war nicht da oben. Zumindest hoffte sie, dass sie es nicht war, denn dann würde sie nicht gefunden werden.

»Liv?«, rief ein Mann von der Küche. »Suchst du etwas zu essen?«

Sie drehte sich, um Akio Takahashi zu finden. Der Krieger hatte ein Schwert an seiner Seite und trug lange orientalische Seidengewänder. Er war um etwa ein Jahrzehnt jünger als sein Bruder Haro, aber sie teilten die gleichen jungenhaften Eigenschaften.

»Nein«, antwortete Liv. »Ich suche nur jemanden.«

Akio trat vor. In der Hand hielt er ein großes Croissant. Er sah es für einen Moment an, als ob er darüber nachdachte, ob er es essen sollte, aber dann sah er Liv an. »Kann ich dir helfen?«

Liv schüttelte den Kopf. »Es ist eine Art Spiel. Keine Beleidigung, aber du darfst nicht mitspielen.«

Er lachte, seine braunen Augen leuchten auf. »Nichts für ungut. Ich bin mir nicht sicher, ob ich überhaupt Zeit für Spiele habe.«

Liv konnte sich nicht davon abhalten, die Augen zu verdrehen. »Nun, ich schätze, ich sollte das auch nicht tun, aber wir müssen uns Zeit zum Spielen nehmen. Und wenn ich dringendere Fälle hätte, hätte ich vielleicht weniger Chancen zu spielen.«

Akio nahm einen Bissen vom Croissant, sein Blick war nachdenklich. »Ein ganzes Jahr lang wurde ich beauftragt, unter Lilienvögeln aufzuräumen.«

»Lilienvögel?«, fragte Liv.

»Oh, sie sind eine Art magischer Vogel, der vor langer Zeit aus Europa herübergekommen ist. Sie richten verheerende Schäden in diesem Ökosystem an, wenn sie unkontrolliert bleiben. Aber was noch wichtiger ist, sie sind ziemlich schwer zu fangen, da sie wie Blumen aussehen.«

Liv lachte. »Daher der Name.«

Akio nickte. »Die Arbeit machte weder Spaß noch war sie aufregend. Es war manchmal ziemlich langweilig und ich hatte immer Angst, dass ich nie alle finden und sie dorthin zurückschicken könnte, wo sie hergekommen waren.«

»Aber du hast es dennoch getan?«

»Ja und als die Ratsmitglieder dann dachten ich sei bereit, gaben sie mir Fälle, die mir mehr Spaß machten.«

»Richtig, also denkt der Rat, dass ich noch nicht bereit bin. Ich verstehe schon.«

Akio neigte seinen Kopf hin und her und betrachtete das Croissant. »Das könnte sehr gut sein. Du bist eine Unbekannte im Haus. Es gibt so viele Fragen über dich.«

Eine alte Erinnerung kam an die Oberfläche von Livs Geist. Erst als sie den kleinen Jungen in ihrem Gedächtnis anstarrte, erinnerte sie sich an etwas, wovon sie sich nicht sicher war, wie sie es hatte vergessen können. »Ich bin mit dir hier aufgewachsen. Erinnerst du dich daran?«

»Ja, aber ich bin auch etwas älter, deshalb bin ich überrascht, dass du dich daran erinnerst.«

Die Erinnerung verblasste, als sie den älteren Krieger ansah. »Aber du bist fortgegangen, nicht wahr?«

Akio nickte. »Unsere Eltern wollten, dass Haro und ich unsere Jugend in Japan verbringen, in dem Wissen, dass wir eines Tages unseren Platz hier einnehmen müssen. Aber ja, ich habe meine prägenden Jahre hier verbracht, bevor ich zwölf Jahre alt wurde.«

»Vermisst du es jemals, ein Zuhause fernab von diesem hier zu haben?«, fragte Liv.

»Ich vermisse es, eine Identität fernab von hier zu haben«, sagte Akio. »Unsere Eltern wollten, dass wir das haben, in dem Wissen, dass unsere Verpflichtung eines Tages ausschließlich dem Haus der Sieben gelten würde. Zehn Jahre lang war ich Akio Takahashi der Magier, der Schüler, der Liebhaber, der Dichter. Jetzt bin ich Akio der Krieger und das ist alles.«

Liv nickte. Das machte Sinn. Wie konnten sie die Menschen davon abhalten, sich in dieser Welt zu verlaufen? Wie sollte sie das tun? Dann erinnerte sie sich daran, dass es sich nur um eine zwölfjährige Position handelte. Das war eine lange Zeit, aber es war kein Leben. Für einen Magier war das weniger als zehn Prozent ihrer zugeteilten Spanne. Eines Tages würde Sophia Liv als Kriegerin ersetzen und ihr die Chance geben, ihr Leben wieder aufzunehmen.

»Deine Eltern...« Liv verstummte und erkannte, dass die Frage mit einem heiklen Thema flirtete.

»Sie sind am Leben«, antwortete Akio und nahm noch einen Bissen vom Croissant. »Mein Vater und mein Onkel sind vor vielen Jahren freiwillig zurückgetreten und haben Haro und mir ihre Ämter als Ratsherr und Krieger übertragen.«

»Es ist eine lange Tradition, die die Takahaschis gewahrt haben«, begann Liv. »Im Haus der Sieben zu sein und auch zurückzutreten, anstatt ersetzt werden zu müssen.«

Akio stimmte zu und beendete sein Essen. »Ja. Wir glauben, dass es besser ist, anmutig zurückzutreten, als einen vorzeitigen Tod zu erleiden. Das könnte ein Grund dafür sein, dass wir eine der ältesten Familien im Haus sind. Wir sind auf die Positionen vorbereitet und entwickeln eine Strategie, wie und wann unsere Nachfolger eingesetzt werden.«

»Das ist viel weniger zufällig, als herauszufinden, dass der Großteil deiner Familie gestorben ist und die Position jetzt auf dich fällt«, sagte Liv traurig.

Akios Gesicht wurde ernst. »Die Takahashi-Familie hatte ihre eigenen Todesfälle, aber nichts wie die Beaufonts. Und doch bleibt deine Familie eine der Ersten Drei.«

*Kaum,* dachte Liv bei sich. Es gab nur noch drei Beaufonts auf der ganzen Welt: Liv, Clark und Sophia. Sie kannte die Geschichte des Hauses der Sieben. Das war eine verzweifelt kleine Zahl für eine Familie und wenn sich die Dinge nicht änderten, könnten sie leicht ihren Platz im Haus verlieren. Dabei musste nur einem von ihnen etwas passieren.

»Ich halte dich von deinem Spiel ab. Ich entschuldige mich«, sagte Akio und verbeugte sich leicht vor Liv. Plötzlich sah sie einen Geistesblitz von Akio als Jungen, der mit seinem Vater in einem der Trainingsstudios im Untergeschoss übte. Sie hatte vor diesem Moment eigentlich alles über den Keller vergessen. Vielleicht sollte sie dort als nächstes suchen.

»Dein Vater war... *ist* ein ausgezeichneter Kämpfer, wenn ich mich recht erinnere«, sagte Liv.

Akio Augen leuchteten auf. »Er ist einer der besten Kampfkünstler, die ich je kannte.«

Liv gab die Verbeugung zurück. »Ich scheine mich jetzt daran zu erinnern.«

Akio ging an Liv vorbei zum Eingang der Halle, hielt aber am Torbogen inne. »Liv, wenn du jemals Training brauchst, würde ich dir gerne helfen.«

»Oh, naja«

»Ich weiß, dass du kein Training vom Haus willst, daher betrachte dies als Privatunterricht von der Takahashi-Familie, nicht vom Haus der Sieben. Wir haben unsere eigene Praktiken. Meine Eltern bestanden darauf, dass Haro und ich außerhalb dieser Mauern ausgebildet werden, also verstehe ich deinen Wunsch, woanders ausgebildet zu werden.«

»Warum war das so?«, fragte Liv. »Warum haben sie dich zum Training weggeschickt?«

»Du musst sie vielleicht fragen, aber ich denke, sie befürchteten, dass, wenn alle Krieger und Ratsmitglieder die gleiche Ausbildung hätten, sie sich alle gleich verhalten würden. Sie haben oft gesagt, dass das Haus der Sieben nur wegen der Vielfalt der Perspektiven funktioniert. Die Vielfalt der Familien und was jeder einzelne mitbringt.«

»Deine Eltern sind sehr weise«, sagte Liv.

»Wie die deinen«, antwortete Akio. »Mein Vater spricht bis heute sehr viel von ihnen.«

Liv neigte ihren Kopf. »Danke. Ich sollte jetzt besser gehen.«

Akio nickte. »Ich hoffe, du findest, was du suchst.«

»*Wen*, genauer gesagt. Und ich auch«, sagte Liv und ging auf die Küche zu.

Die Köche waren in Hochform und bereiteten sich auf die Mahlzeiten des nächsten Tages vor. Liv musste sich mehrmals ducken, als die Zutaten durch die Luft flogen, auf dem Weg zu einem Arbeitsplatz. Sie eilte in den Garten hinaus, bevor der Chefkoch noch ein Metzgermesser in ihre Richtung schicken würde. Sie hatte den verärgerten Blick bemerkt, den er ihr zugeworfen hatte, als sie durch die große Küche gegangen war.

Die Gärten waren einer von Livs Lieblingsorten gewesen, als sie hier aufgewachsen war. Als sie in den großen Hof trat, der von moosbedeckten Mauern umgeben war, fühlte sie, wie ein Teil der Last von ihren Schultern verflog. Große als Zentauren gestaltete Zierpflanzen säumten den Weg, ihre Speere waren wie Pfeile angewinkelt und zeigten den Weg nach vorne. Springbrunnen erstreckten sich über die gesamte Länge des Gartens. Kristallklares blaues Wasser war so ruhig wie Glas und kontrastierte glänzend mit dem grünen Gras um den Brunnen. Als Liv jünger gewesen war, hatte sie gedacht, dass die Teiche flache Becken wären, bis sie eines Tages hineingefallen und so weit nach unten gesunken war, dass sie fast das Sonnenlicht aus den Augen verloren hatte. Bis heute konnte sich Liv nicht erinnern, wie sie es wieder aus dem Brunnen herausgeschafft hatte, aber es war zu bizarr, um ein Traum zu sein. Alles, woran sie sich noch erinnerte, war, Wasser für eine gewisse Zeit ausgespuckt zu haben und dass sie dann eine Standpauke von ihrer Mutter erhalten hatte.

Als sie sich sicher war, dass sich niemand im Garten versteckt hielt, nahm Liv die Treppe zu ihrem Lieblingsplatz im ganzen Haus der Sieben: der Bibliothek. Es gab keinen anderen Ort auf der Welt, der so gut war wie dieser.

# Kapitel 8

»Wirst du Akio auf sein Angebot ansprechen?«, fragte Plato und materialisierte neben Liv, als sie die letzte Stufe der Treppe heraufstieg. Die Etage, in der sich die Bibliothek befand, enthielt nichts anderes. Das machte Sinn, denn der Raum war größer als alle Wohnräume zusammen. Man konnte Monate damit verbringen, die Bibliothek des Hauses der Sieben zu erkunden und würde trotzdem nicht alles sehen. Liv wusste das, weil sie es versucht hatte.

»Weißt du, manchmal denke ich, dass du ein Produkt meiner Fantasie bist«, sagte Liv zu dem Kater.

»Weil ich nur mit dir rede?«, fragte Plato.

»Und du verschwindest, wenn andere in der Nähe sind.«

»Ich mag keine Menschen«, stellte er deutlich klar.

»Und ich bin eine Ausnahme?«

»Du bist eine Rarität.«

»Du magst mich«, sang Liv mit einer neckenden Stimme.

»Das habe ich nie gesagt.«

»Und ich weiß nicht, ob ich ein Training bei Akio annehmen sollte, obwohl es eine gute Gelegenheit für mich sein könnte.«

»Deine Mauern bröckeln«, stellte Plato fest.

Liv spöttelte. »Vielleicht ein wenig, aber sie sind so dick, dass es Äonen braucht, bis sie vollständig zusammenbrechen.«

Sie schob die dicke Tür zur Bibliothek auf. Obwohl sie auf das vorbereitet war, was sie als nächstes sehen würde, erfüllte sie der Ort doch immer noch mit Ehrfurcht. Säulen so groß wie Kleinwagen ragten bis zur Decke im dritten Stock empor. An mehreren Stellen befanden sich Balkone, von denen aus man jeweils einen Blick auf die meisterhaft bemalte Decke werfen konnte. Ein Gemälde der Milchstraße drehte sich und funkelte, den Bewegungen der realen Galaxie folgend.

Der erste Stock der Bibliothek fühlte sich irgendwie malerisch und gemütlich an, mit seinen vielen Sitzgelegenheiten und Lesewinkeln. Liv wusste jedoch, dass dies nur eine Täuschung war. Zu oft war sie in einem der Gebiete eingeschlafen, nur um an einem Ort aufzuwachen, an den sie sich nicht mehr erinnerte. Man verlief sich nicht nur in dieser Bibliothek. Wenn man nicht vorsichtig war, wurde man wie ein Buch weitergereicht, das von Leser zu Leser weitergegeben wurde, bis man endlich weit weg von dort gefunden wurde, wo man angefangen hatte.

Livs Mutter hatte ihr erklärt, dass, wenn so viele magische Texte an einem Ort aufbewahrt werden, die Bücher beginnen, sich gegen die Leser zu verschwören und ihnen Streiche zu spielen.

Als sie die erste Reihe von Büchern erreichte, stoppte Liv und atmete tief ein, um den latenten Duft von staubbedeckten und vor Wissen strotzenden Seiten einzuatmen. Sie streckte die Hand aus und fuhr mit den Fingern über die Rücken, genoss das Gefühl, als sie ihre Haut kitzelten.

Als sie dann am Ende der Reihe ankam, erkannte Liv, dass sie bereits verloren war. Sie drehte sich in einem geschlossenen Kreis und wusste nicht, woher sie gekommen war. Es fühlte sich plötzlich an, als wäre sie in den Brunnen gefallen und wusste nicht, wo es hinauf und wo hinunter ging.

Ein Kichern brachte sie zurück in die Gegenwart und Liv drehte sich um. Sie sah rechts von sich einen blauen Fleck. Auf dem Weg zu einer großen Kugel in einem Ständer hielt sie ihre Augen so unfokussiert wie möglich, da sie wusste, dass dies der beste Weg war, die gesuchte Person zu finden.

Ein weiterer blauer Blitz, diesmal von links. Liv blieb stehen. Wartend. Lauschte auf Schritte.

Sie hörte sie zwei Reihen weiter und drehte sich in diese Richtung zurück.

»Ich weiß, dass du hier bist«, flüsterte Liv in das Bücherregal.

Noch ein Kichern, diesmal näher.

Liv blinzelte und versuchte, ihre Augen zu entspannen und das Bücherregal als ein einziges Etwas und nicht als Hunderte von einzelnen Bänden zu sehen. Es funktionierte und aus dem Mix ragte ein einziges Buch heraus. Es war neuer als alle anderen. Heller, sein Rücken war strahlend blau.

Liv zeigte auf das Buch und murmelte atemlos eine Beschwörung. Der gebundene Wälzer rutschte vom Regal und schwebte in der Luft, bevor er sich mehrmals wie eine Karte entfaltete, dann blühte er auf einmal in die Form von Sophia Beaufont auf.

»Ich habe dich gefunden«, sagte Liv fast zu laut, bevor sie sich zurückhielt.

Sophia strahlte und zeigte eine Reihe heller Zähne mit einer Lücke in der unteren Reihe. Im Alter von acht Jahren hatte sie begonnen, ihre Milchzähne zu verlieren, aber das beeinträchtigte nicht die exquisite Schönheit des Mädchens oder ihr zeitloses Aussehen. Sie war genauso komplex wie der dicke Band über die Geschichte der Magie, als den sie sich verkleidet hatte. Sophia Beaufont war ein seltenes und außergewöhnliches Kind.

Sie rannte nach vorne und legte ihre Arme um Livs Taille. »Ich wusste, dass du es schaffen würdest, obwohl ich während des langen Wartens dann schon ein wenig nervös wurde.«

Liv umarmte sie auch. »Ich kann nicht glauben, dass du dich in einem Buch versteckt hast.«

Sophia trat zurück und machte einen Knicks vor Plato, der die Geste mit einem Nicken quittierte. »Eigentlich, um genau zu sein, habe ich mich *als* Buch getarnt.«

»Nun, ich bin beeindruckt.«

Sophia hielt ihren Finger an ihre Lippen. »Das ist immer noch unser Geheimnis? Mein Einsatz von Magie?«

Liv nickte. »Natürlich. So wie unser Versteckspiel.«

Sophia lächelte, ihre blauen Augen funkelten. Sie passten zu dem veilchenblauen Kleid, das sie trug, das voller Rüschen und mit gelben Edelsteinen bestickt war, die die Farbe ihrer Haare hatten. »Gut. Ich werde mir morgen einen noch besseren Ort ausdenken.« Sophia gähnte, ihr Mund öffnete sich weit.

Liv erinnerte sich daran, dass diese unglaubliche Magierin noch ein Kind war. »Hey, es scheint als wäre deine Schlafenszeit gekommen.« Sie streckte ihre Hand aus. »Lass uns gehen«, sagte sie, mehr eine Anweisung als ein Vorschlag.

Sophia nahm ihre Hand und ließ sich wegführen. Liv stoppte, nicht ganz sicher, wie man die Bibliothek verließ. »Ich habe vergessen, wie ich meinen Weg aus diesem Ort finden kann.«

Die junge Magierin kicherte und übernahm die Führung. »Es ist wie bei mir, wenn ich gefunden werden will. Ich habe dir einen Hinweis gegeben, nicht wahr?«

»Oh, war es *das*, worum es beim Kichern ging?«, hänselte Liv ihre Schwester.

»Ja, sonst hätte ich mich für immer versteckt und du hättest mich gar nicht gefunden«, sagte Sophia und zeigte nach vorne, wo eine Statue eines Trolls auf einen offenen Gang hinwies.

»War das Ding vorhin schon da?«

Sophia zwinkerte ihr zu. »Wahrscheinlich nicht. Die Bibliothek ändert sich je nach Bedarf. Wenn du gehen willst, weist sie dich in die richtige Richtung. Wenn du dich verstecken willst, gibt sie dir einen Platz. Und wenn du etwas über Smilgorms herausfinden willst, schiebt sie dich in den richtigen Gang.«

»Was sind Smilgorm?«, fragte Liv neugierig.

Sophia schüttelte den Kopf. »Ich weiß es nicht und wundere dich nicht, sonst schaffen wir es nie hier raus. Konzentriere dich einfach darauf, zum Ausgang kommen zu wollen.«

Liv tat, was ihr von ihrer bestimmenden jüngeren Schwester gesagt wurde. Eines Tages würde sie eine ausgezeichnete Kriegerin sein und bis dahin diente Liv an ihrer Stelle und reservierte die Rolle für die Familie Beaufont.

# Kapitel 9

Das Portal spuckte Liv in einem Gebiet von London aus, das die meisten Sterblichen noch nie gesehen hatten. Selbst wenn sie es sahen, wussten sie vielleicht nicht, was sie sahen. Es dauerte tatsächlich einige Sekunden, bis Liv die Szene vor sich entschlüsselt hatte.

Die Kopfsteinpflasterstraße war dunkel, obwohl es in London ein seltsam sonniger Tag war. Die Nähe der Gebäude zur Straße ließ so gut wie kein Sonnenlicht auf den Bürgersteig fallen.

»Geh zur Seite, Süße, hier wollen noch andere durch das Portal«, sagte die Stimme eines Mannes hinter Liv. Sie sprang aus dem Weg, drehte sich um und fand einen großen Fae vor sich, der mit verschränkten Armen vor ihr stand. Seine kastanienbraunen Flügel schlugen leicht, als er sie mit einem schelmischen Lächeln ansah. »Oh, es muss dein erstes Mal in der Roya Lane sein. Du darfst nicht im Eingang stehen bleiben, sonst kann niemand anderes durch das Portal. Typischer Anfänger-Fehler.«

»Roya Lane?« fragte Liv, abgelenkt von der schieren Schönheit des Mannes vor ihr. Er hatte lange Ohren wie ein Elf, die aus seinem glatten blonden Haar hervorragten und trug eine elegante kastanienbraune Tunika, die zu seinen Flügeln passte. Eine Reihe von Medaillen hingen ihm um den Hals.

»Ja, oder wie ich es gerne nenne, Regierungszentrum«, sagte er und streckte ihr eine perfekt gepflegte Hand entgegen.

»Mein Name ist Rudolf. Wer bist du denn, Zauberer?«

Liv fing sich wieder, bevor sie errötete. Sie erinnerte sich daran, dass die Fae, also die Wesen welche die Menschen in ihren Sagen gemeinhin als Feen bezeichneten, trügerisch schön waren. Sie hatten im Laufe der Jahrhunderte so manchen Sterblichen in sich verliebt gemacht und sie verloren, verwirrt und sich suizidgefährdet nach einem Liebhaber sehnend zurückgelassen, der längst weitergezogen war.

Sie schluckte die Enge in ihrem Hals hinunter, hielt ihr Gesicht neutral und schüttelte Rudolfs Hand. »Ich bin Liv Beaufont, eine Kriegerin aus dem Haus der Sieben.«

Rudolf wölbte eine Augenbraue, seine blauen Augen lächelten. »Hast du einen Ausweis? Das ist eine große Rolle für ein so kleines Mädchen.«

Liv schüttelte den Kopf. »Sie geben keine Dienstmarken im Haus aus. Tut mir leid.«

Rudolf seufzte und sah verzweifelt aus. »Nun, es scheint, dass ich dir dann nicht glauben kann. Mein Eid auf die Wahrheit hindert mich daran, andere beim Wort zu nehmen. Ich brauche immer Beweise.«

»Ähm, ich bin nicht hier, um dir etwas zu beweisen. Ich suche eigentlich nach dem offiziellen Büro der Brownies.«

Rudolf hob sein spitzes Kinn hoch in die Luft und richtete seinen Blick gelangweilt in den blauen Himmel. »Ich kann dir keine Informationen anbieten, da ich nicht weiß, wer du wirklich bist.«

Liv ließ fast zu, dass ein Knurren aus ihrem Mund entwich. Was dachte dieser aufgeblasene Knilch eigentlich wer er war, dass er das Recht hatte sie zu befragen? »Ja, das ist kein Problem. Ich frage einfach eine der anderen dutzenden Kreaturen in der Roya Lane.« Sie richtete ihre Aufmerksamkeit auf die Straße, die voller Elfen, Gnome, Feen aller Art und kleinerer Kreaturen war, die sie kaum erkennen konnte, während sie zwischen den Wesen umher strichen. Die Fahrspur war am Ende geschlossen und in Livs Rücken befand sich eine massive Ziegelwand. Der einzige Weg hierher entstand durch Portal-Magie und anscheinend standen sie an diesem Eingang, da eine Gruppe von Elfen sie fast überrannt hätte als sie die Straße betraten.

Rudolf packte Liv am Arm und zog sie zur Seite aus dem Weg. »Du solltest darauf achten, dass du dich aus dem Portalbereich heraushältst. Und sprich nicht mit McClusky. Er wird deine Identität stehlen. Und was auch immer du tust, iss nichts, wenn es so aussieht, als enthielte es Erdnüsse. Erstens, es sind wahrscheinlich keine Nüsse, und zweitens, es wird bei dir die Nesselsucht ausbrechen lassen.«

»Warum hilfst du mir?« fragte Liv, zog ihren Arm aus seinem Griff und stolperte fast über eine kleine pelzige Kreatur, die zwischen ihren Füßen durchraste als sie versuchte, durch die Menge zu kommen. »Ich dachte, du wolltest mir keine Informationen geben, weil ich meine Identität nicht beweisen kann«

»Das ist wahr, aber ich freue mich, einem Neuling von Roya Lane ein wenig Wissen anzubieten, damit du sicher durch das Labyrinth dieser kurzen Straße navigieren kannst.« Rudolf öffnete die Arme weit, blickte über die Straße und lächelte breit.

»Großartig, also wo ist nun das Hauptquartier der Brownies?«, fragte Liv erneut nach.

Er schüttelte den Kopf. »Das kann ich dir nicht sagen. Was, wenn du ihre Tür eintreten und sie mit den Fäusten angreifen willst?«

Liv warf ihm einen ungeduldigen Blick zu. »Das steht nicht auf meiner Agenda und alles was du mir geben sollst ist eine Wegbeschreibung. Nicht den Code zu einem geheimen Tresorraum.«

Rudolf lachte. »Du bist so neu an diesem Ort. Ohne Wegbeschreibung zum Büro der Brownies wirst du es nicht finden. Das kann ich dir versichern. Wie Brownies halt so sind, ist es gut versteckt.«

Liv blickte die Türreihe hinunter, jede einzelne deutlich markiert: Gnom-Hauptquartier, Elfen-Zentrale, Büro für Feenwesen-Angelegenheiten.

Es gab noch viele andere Schilder, aber keines von ihnen sagte etwas über Brownies.

»Jetzt mal Butter bei die Fische, Rudolf, was für einen Identitätsnachweis nimmst du? Ich habe einen Führerschein und einen Lynx, der für mich bürgen kann.«

Rudolf lachte: »Sei nicht albern. Ein Lynx kann diesen Ort nicht betreten. Wir haben Schutzzauber die verhindern, dass diese Schädlinge in die Roya Lane kommen können.«

»Das denkst auch nur du«, murmelte Liv.

»Was hast du gerade gesagt?«

Liv schüttelte den Kopf und ignorierte seine Frage.

»Und außerdem könnte ich das Wort eines Lynxes genauso wenig akzeptieren wie das eines verrückten Hasen. Sie haben alle ihre eigene Agenda und selten besteht sie darin die Wahrheit zu sagen.«

»Richtig«, sagte Liv und dehnte das Wort sehr lange.

Rudolf sah Liv von oben bis unten an, seine Augen verweilten etwas zu lange auf ihrer unteren Hälfte. »Bist du sicher, dass du nicht etwas bei dir hast, das dich mit dem Haus der Sieben in Verbindung bringen kann? Vielleicht ein Schild mit dem Beaufonter Familienwappen?«

Liv öffnete ihren schwarzen Umhang. »Siehst du irgendwo einen Schild an mir?«

Rudolf kämmte mit der Hand über sein Kinn. »Ich weiß nicht. Vielleicht solltest du dich umdrehen.«

Liv seufzte theatralisch. Dieses Gespräch würde noch alle ihre Gehirnzellen abtöten. Dann kam ihr ein Gedanke und sie zog den Ring ihrer Mutter aus der Tasche, den Ian ihr gegeben hatte. »Ich habe das hier. Wird das funktionieren?«

Rudolfs leuchtend blaue Augen weiteten sich, als er den verzierten Ring mit dem mittleren Diamanten und vierzehn bunten Edelsteinen um ihn herum sah. Er griff danach, aber Liv zog ihn zurück und sah ihn misstrauisch an.

Er ließ seine Hand sinken und schloss seinen klaffenden Mund. »Wo sind meine Manieren? Ich entschuldige mich, Miss Beaufont. Es ist nur so lange her, dass ich diesen Ring gesehen habe. Er brachte mir plötzlich Erinnerungen zurück.«

Nun war Liv an der Reihe ihn anzustarren. »Du hast diesen Ring schon einmal gesehen? Vielleicht an meiner Mutter, Guinevere Beaufont?«

Rudolf schüttelte den Kopf. »Nein, vor ihr, aber ich kann mich ehrlich gesagt nicht an die Situation erinnern. Je härter ich es versuche, desto mehr bezweifle ich, dass es überhaupt meine Erinnerung ist. Vielleicht war es deine Großmutter, die ihn trug, oder deine Urgroßmutter oder die vor ihr.« Er zuckte mit den Achseln, sein Gesicht wurde plötzlich fröhlich. »Wie auch immer, das ist der einzige Beweis den ich brauche. Ich weiß, dass das der Ring der Beaufonts ist.«

»Du bist also sehr alt?«, fragte Liv.

»Oh, die Fae sind die ältesten aller magischen Kreaturen«, sagte Rudolf mit edlem Stolz in der Stimme. »Wir sind mindestens ein Jahrhundert älter als die Elfen.« Er hielt eine Hand vor seinen Mund und lehnte sich in Livs Richtung. »Aber versuche nicht, ihnen das zu sagen. Ihnen werden sonst die zu weit hochgezogenen Unterhosen unter den Armen kneifen.«

»Nun, vielleicht beschreibst du mir jetzt den Weg zu dem Hauptquartier der Brownies«, schlug Liv vor.

»Ich werde es sogar noch besser machen und dich selbst dorthin begleiten, Liv Beaufont.« Er bot ihr seinen Arm an.

Liv überlegte ihn zu nehmen, entschied aber, dass es besser war, nicht zu nahe an den Fae heranzukommen. »Die Wegbeschreibung würde mir sicherlich auch reichen.«

Rudolf lachte, ein sanfter melodischer Klang, der Livs Herz mit plötzlicher Erregung schneller schlagen ließ. »Du musst dir keine Sorgen machen, dass ich meinen Charme auf dich ausübe. Ich bin es der sich Sorgen machen muss, dass ich mich nicht in dich verliebe, Mademoiselle. Ein Krieger und ein Beauftragter. Ich wage zu behaupten, dass wir zusammen schöne Kinder machen und gleichzeitig die magische Welt erschüttern würden. Oh, ich liebe einen guten Skandal. Bist du dabei?«

Liv senkte ihr Kinn und betrachtete ihn mit einem verächtlichen Blick. »Ist das dein Ernst? War das gerade ein kläglicher Versuch, mich um ein Date zu bitten?«

»Das war in der Tat mein Versuch, dir die Frucht meiner Lenden und vieler Jahre unregelmäßiger Glückseligkeit anzubieten«, verneigte Rudolf sich vor ihr.

»Ja, da werde ich leider passen müssen, aber ich möchte immer noch wissen, wo sich das Hauptquartier der Brownies befindet.«

»Sehr gut, Madam«, sagte Rudolf und stand auf. »Ich sehe, dass du ein fokussiertes Individuum bist und dich nicht ablenken lässt.«

»Das Hauptquartier«, Liv bellte fast.

»Folgt mir.« Rudolf ging durch die Menge und schritt um eine Gruppe violetter Kreaturen herum, die um eine

Trankflasche kämpften. »Bleib in der Nähe. Wenn ich dich verliere, könnte es eines deiner äußerst kurzen Leben dauern, mich wiederzufinden und bis dahin werde ich dich wegen deiner Falten nicht mehr anschauen wollen.«

»Wow, so charmant und du bist trotzdem Single?«, fragte Liv in vorgetäuschter Überraschung. »Ich bin schockiert.«

»Und schon sind wir da.« Rudolf blieb stehen und gestikulierte zu einer schlichten Ziegelwand.

»Ist das einer dieser Eingänge, die ich nicht sehen kann, aber du und die Riesen können es?«, fragte sie.

»Nein, ich kann die Tür auch nicht sehen«, erklärte Rudolf. »Aber ich weiß, dass sie hier ist.«

»Ähm, deine Argumentation ist irgendwie nicht so ganz nachvollziehbar.«

Rudolf lachte gutmütig. »Sie ist hier, das versichere ich dir. Auf halbem Weg zwischen der Pegasus-Strafvollzugsanstalt und dem Amt für unklassifizierte, magische Kreaturen«

»Die was? Ist das überhaupt nötig?«

»Aber das ist es. Es gibt immer noch mindestens drei Dutzend nicht klassifizierte magische Kreaturen. Nun, von denen wir wissen.«

»Nein, ich meinte... ach egal«, sagte Liv und winkte ab, als sie die Roya Lane studierte. Es war kaum zu glauben, dass es in dieser kurzen, engen Straße so viele verschiedene Büros für magische Kreaturen gab und doch funktionierte Magie genau so, sie machte das Unmögliche möglich.

»Also dieser Eingang? Wie soll ich da durchkommen?«, fragte Liv und starrte wieder auf die schlichte Ziegelwand.

»Du erklärst einfach wer du bist und gibst den Grund an warum du hier bist«, erklärte Rudolf. »Wenn du die Zugangserlaubnis bekommst, wird die Tür für dich erscheinen.«

»Wo kann ich eine solche Tür für Zuhause bekommen?«, scherzte Liv.

Rudolf fand das anscheinend nicht lustig, weil er sie einfach nur anblinzelte.

»Oh, gut«, sagte sie und blieb dicht vor der Wand stehen. Sie fühlte sich wie ein Idiot. »Liv Beaufont, Kriegerin des Hauses der Sieben, ist hier, um die Reinigungsvorschriften mit dem Chef-Brownie oder Brownie-Präsidenten oder wie auch immer euer Anführer genannt wird zu besprechen.«

»Mortimer«, sagte Rudolf.

»Häh?« Liv sah ihn mit einem Seitenblick an.

»Mortimer ist der Premierminister der Brownies.«

»Richtig«, sagte Liv und drehte sich zur Wand zurück. »Liv Beaufont, Kriegerin des Hauses der Sieben, ist hier, um Mortimer zu sehen.«

»Nenn dein Anliegen«, schaltete sich Rudolf helfend ein.

»Damit ich Vorschriften des Rates des Hauses der Sieben durchsetzen kann.«

Nichts passierte.

Livs Stirn kräuselte sich.

»Es scheint, dass Mortimer nicht bereit ist, heute über solche Geschäfte zu diskutieren«, sagte Rudolf und sah sich um. »Sollen wir zusammen eine Flasche Kirschwein trinken und uns mit den Augen ausziehen?«

Liv ignorierte den Fae und sah wieder zur Wand. »Liv Beaufont, Kriegerin des Hauses der Sieben, ist hier, um Mortimer zu sehen, damit wir die Vereinbarung zwischen den Brownies und den Magiern besprechen können.«

Noch immer erschien keine Tür.

Liv sah Rudolf finster an. »Wenn ich herausfinde, dass du mit mir gescherzt hast, indem du mich dazu gebracht hast, mit einer dummen Wand zu reden, werde ich deine Haare durcheinander wuscheln und Gerüchte verbreiten, dass du ein abgrundtief schrecklicher Küsser bist.«

Rudolf starrte sie mit Abscheu an. »Ich habe in meiner Zeit einige böse Krieger getroffen, aber du, Liv Beaufont, bist eine ganz neue Art des Bösen und der Niedertracht.«

Sie zwinkerte ihm zu. »Du hast echt keine Ahnung.« Als sie sich wieder an die Wand wandte, versuchte sie es ein weiteres Mal. »Hallo Mortimer. Es ist wieder Liv Beaufont. Ich dachte, dass wir so tun könnten, als würden wir langweilige Hauspolitik diskutieren, aber eigentlich möchte ich eine gegenseitige Partnerschaft aufbauen. Du weißt schon, eine in der Art von: ›Ich kratze dir den Rücken und du kratzt meinen‹?«

»Igitt! Du weißt schon, dass Brownies schrecklich behaart sind und wahrscheinlich nie ihre Hinterseiten richtig waschen? Meinen Rücken, andererseits, kannst du gerne stundenlang kratzen und reiben«, bot Rudolf hilfsbereit und total selbstlos an.

»Es ist ein geflügeltes Wort«, sagte Liv zu ihm. »Und ich nehme lieber ein Bad mit einem Gnom, als deinen unbekleideten Körper zu berühren.«

»Ich denke, damit kann ich leben, denn das impliziert, dass du meinen bekleideten Körper berühren möchtest.« Rudolf schenkte ihr ein wölfisches Grinsen. »Ich verstehe, dass du die Dinge langsam angehen musst, aber ich bitte dich, nicht zu viel Zeit zu verschwenden, da du im Vergleich zu mir nur noch ein paar hundert Jahre zu leben hast.«

Liv rollte mit den Augen und drehte sich zurück zur Ziegelmauer. Sie war kurz davor aufzugeben, als eine rund einen Meter hohe gewölbte Tür auftauchte.

»Nun, es sieht so aus, als hätten sie die Einladung angenommen, die du ihnen angeboten hast«, sagte Rudolf.

# Kapitel 10

»Wie soll ich denn durch diese winzige Tür passen?«, fragte Liv und deutete auf den niedrigen Eingang.

»Deine Hüften sind ein wenig fleischig, aber ich denke, wir können dich durch die Tür quetschen«, sagte Rudolf und streckte hilfsbereit seine Hände aus. »Ich drücke vom hinteren Ende.«

Liv hielt warnend einen Finger hoch. »Wenn du mir dabei auch nur auf den Hintern schaust, breche ich dir deine kleine Knopfnase.«

Rudolf bedeckte mit den Händen schützend seine Nase. »Immer diese Drohungen. Was macht dich so feindselig, Rose meines Herzens?«

»Wichser mit großen Flügeln und kleinen...«

»Beende diesen Satz nicht«, unterbrach er sie, während er sich mit den Händen die Ohren bedeckte.

Liv schüttelte ihn ab und richtete ihre Aufmerksamkeit wieder auf die kleine Tür. Sie könnte tatsächlich durchpassen, aber sie würde dabei nicht besonders anmutig aussehen, wenn sie es tat. Sie drehte den Griff, drückte die Tür auf und blickte hindurch. Ein langer, unscheinbarer Flur führte zu einer weiteren Tür am Ende. Die Farbe an den Wänden schälte sich und der Bereich roch wie eine Mischung aus tagelang ungespültem Geschirr und Seniorenwohnheim.

»Ich gehe rein«, sagte Liv, als sie ihren Kopf wieder aus der Tür gezogen hatte.

»Sag mir Bescheid, wenn du einen Stoß willst«, sagte Rudolf und streckte seine Hände wieder aus.

»Sag mir Bescheid, wenn du ein blaues Auge willst«, zwitscherte sie zurück.

Er lachte als sie ihren Kopf durch die Tür steckte und arbeitete, um durch den Eingang zu kriechen. »Du bist ganz entzückend mit deinen Witzen, Liv Beaufont. Wir sollten mal einen trinken gehen.«

»Ja, ja«, rief Liv abweisend zurück.

»Bis wir uns wieder sehen.«

»Hoffentlich lieber später als früher«, sagte sie und drängte sich auf ihren Ellbogen und Knien nach vorne. Es lag eine klebrige Substanz auf dem Boden im Inneren des Hauptquartiers der Brownies und sie klebte richtig an den schmutzigen Fliesen. Sobald sie durch die Tür war, schloss diese sich automatisch und ließ sie allein. Sie schaute den kurzen Flur vor ihr hinunter.

Die Wandleuchter flackerten, als würden die Glühbirnen gleich ausgehen und ein lautes Klopfen ertönte am anderen Ende des Ganges. Liv versuchte zu stehen, musste aber gebeugt bleiben, um ihren Kopf nicht an die Decke zu schlagen, die mit Spinnennetzen bedeckt war. Brownies mochten es auf sich nehmen, die Häuser von Sterblichen zu reinigen, die sie bewunderten, aber ironischerweise schienen sie ihren eigenen Platz nicht sehr ordentlich zu halten. *Jaja, die Schuster haben die schlechtesten Leisten.*

Als sie endlich an der Tür am anderen Ende ankam, klopfte Liv an. Das Klopfen jenseits der Tür hörte auf.

»Komm rein«, rief eine quietschende Stimme.

Liv öffnete die Tür und blickte durch die Türzarge, um ein kleines beengtes Büro zu finden, das mit Büchern und Papieren übersät war. Sie bedeckten den Schreibtisch auf der gegenüberliegenden Seite des Raumes und waren ringsum vom Boden bis zur Decke gestapelt. Hinter dem Schreibtisch saß ein kräftiger Brownie, der einen zerzausten Anzug trug und einen grünen Schaumball hielt. Seine Haut war dunkel und verwelkt und aus seinen großen Ohren und seiner Nase sprossen graue Haare.

»Hi. Ich bin Liv Beau…«

»Ich weiß wer du bist«, sagte das Feenwesen und winkte sie hinein. »Deshalb habe ich ja auch die Tür geöffnet. Jetzt komm hier rein, damit ich mein Spiel fortsetzen kann.«

*Spiel?* fragte sich Liv und sah sich um. Sie wusste nicht was Mortimer damit meinte, aber kaum hatte sie die Tür geschlossen, warf er den Ball in seiner Hand an die Wand neben ihr und traf sie fast am Kopf. Der Ball prallte zurück und landete fest in seiner gedrungenen Hand.

»Vierhundertzweiundsechzig«, quietschte er und warf den Ball erneut. »Vierhundert und dreiundsechzig.«

Liv starrte einen Moment lang, als der Ball von seiner Hand zur Wand und zurück flog und sah zu wie eine Katze einer gezogenen Schnur.

»Nun, dann mach schon, Liv Beaufont, Kriegerin des Hauses der Sieben und nimm Platz«, sagte Mortimer, fing den Ball und warf ihn wieder.

Liv sah sich den Stuhl an, den er ihr angeboten hatte. *Der würde auch gut in eine Vorschule passen, aber nicht als Lehrerstuhl.* Sie hielt ihren Kopf unten, machte sich auf den Weg zu dem Stühlchen und nahm unsicher Platz.

»Möchtest du etwas Süßes?«, fragte Mortimer und legte den Ball auf die Oberfläche seines Schreibtisches, der über und über mit gelbem Papier bedeckt war. Er schob eine Schüssel mit etwas, das wie zerbrochene Nussschokolade aussah in ihre Richtung und sie nahm den ausgeprägten Duft von Erdnüssen wahr.

»Nein, danke, ich verlor meinen Appetit, als ich mit diesem Fae da draußen redete«, sagte sie und zeigte auf die Tür.

Er nickte und schien sie sofort zu verstehen. »Also, was führt dich hierher, mein Kind?«

Liv starrte auf den Stapel von Büchern, der ihr am nächsten war und fragte sich, ob er wohl gerade im Begriff war umzukippen und auf ihren Kopf zu fallen. Sie lenkte ihre Aufmerksamkeit zurück auf den Brownie. »Nun, ich wurde beauftragt hierher zu kommen, um dir neue Vorschriften aufzuzwingen.«

»Aber...«, sagte der Brownie und verzog seinen Mund.

»Brownies reinigen schon seit langem die Häuser der Sterblichen, oder?«

»Von Anfang an«, antwortete er.

»Und plötzlich will das Haus einschränken, welche Häuser ihr reinigen könnt und dazu noch den Prozess leiten?«, begann Liv. »Ergibt das einen Sinn für dich?«

»Nun, das Haus ist nicht zufrieden, wenn sie nicht alle Dinge überwachen, auch die, in die sie kein Recht haben sich einzumischen«, antwortete Mortimer. »Aber um deine Frage zu beantworten, ich bin mir da nicht sicher. Wir haben schon seit geraumer Zeit keine besonderen Vorschriften mehr gehabt.«

»Erinnerst du dich an das letzte Mal und die Umstände, die diese Änderung ergaben?«

Er wickelte nachdenklich die Haare von seinem Ohr um seinen Finger und grübelte ein paar Momente. »Ich kann mich nicht erinnern, ehrlich gesagt.« Er betrachtete den Berg Papierkram, der um den Schreibtisch herum lag. »Es könnte in einer dieser Aufzeichnungen sein, aber ich denke wir sind besser dran, sie alle zu verbrennen und neu anzufangen. Ich kann an diesem Ort nichts mehr finden.«

»Ähm, hast du schon mal daran gedacht, einen Brownie kommen zu lassen, der dir hilft den Laden zu organisieren und zu putzen?«

Mortimer schoss ihr einen ungläubigen Blick zu. »Das kann nicht dein Ernst sein? Einer *meiner* Brownies?«

»Nun, ihr Job *ist* es sauber zu machen, und ich dachte nur--«

»Unser Job *ist es nicht*, sauber zu machen.« Mortimer stand auf, seine Größe änderte sich dabei nicht. »Das ist unsere Leidenschaft. Wir tun es aus Liebe, aus Loyalität. Es ist meine Aufgabe, Arbeiten zu vergeben und zu überwachen und bei Bedarf einzugreifen, aber die Reinigung ist nicht Teil meines Auftrags. Wie könnte ich einen meiner treuen Untertanen bitten ihre Energie für mich aufzuwenden, wenn nicht ich es bin, den sie verehren, sondern die edlen Sterblichen, die den ganzen Tag in undankbaren Jobs schuften und sich nach Hause ins Bett schleppen, normalerweise zu müde, um die Spüle voll mit Geschirr zu reinigen. Oh nein, das ist mein Chaos und damit meine Verantwortung. Aber leider bin ich viel zu beschäftigt, um den Job zu erledigen.«

*Ja, zu beschäftigt*, dachte Liv und starrte den Ball an, der auf seinem Schreibtisch lag.

»Nun, *mein* Haus könnte etwas Hilfe gebrauchen«, sagte Liv. »Vielleicht könnte ein Brownie mich anbeten?«

»Du bist kein Sterblicher. Magier brauchen unsere Hilfe nicht, weil sie sich auf ihre Magie verlassen können«, sagte Mortimer. »Aber dein Freund John ist ein netter Kerl.« Er hob ein Stück Papier aus dem Durcheinander und las es für eine Sekunde. »Ein edler Kerl mit starken moralischen Überzeugungen. Fleißig. Nett. Gut zu seinen Mitarbeitern.«

»Seiner Mitarbeiterin«, korrigierte Liv, überrascht, dass Mortimer sonst nichts im Büro finden konnte, aber diesen Bericht sofort auf dem Schreibtisch gefunden hatte.

»Und er streichelt seinen Hund als erstes wenn er seine Wohnung betritt«, fuhr Mortimer fort und las vom Zettel.

»Also lässt John sein Haus reinigen?« fragte Liv. »Ich schätze, das ist zumindest etwas.«

»Nun, ich entscheide, ob sein Laden zukünftig einbezogen werden soll. Er hat einen Brownie, der sehr angetan von ihm ist und seine Dienste erweitern möchte, um noch mehr für ihn zu tun.«

»Solange sie meine Werkzeuge nicht reorganisieren«, sagte Liv. »Ich habe bereits ein funktionierendes System.«

»Also du, Liv Beaufont, Kriegerin des Hauses der Sieben, bist nicht hier, um mir mehr Regeln aufzuzwingen?«

Liv dachte einen Moment nach und zuckte dann mit den Schultern. »Sagen wir, ich habe es getan und dann werde ich es nicht mehr tun.«

»Was wäre, wenn dein Rat das herausfinden würde?«

»Ich bin mir ziemlich sicher, dass sie mir gerade den Fall gegeben haben, um mich aus wichtigeren Dingen herauszuhalten, aber lasst uns so tun als ob ihr zugestimmt hättet. Sobald ich hier weg bin, kannst du so handeln, wie bisher und ich werde mich wie ein unwissender Volldepp verhalten, wenn sie mich damit konfrontieren.«

Mortimer setzte sich wieder auf seinen Stuhl. »Ich habe noch nie eine Kriegerin wie dich getroffen. Du scheinst dem Haus gegenüber nicht loyal zu sein.«

»Oh, das bin ich. Ich sehe nur keinen Sinn in nutzlosen Vorschriften. Warum ist es unser Geschäft, wie ihr euren Job macht... Ich meine, eure Leidenschaft zu erfüllen?«

»Also, wie kann ich dir dann den Rücken kratzen?«

»Es gibt eigentlich ein paar Dinge«, begann Liv und formulierte verschiedene Ideen in ihrem Kopf. »Brownies sind in der Lage, viel zu sehen und zu hören, richtig?«

»Oh, ja. Wir sind immer im Schatten, unsichtbar.«

»Das dachte ich mir«, sagte Liv triumphierend. »Ich hatte gehofft, du könntest es an deine Brownies weitergeben, damit sie auf einen Kanister mit Magie achten.«

»Kanister mit Magie, sagst du?«

»Ja. Er ist kürzlich verschwunden und ich bin mir nicht sicher, wohin er geschickt wurde.«

»Und warum glaubst du, dass er sich im Besitz eines Sterblichen befinden würde?«, hakte Mortimer nach.

»Das tue ich nicht«, antwortete Liv. »Das ist genau die Frage. Ich habe keine Ahnung, wo er sein könnte. Es kann jedoch nicht schaden, wenn deine Leute die Augen offen halten.«

»Und im Gegenzug wirst du uns in Ruhe lassen und uns erlauben, so zu handeln, wie wir es bisher getan haben?«

»Nun, ich könnte auch noch ein paar weitere Gefallen von dir verlangen«, sagte Liv vorsichtig.

»Was zum Beispiel?« Mortimer brach ein Stück vom Krokant ab und nahm einen Bissen.

»Nun, zum Beispiel, weißt du, warum Magie das Schwert eines Riesen vor seiner Art in einem von Sterblichen geführten Museum schützen würde?« fragte Liv und entschied, dass sie Mortimer besser vertrauen sollte, wenn sie mehr Informationen wollte. Selbst wenn er jemandem von ihren Fragen erzählte, war sie sich nicht sicher, welchen Schaden das anrichten würde. Sie hatte nur nachgeforscht.

»Sterbliche haben keine Magie«, sagte Mortimer schließlich, nachdem er sich einen langen Moment zum Kauen genommen hatte. »Es müssen Magier gewesen sein, welche die

Schutzzauber auf das Schwert gelegt haben.«

»Das war mein Gedanke«, sagte Liv. »Ich verstehe nur einfach nicht warum.«

Mortimer nahm noch einen weiteren Bissen von der spröden Süßigkeit und sah nachdenklich aus. »Ich denke, es gibt vieles an dieser Situation, was du noch nicht verstehst. Ich lasse meine Brownies nach dem Kanister und Informationen über das Schwert Ausschau halten und denke noch etwas mehr darüber nach. Reicht das für unsere Vereinbarung aus? Es wird langsam Zeit für meinen Mittagsschlaf.«

Liv nickte, stand auf und stieß prompt mit dem Kopf an die niedrige Decke. »Ja. Ich melde mich bei dir um zu sehen, ob du irgendwelche Informationen finden konntest.«

Mortimer zog sich ein Stück Süßigkeit aus den gelben Zähnen. »Nein, wir sind es, die dich informieren werden.«

»Wie?« fragte Liv.

»Wir Brownies haben unsere eigene Art. Halte einfach nach einer Nachricht von uns Ausschau.«

# Kapitel 11

Jeder in der verdammten magischen Welt versuchte anscheinend Liv verrückt zu machen. Vorbei waren die Tage, an denen die Dinge normal waren und sie sich ohne ständige Paranoia in Johns Laden umsehen konnte. Seitdem sie mit Mortimer gesprochen hatte, suchte sie ständig nach einem Zeichen der Brownies, dass sie etwas gefunden hatten oder Informationen für sie hatten. Eine aufgerollte Bonbonverpackung, die an einem Ort lag, an den sie sich nicht erinnerte sie hingelegt zu haben, wurde zum Anlass eine Stunde lang hin und her zu gehen und sich zu fragen, ob sie Roya Lane erneut besuchen sollte, um mit dem Premierminister der Brownies zu sprechen.

»Ich frage mich, ob du nicht überempfindlich bist und da einfach zu viel darüber nachdenkst«, sagte Plato, streckte sich auf der Werkbank aus und drehte sich um, um seinen Bauch zu zeigen.

»Meinst du?«, antwortete Liv zweifelnd und fummelte an den Kabeln eines vor ihr stehenden Computermonitors. Sie hatte noch nicht genau herausfinden können wo das Problem lag, obwohl sie bereits den größten Teil einer Stunde nach dem Fehler gesucht hatte. Sie war so sehr in ihre Arbeit vertieft, dass sie nicht einmal aufblickte, als die Tür klingelte und signalisierte, dass jemand eingetreten war.

»Was machst du da?«, erkundigte sich Clark.

Liv blickte auf ihren Bruder. Er hielt die Hände an seine Nadelstreifenhose gedrückt und sein Drachenhautumhang bedeckte seine breiten Schultern

»Eine bessere Frage ist, was trägst du da?«, fragte Liv.

Clark sah auf seinen dreiteiligen Anzug herab. »Was meinst du damit?«

Liv deutete mit dem kleinen Schraubenzieher in ihrer Hand. »Du bist angezogen, als wolltest du ins Theater gehen... aber vorher noch einen Zeitsprung nach 1890 machen.«

»Haha, sehr witzig«, sagte Clark. »Das ist eine absolut anständige Art, sich in der heutigen Zeit zu kleiden.«

»Wie viele seltsame Blicke hast du auf der Straße zugeworfen bekommen?«, fragte Liv.

»Sterbliche sehen mich immer seltsam an«, entgegnete Clark. »Das liegt daran, dass sie von meinem königlichen Aussehen angetan sind.«

»Ja, das muss es sein«, kommentierte Liv und nur mühsam gelang es ihr, die Ironie aus ihrer Stimme zu halten.

Clark ging durch den Laden und achtete darauf nicht gegen etwas zu stoßen, das seinen gebügelten Anzug beschädigen könnte. »Was machst du da?«

Liv blickte auf den Monitor vor ihr. »Ich versuche, diesen Haufen Schrott zu reparieren.«

»Nun, warum benutzt du nicht....« Clark sah sich um. »Nun, du weißt schon.«

Liv nickte. »Das habe ich schon mal gemacht. Es geht jedes Mal nicht gut aus, es sei denn, ich weiß genau, was mit dem Gerät nicht stimmt. Also versuche ich momentan, genau das herauszufinden.«

Clark sah sich im Laden um. An der gegenüberliegenden Wand hatte John eine Sammlung alter Kameras, die vor der Wende des letzten Jahrhunderts entstanden waren. »Ich bin immer noch ratlos, warum du hier arbeitest. Das Haus hat doch bereits angefangen dich zu bezahlen, richtig?«

»Ja, aber einen Job zu machen, bedeutet manchmal weniger bezahlt zu werden, als eine Verantwortung zu übernehmen.«

Ein Lächeln erschien auf Clarks Gesicht. »Du klingst echt wie Dad.«

Aufgeregt öffnete Liv ihren Mund um etwas Sarkastisches zu sagen, aber es kam ihr nichts in den Sinn. Schließlich sagte sie: »Ja, nun, er hatte Recht, als er solche Dinge sagte. Eigentlich hatte er immer Recht.«

Clark seufzte. »Du hast zu viel von ihnen gehalten.«

»Wie ist das überhaupt möglich? Sie waren unsere Eltern.«

»Nun, du kannst nicht einmal in Betracht ziehen, dass ihr Tod ein Unfall war, weil du sie nicht so siehst, als ob sie jemals einen Fehler gemacht hätten. Ich sage nicht, dass du dich irrst, nicht nach dem, was wir kürzlich über den Behälter der Magie gelernt haben, aber du musst dir eine gewisse Objektivität bewahren.«

»Zeige mir eine Person auf dieser Welt, die ihre Eltern objektiv sieht«, forderte Liv und stieß den Schraubendreher mit etwas mehr Kraft in den Schlitz der Schraube, als sie beabsichtigte. »Von Anfang an halten sie uns am Leben. Durch Taten der Selbstlosigkeit und des Opfers lehren sie uns die Liebe und von Anfang an sind sie unsere Helden, die uns vor der Dunkelheit oder einem schlechten Traum retten. Wer sind diese Menschen, die ihre Eltern ansehen und sie als was anderes als außergewöhnlich betrachten? Denn wenn sie Eltern wie unsere haben und sie nicht verehren, stimmt etwas mit ihnen nicht.«

Clark wagte es, Liv ein rebellisches Lächeln zu zeigen. Es ließ sein normalerweise konservatives Gesicht schelmisch aussehen. »Für jemanden der so tut, als wäre ihr die Familie egal, denke ich, dass du die Treueste von uns allen bist.«

Liv nahm den Schraubendreher wieder hoch. »Das bin ich nicht.«

»Du bist es doch.«

»Ich... spiele dieses Spiel nicht mit dir.«

Clark fing an im Laden herumzulaufen, schaute sich die verschiedenen Geräte interessiert an, berührte aber nie eines von ihnen. »Also der Kanister... Ich versuche immer wieder diskret nach Spuren zu suchen, aber ich habe noch nichts gefunden.«

Liv nickte, froh, dass das Thema gewechselt wurde. »Ja, ich auch noch nicht.«

»Ich denke auch immer wieder über Reeses Worte nach. Konntest du sie verstehen?«, fragte er.

Liv schaute zerstreut auf, die Worte kamen wie einstudiert aus ihrem Mund: »*Olivia hat den Schlüssel. Du hast das Herz. Zusammen müsst ihr beenden, was wir angefangen haben.*«

»Reese war immer die Dichterin und Kreative, nicht wahr?«, fragte Clark mit Zuneigung in seiner Stimme.

»Ja, aber es hätte sie echt nicht umgebracht, sich diesmal ein klein wenig klarer auszudrücken«, beschwerte sich Liv und bedauerte sofort ihre Wahl der Worte. Clarks Gesicht wurde ernst, als er sich damit beschäftigte, ein altes Wählscheibentelefon anzusehen.

»Ich verstehe nicht, wieso ich den Schlüssel haben soll«, nahm Liv schnell das Gespräch wieder auf, um ihren Fehler zu vertuschen. »Und wenn jemand weniger Herz hat, dann bist du es.«

Clark schenkte ihr einen strafenden Blick über das Regal hinweg. »Hey, ich habe daran gearbeitet, die Ratsmitglieder von dir fernzuhalten. Wenn ich nicht wäre, würden diese Sitzungen im Haus noch viel schlimmer sein. Sie missbilligen deine Taktik wie du zum Beispiel mit den Goblins umgegangen bist. Aber ich habe sie dazu gebracht etwas von dem Guten zu sehen, das daraus entstehen könnte, unsere Verbündeten zu erschüttern und ihnen klarzumachen wer die Kontrolle hat.«

Liv schüttelte den Kopf. »Es sollte nicht um Mobbing gehen, das ist das Problem. Das Haus hat all diese Ausnahmen für Kobolde und Gnome oder was auch immer. Es gibt keine Fairness oder Ausgewogenheit. Wir sollen der Gerechtigkeit dienen, aber alles, was wir tun ist, einen Haufen willkürlicher Gesetze durchzusetzen, die wir aufgestellt haben.«

»Ich habe diese Rede von dir schon einmal gehört«, sagte Clark, schlenderte durch die Regalreihen und starrte Plato an, der vorgab, neben Liv zu schlafen.

Sie spannte sich an, als sich die Tür auf der Rückseite des Ladens öffnete. Dieses Geräusch brachte normalerweise keine solche Reaktion, aber sie war normalerweise auch nicht in Begleitung eines anderen Magiers. Sie sah sich schnell um, als ob sie versuchte, einen Ort zu finden um Clark zu verstecken.

Pickles schoss durch die offene Tür nach hinten, rannte direkt zu Clark und sprang an seinem Bein hoch, wobei schmutzige Pfotenabdrücke zurückblieben.

Ihr Bruder trieb den Hund davon und warf Liv einen verärgerten Blick zu als er sich die Hose abwischte.

Jede Hoffnung, die Liv hatte, ihren Bruder aus dem Haus zu bekommen, verflog, als John durch die Tür schlenderte und beim Anblick von Clark innehielt. »Nun, hallo, Nachbar. Kümmert sich Liv schon um dich?«

»Nachbar?«, fragte Clark verwirrt. »Ich wohne eigentlich nicht in der Nachbarschaft und ich kam nur vorbei...«

»Das ist mein Bruder«, schaltete sich Liv eilig in das Gespräch ein und überraschte sich selbst mit ihrer Ehrlichkeit. *Siehst du, die Wahrheit zu sagen war gar nicht so schwer.* Sie hatte es gerade getan. »Und er ist so gekleidet, weil er ein Schauspieler ist.« Ihr Gesicht wurde heiß bei dem entsetzten Ausdruck, den Clark ihr gab. *Okay, Ehrlichkeit war ein Prozess.* Sie würde es schaffen.

»B-b-bruder?«, fragte John und sah zwischen Liv und Clark hin und her. »Du hast nie erwähnt, das du einen Bruder hast.«

Clark sah sie mit einem Ausdruck an, der zu sagen schien: »Schockierend.«

»Ja, er war lange weg«, sagte Liv. »Er reiste mit seiner Schauspieltruppe.«

»Truppe?«, flüsterte Clark, als John ihm den Rücken zukehrte.

Sie wurde rot.

»Oh, nun, das ist aufregend.« John bot Clark seine Hand an und schüttelte die des Magiers herzlich. »Schön, dich kennenzulernen...«

»Clark«, sagte ihr Bruder.

»Schön, dich kennenzulernen, Clark«, bot John an. »Jeder von Livs Familie ist hier willkommen. Wirst du hier bei ihr bleiben?«

»Hier?«, fragte Clark ungläubig und lachte fast, bevor er seinen Gesichtsausdruck wieder unter Kontrolle gebracht hatte, gedrängt durch den Blick auf Livs Gesicht. »Und ummm, nein. Ich wohne eigentlich in Santa Monica. Ich bin lediglich vorbeigekommen, um ihr einen Besuch abzustatten.«

»Oh, nun, das ist aber wirklich nett von dir«, lobte John und sah zwischen Liv und Clark hin und her. »Ich wette, es wird schön sein öfters zu plaudern. Es gibt nichts Schöneres als eine Familie in der Nähe zu haben.«

»Aber nicht zu nah«, kommentierte Liv und warf Clark einen unhöflichen Blick zu, als John gerade mal nicht hinsah.

»Ja, ich werde versuchen ab und zu zum Mittagessen vorbeizuschauen, wenn ich mal in der Nachbarschaft sein sollte«, sagte Clark und konnte nur mit Mühe ein süffisantes Grinsen unterdrücken.

»Manchmal bin ich zu beschäftigt um zu essen«, gab Liv zurück.

John blähte seine Wangen auf und schüttelte den Kopf. »Das ist Unsinn, Liv. Du musst essen und du hast dir diese Mittagspausen verdient. Ich wage zu behaupten, dass du nicht so viele Pausen machst wie du solltest. Wenn ein Personalvertreter in den Laden kommt, könnte er mich wegen Verstoßes gegen das Arbeitsrecht belangen.«

»So etwas gibt es nicht, John«, sagte Liv lachend und versuchte das Thema zu wechseln. Sie wusste nicht, was sie von ihrer alten Welt und ihrer neuen Welt halten sollte, die da gerade so geballt aufeinanderprallten. Sie versuchte John zu beschützen, indem sie ihm nichts von Magie erzählte, aber wenn ihr Bruder ab jetzt regelmäßig auftauchte, würde es immer schwieriger werden. Clark sah nicht wie ein Hipster aus, der in North Hollywood rumhängt. Mit seinem gemeißelten Gesicht und seinen seltsamen Kleidern sah er sicher wie ein Magier aus, aber sie hoffte, dass John das nicht herausfinden würde.

»Nun, ich lasse euch beide mal ein wenig allein um zu plaudern«, sagte John, hob Pickles auf und ließ den Hund sein Gesicht lecken. »Ich werde heute Abend zurück sein, Liv. Dann kann ich dir helfen den Laden abzuschließen.«

»Danke«, sang sie, als der alte Mann und der Hund durch den Laden nach draußen gingen.

»Also, dein Boss weiß von nichts, oder?«, hakte Clark nach, als sie wieder allein waren.

»Ich habe gehört, dass es so besser ist«, erklärte Liv.

Clark nickte. »Du würdest ihn in Gefahr bringen, wenn er die Wahrheit über dich erfahren würde. Vielleicht noch nicht jetzt, aber früher oder später wirst du Feinde haben. Jeder Krieger hat sie, es gehört zum Job.«

Livs Innereien verkrampften sich. Die Idee, John und das Geschäft in Gefahr zu bringen, war ein neuer Stress, mit dem sie noch nicht umgehen konnte.

Clark las die Spannung auf ihrem Gesicht und sagte: »Du könntest jederzeit in das Haus der Sieben einziehen, dort ist es sicher. Dann müsstest du dir um nichts davon Sorgen machen. Du müsstest dir auch keine Sorgen machen, hier zu arbeiten.«

Liv seufzte. »Ich mache mir keine Sorgen um die Arbeit. Es ist das Einzige, was mich geistig gesund hält, wenn das Haus der Sieben mich verrückt macht. Aber ich will auch nicht, dass John etwas passiert.«

»Nun, dann musst du in Zukunft eben vorsichtig sein«, warnte Clark. »Es ist nur eine Frage der Zeit bis du jemanden in der magischen Gemeinschaft stark genug verärgerst, dass er dich verfolgt. Wenn sie dich nicht finden können, verfolgen sie normalerweise diejenigen, die du liebst.«

Liv sprang fast aus ihrem Sitz, ihre Emotionen ließen ihr Inneres herumhüpfen. »Dieses aufmunternde Gespräch war entzückend, du bist ein echter Sonnenstrahl, Bruder. Lass uns das bald mal wieder machen und mit bald meine ich nie wieder. Ich komme zu dir, komm du bitte nicht hierher.«

Clark betrachtete sie für einen langen Moment dumpf. »Okay, gut. Aber ich bin für dich da, wenn du Hilfe bei all dem... sterblichen Zeug brauchst.«

Liv war sich nicht sicher ob sie Clark glaubte, aber er schien aufrichtig zu sein.

Er rollte mit den Schultern und versuchte, etwas von seiner Anspannung zu lösen. »Schau, wegen dem anderen Zeug... Ich werde versuchen, Adler näher zu kommen um herauszufinden, ob er in diese Kanistergeschichte irgendwie verwickelt ist. Alles, was ich bisher gesammelt habe, deutet darauf hin, dass er es ist.«

»Also sollte ich nicht beleidigt sein, wenn du mich abservierst, wenn ich im Haus der Sieben bin?«

»Du weißt, dass wir die Dinge vorsichtig angehen müssen«, gab Clark zurück. »Es ist besser, wenn es nicht so aussieht, als würden wir zusammenarbeiten, sonst könnte jemand misstrauisch werden.«

»Nun, was soll ich in der Zwischenzeit tun, während du die Gegenwart dieses bösen Albinos erträgst, der anscheinend nur dafür lebt, um mich vor den anderen zu demütigen?«

»Arbeite daran, herauszufinden, wovon Reese sprach«, schlug Clark vor. »Wenn sie sagt, dass du den Schlüssel hast, finde heraus, was das ist und wie man ihn benutzt.«

## Kapitel 12

Bevor sie Rorys Haus überhaupt betreten hatten, begannen Platos Haare sich zu sträuben und ließen ihn größer aussehen als sonst. Liv hielt mit der Hand am Türgriff inne.

»Ähm, ist alles in Ordnung?«, fragte sie ihn.

»Nein«, antwortete er und ging rückwärts von der Veranda. »Ich meine, ja. Es ist alles in Ordnung, aber ich glaube nicht, dass ich da heute reingehen kann.«

Liv verkrampfte sich. »Geht es Rory gut? Bist du ok? Was ist los?«

Plato sah plötzlich krank aus und fiel fast von der bröckelnden Veranda, sein Blick auf die Tür vor ihm gerichtet. »Nichts. Es ist nur so, dass ich irgendwie allergisch bin auf das, was Rory gerade da drin hat.« Der Kater drehte sich um, rannte weg und verschwand, bevor er den Bürgersteig erreichte.

»Eine Art Allergie?«, sprach Liv zu sich selbst. »Seit wann ist Plato überempfindlich gegenüber irgendetwas?«

Voller Neugierde klopfte Liv an die Tür. Sie war nicht überrascht, als die Tür sich einen Moment später einen Spalt öffnete. So ließ Rory sie immer rein, wie ein gruseliges Spukhaus, das einen Besucher ins Haus locken wollte. Was sie allerdings überraschte, war, dass sie den Riesen in der Mitte des Wohnzimmers im Schneidersitz auf dem Boden sitzend fand, während kleine Kätzchen auf ihm herumkletterten. In seinen massiven Händen befand sich ein winziges Kätzchen das aus einer Flasche trank.

Liv erstarrte. »Ähmm, was machst du da?«

Rory klemmte die Flasche zwischen seinem Kinn und seiner Schulter, um seine andere Hand zu befreien, mit der er dann ein Kätzchen packte, das gerade im Begriff war vom Couchtisch zu fallen. »Ich heize das Metall für dein Schwert hinten im Garten auf. Irgendwelche Fortschritte bei deinem Teil des Projektes?«

Liv starrte weiter, als ein kleines orange-weißes Kätzchen auf Rorys Rücken kroch und sich auf seiner anderen Schulter niederließ. »Nein, ich habe mich hauptsächlich darauf bezogen, was du hier auf dem Boden mit einem halben Dutzend Kätzchen machst?«

»Es sind zehn«, korrigierte Rory. »Buxter und Polly sind unter der Couch, glaube ich. Samson versteckt sich wahrscheinlich wieder in meinem Stiefel.« Er deutete mit seinem Kopf auf das fragliche Objekt und achtete darauf, die an seine Schulter geklemmte Flasche nicht fallen zu lassen. Er fütterte immer noch das Kätzchen.

»Richtig, aber die Frage bleibt. Warum kümmerst du dich um zehn Kätzchen? Mästest du sie, damit du sie später essen kannst? Sind Kätzchen ein Grundnahrungsmittel für einen Riesen?«

Das graue Kätzchen, das fast über die mit komplizierten Zierdeckchen bedeckte Seite des Tisches gestürzt war, war schon wieder dabei, den Sprung erneut zu wagen. »Warum machst du dich nicht nützlich und schnappst dir Junebug, bevor er sich verletzt?«

Liv raste vorwärts und packte den kleinen Kerl gerade noch rechtzeitig. Er wand sich in ihren Händen und versuchte, sich zu befreien.

»Und nein, ich habe nicht vor die Kätzchen zu essen«, entgegnete Rory lachend und zog dem Kätzchen die Flasche aus dem Mund.

»Oh, dann sind sie also eine Zutat für einen Trank?«

Er nahm ein weiteres Kätzchen und steckte ihm die Flasche in den Mund. »Nein, Riesen spielen nicht mit Tränken.«

Liv hob Junebug auf Augenhöhe und sah den Fellball an, während er sich wand. »Nun, dann werde ich zu dem Schluss kommen, dass du eine edle Tat tust, indem du dich um Kätzchen kümmerst die keine Mutter haben. Das ist wirklich wunderbar von dir.«

Rory starrte sie an. »Eigentlich, um ehrlich zu sein... Ja, ich habe vor die Kätzchen zu essen. Die Lieblingssnacks der Riesen sind Hundewelpen und kleine Kätzchen.«

Liv setzte Junebug ab und nahm stattdessen das komplett orange Kätzchen, das sich in Rorys Stiefel versteckt hatte, auf den Arm. »Ich weiß nicht, Samson. Ich glaub der Riese flunkert, aber ich werde die Wahrheit schon noch herausfinden. Er ist bestimmt ein Wohltäter.«

»Bin ich nicht«, antwortete Rory und verengte die Augen, als Junebug erneut den Aufstieg auf den Couchtisch wagte. »Und die Kätzchen verstehen kein Englisch. Glaub mir, ich habe es versucht.«

Liv griff nach dem waghalsigen Kätzchen, hielt es in der einen Hand und Samson in der anderen. »Kein Wunder, dass Plato nicht hierher kommen wollte, sie sind einfach zu niedlich.«

Rory setzte das Kätzchen das er fütterte ab. »Der Lynx wollte nicht hierher kommen, weil er eingeschüchtert ist.«

Ein Lachen brach aus Livs Mund und ängstigte Samson. » Plato, eingeschüchtert? Das wäre das erste Mal. Warum sollte ein Haufen unbändiger Kätzchen Plato einschüchtern?«

»Weil sie ihr authentisches Selbst sind«, antwortete Rory. »Was du siehst, ist, was du bekommst, aber der Lynx kann nicht dasselbe von sich sagen. Er täuscht die Menschen immer auf die eine oder andere Weise.«

Liv fühlte, dass das eine persönliche Beleidigung für sie war, aber sie schüttelte den Gedanken ab und erkannte, dass Rory teilweise Recht hatte. Plato war ein Geheimnis, aber das bedeutete nicht, dass er unzuverlässig war.

»Hey, ich habe mich schon ziemlich über diese langjährige Fehde zwischen den Riesen und den Magiern gewundert«, sagte Liv und dachte darüber nach, was der Rat über Riesen gesagt hatte. »Was hat den Riss in den Beziehungen verursacht?«

Rory stand auf und schob eines der Kätzchen in die Brusttasche seines Hemdes.

Liv zeigte auf das sich windende kleine Tier und lachte. »Snack für später?«

Er nickte und sah überhaupt nicht amüsiert aus. »Hast du das Buch gelesen, das ich dir gegeben habe?«

»Teile davon«, sagte sie und versuchte, sich an das letzte Mal zu erinnern, als sie Zeit hatte, *Mysteriöse Kreaturen* von Bermuda Laurens zu öffnen.

»Das Buch ist über tausend Seiten lang«, sagte Rory mit strenger Enttäuschung. »Wenn du nur Teile gelesen hast, verpasst du viel.«

»Das Buch ist nicht so lang«, argumentierte Liv. »Es ist nicht dick genug, um so viele Seiten zu haben.«

Rory schüttelte den Kopf und ging zum Hinterhof, viele der Kätzchen griffen seine nackten Füße an, als er ging. »Wann wirst du lernen, dass mit Magie nichts so ist wie es scheint? Das Buch ist natürlich verzaubert, damit es in deine Tasche passt und nicht so viel Platz im Regal einnimmt.«

Liv folgte ihm hinaus. »Warte, ich dachte, dass Riesen nichts davon halten, Verzauberungen zu benutzen, um ihre

Häuser oder was auch immer anders aussehen zu lassen, als sie sind?«

Rory blieb abrupt stehen und streckte seine Hand zur Seite, um Liv aufzuhalten. Er drehte sich langsam um. »Wir mögen es, wenn die Dinge so erscheinen wie sie sind, aber es geht uns auch um Effizienz. Wenn das bedeutet, ein Buch kompakter zu machen, dann ist das in Ordnung.«

»Nun, du hättest diesen Zauber auf dich selbst anwenden sollen, als du neulich in den Geländewagen gestiegen bist.«

Mit noch ausgestreckter Hand sagte Rory: »Es ist Zeit für dich zu gehen.«

»Aber ich bin gerade erst angekommen«, argumentierte Liv. »Willst du mich denn heute nicht ausbilden?«

Er schüttelte den Kopf. »Geh nach Hause und lies das Buch.«

Sie versuchte, um den Riesen herumzusehen, aber er bewegte sich so, dass er die Tür blockierte.

»Ich arbeite an deinem Schwert und darf die Geheimnisse des Metallbearbeitungsprozesses, die mir von meinem Großvater weitergegeben wurden, nicht teilen«, erklärte Rory.

»Dürfen das denn die Kätzchen sehen?«, fragte Liv und beobachtete, wie einer von ihnen an Rorys Bein hochkletterte.

»Schon Glück gehabt, um an Turbinger zu kommen?«, fragte Rory und bezog sich auf das Schwert seines Großvaters.

Liv sank etwas zusammen. »Nein, noch nicht. Ich habe herumgefragt, aber ich habe noch nichts herausgefunden, was mir helfen könnte näher heranzukommen.«

»Darf ich vorschlagen, dass du einfach versuchst näher heranzukommen und herauszufinden, welche Hindernisse dich erwarten?«

Liv senkte ihr Kinn und betrachtete ihn. »Das klingt nach einem garantierten Rezept für eine Katastrophe. Wirst du mich rausholen, wenn sie mich ins Gefängnis werfen?«

Rory drehte sich um und ging zur Tür hinaus. »Nein, du bist schließlich eine Magierin. Ich erwarte, dass du herausfindest wie du dich selbst herrausholen kannst.«

## Kapitel 13

Bevor Liv wieder über ihre Magie verfügte, hätte es sich unmöglich angehört in ein Museum einzubrechen, um ein Schwert zu stehlen, das in der Länge fast ihre Größe erreichte. Doch mit Magie schien vieles machbar. Rory konnte aus irgendeinem Grund nicht zum Schwert gelangen, aber das bedeutete noch lange nicht, dass Liv es nicht konnte.

Sie ging an Touristen vorbei, die sich antike Artefakte ansahen, den Kopf gesenkt und mit den Augen ihre Umgebung beobachtend. Wieder einmal war der Raum mit Turbinger leer als sie dort ankam. Als sie am Eingang anhielt, sah Liv sich um. Es gab außer dem Schwert nichts anderes in dem Raum, was seltsam war, denn alle anderen Räume, an denen sie vorbeigegangen war, beinhalteten Statuen oder die Überreste von prähistorischen Tieren oder Menschen.

Liv tat einen Schritt in den Raum und für einen Moment fühlte es sich so an, als ob sich irgendetwas um sie herum wickelte. Ein Kraftfeld vielleicht? Sie wies diese Idee zurück und nahm an, dass da ihre Fantasie mit ihr durchgegangen war.

Sie war von der Schönheit des Schwertes geradezu verzaubert, als sie davor stand. Zuvor war sie von Rory und seinem mysteriösen Verhalten so abgelenkt gewesen, dass sie die Handwerkskunst gar nicht zu schätzen vermochte. Es war ihr klar, dass das Schwert viel Magie enthielt, aber sie war sich nicht sicher, warum sie sich da so sicher war.

Liv hielt ihre Hände ein paar Zentimeter vom Glas entfernt und begann, verschiedene Beschwörungen zu murmeln, die sie erst vor einer Stunde gelernt hatte. Als Rory ihr gesagt hatte, sie solle das Buch lesen das er ihr gegeben hatte, war sie nach Hause gegangen und hatte es auf einer zufälligen Seite geöffnet, überrascht, Hunderte von Seiten zu finden, die sich mit der Zauberei von Magiern beschäftigten. Das kam ihr seltsam vor, da sie eigentlich gedacht hatte, das Buch würde Informationen über andere Arten wie Gnome und Trolle oder was auch immer liefern. Je mehr Liv das Buch durchblätterte, desto mehr erkannte sie, dass es sich um eine riesige Enzyklopädie von Informationen über alle magischen Dinge handelte. Dann, als sie auf das Titelbild blickte, wurde ihr etwas klar: *Sie* war ein mysteriöses Wesen. Ihr ganzes Leben lang hatte sie andere magische Arten als ›Kreaturen‹ und ihre eigene Art als ›Magier‹ betrachtet. Menschen, die Kräfte hatten. Aber sie alle waren Kreaturen voller Geheimnisse und Magie.

Liv hatte nicht nur nicht erwartet, in einem von einem Riesen geschriebenen Buch so viel über ihre Art zu erfahren, sondern sie war auch überrascht, dass die Beschwörungen, die von ihrer Zunge rollten, fließender waren als diejenigen, die sie vor Jahren im Haus der Sieben gelernt hatte. Die Beschwörungen von Bermuda Laurens waren sauber und leicht zu sprechen und klangen für Liv natürlich.

Ihre Finger kribbelten, als die erste Beschwörung aus ihrem Mund kam und für einige Sekunden erwartete Liv, dass sich das Gehäuse öffnete und das Schwert in die Luft steigen würde. Als nichts passierte, versuchte sie eine zweite Beschwörung und dann eine dritte. Bei allen ging es darum, etwas zu öffnen oder in verschlossene Objekte einzudringen.

Liv ließ ihre Finger auf die Vitrine fallen und spürte sofort, wie ein Schock durch ihre Hände strömte. Sie sprang zurück und starrte den Kasten irritiert an, als die Stöße weiter durch ihre Arme und in ihre Schultern gingen.

»Miss, ist alles in Ordnung mit ihnen?«, rief eine Stimme hinter ihr.

Liv drehte sich um und fand im Eingang zum Nebensaal einen Wachmann stehen, der besorgt in den Raum blickte.

»Alles in Ordnung«, sagte Liv und nahm ihre immer noch schmerzenden Arme herunter.

Der Wächter sah sie und das Schwert an, Unsicherheit war ihm ins Gesicht geschrieben. Er ließ seine Bedenken fallen und ging hinüber, seine Aufmerksamkeit galt nun ganz dem Schwert.

»Es ist sehr schön, nicht wahr?«, fragte er und stellte sich neben sie.

»Ja. Es ist anders als alles, was ich jemals gesehen habe«, sagte Liv.

Er nickte. »Anscheinend sind Sie da nicht die Einzige, da selbst die Kuratoren des Museums nicht viel über das Objekt wissen.« Der Wächter zeigte auf das Schild neben dem Schwert, das dem Besucher nur sehr wenige Informationen darbot.

»Ich frage mich, wie schwer es wohl ist.«, grübelte Liv laut vor sich hin.

»Das ist eine gute Frage«, sagte der Wachmann.

»Braucht es mehrere Leute, um es zu heben, wenn sie den Kasten öffnen?«, fragte Liv.

Das Gesicht des Wachmanns verzog sich vor Verwirrung. »Den Kasten öffnen? Ich habe die Kuratoren noch nie so etwas tun sehen.«

»Oh, aber das müssen sie doch sicher irgendwann mal tun.«

Er zuckte mit den Schultern. »Ich bin mir nicht sicher warum sie das tun sollten. Es gibt doch wirklich keinen Grund dazu.«

»Was ist mit der Reinigung oder Wartung?« Liv wusste nicht, wohin ihre Fragen sie führen würden, aber sie hoffte, dass dabei etwas das sie gebrauchen konnte herauskommen würde.

»Nein, das Glas ist versiegelt, so dass keine Luft rein und nichts raus kann.« Die Wache klopfte auf die Oberfläche des Gehäuses und lächelte. »Es ist undurchdringlich.«

Liv erwartete, dass sich der Wächter ebenfalls einem Schock einfangen würde, aber als nichts passierte, konnte sie nur mit Mühe ihr Gesicht neutral halten. »Ja, es scheint, als wäre es ziemlich stark.«

»Nun, wenn Sie hier fertig sind«, zeigte der Wächter über seine Schulter, »sollten Sie sich die Mumien im Nebenraum ansehen. Die sind ziemlich gruselig.«

Liv winkte und entließ den Mann subtil. »Ich werde das auf jeden Fall tun, danke.«

Nachdem er weg war, streckte Liv ihre Hand wieder aus und ließ sie einen Zentimeter über dem Glas schweben. Vielleicht war der Schock, den sie zuvor erhalten hatte, nur eine Folge von zu viel aufgebauter statischer Elektrizität. Vielleicht waren es die Beschwörungen, die versuchten zu funktionieren. Sie konnte nicht sicher sein, was es verursacht hatte, aber sie dachte nicht, dass es zweimal passieren würde.

Ihre Fingerspitzen hatten weniger als eine Sekunde lang Kontakt mit dem Gehäuse, als ein atemberaubender Schock sie ein paar Meter zurückwarf. Liv landete auf ihrem Hintern und schlug gegen die Wand. Der Vorfall löste die Alarme aus, so dass rote Lichter an der Decke über ihr flackerten. Die Sirenen heulten auf als ob sie versuchten, Liv aus der Benommenheit zu wecken, die der Stromschlag durch ihren Körper geschickt hatte. Sie versuchte zu stehen, aber ihre Gliedmaßen wollten ihr nicht gehorchen.

»Hey! Was ist hier los?«, schrie der Wächter und sprintete zurück in den Raum. Er sah Liv an, dann den Kasten und hockte sich auf den Boden. »Haben Sie versucht ihn zu öffnen? Was haben Sie getan?«

»Ich habe nichts getan«, argumentierte Liv mit Schweißperlen auf ihrer Stirn, während sie wieder versuchte auf die Beine zu kommen. Die Anstrengung war fast zu groß und sie hatte das Gefühl, dass sie gleich umkippen würde.

»Halten Sie Ihre Hände so, dass ich sie sehen kann«, schrie der Wächter, während seine Augen ängstlich zwischen Liv und dem Kasten hin und her irrten. Er zog seine Waffe und richtete sie auf Liv, als sie es schließlich schaffte aufzustehen.

*Oh nein, das reicht nicht,* dachte Liv und sah auf den nervösen Wächter.

»Bleiben Sie einfach da wo Sie sind, bis Verstärkung eintrifft«, befahl er, während die Hand mit der Waffe zitterte.

Blut tropfte von Livs Nase. Sie wischte es mit der Hand weg und erkannte, dass sie für den Sterblichen vor ihr einen ziemlich seltsamen Anblick bieten musste.

Laute Schritte hallten im Flur hinter ihr, sie musste hier raus. Aber sie fühlte sich zu schwach um zu laufen, geschweige denn Magie zu benutzen.

»Ich muss ohnmächtig geworden sein und bin dann irgendwie gegen den Kasten gekommen«, erklärte Liv, rollte ihre Schultern zurück und versuchte neue Kraft zu schöpfen. Sie erinnerte sich an etwas, das sie an diesem Morgen in Bermudas Buch über das Herausziehen aus den Elementen gelesen hatte. So funktionierte die Magie der Riesen. Sie begann langsam Energie aufzusammeln, aber sie war sich nicht sicher woher sie kam. Alles was sie wusste war, dass sie einen Moment später spürte, wie plötzlich eine große Flut magischer Energie durch sie strömte. Dann erinnerte sie sich daran, dass sie sich im Naturkundemuseum befand, wo es wahrscheinlich uralte Quellen elementarer Energie gab, aus denen sie schöpfen konnte.

Der Wachmann sah sie unsicher an. »Sie sind auf den Kasten gefallen? Das hat den Alarm verursacht?«

»Ich denke schon«, sagte Liv und testete ihr Gleichgewicht. Sie fühlte sich mit jeder Sekunde stabiler.

»Das ergibt keinen Sinn. Wir müssen die Kameras überprüfen«, sagte der Wachmann und deutete auf die Kameras in der Ecke.

*Oh verdammt,* dachte Liv. Sie musste nun mehr tun, als einfach nur zu entkommen.

Die Schritte kamen näher.

So schnell sie konnte, was viel schneller war als alles, was sie je zuvor getan hatte, richtete Liv ihre Hand auf die Kamera. Die explodierte und schickte Funken und Trümmerstücke aus der Ecke. Sie hoffte, dass dadurch die Bildspeicherung gelöscht würde. Sie hatte das in ihrer Freizeit in der Werkstatt geübt.

Liv schirmte ihren Kopf ab und drehte sich um, ihr Arm kam über den der Wache herab bevor er erkannte was geschah. Die Waffe fiel klappernd zu Boden, als sie ihren anderen Arm in seinen Bauch schlug, so dass der Wachmann vor Schmerz zusammenklappte. Die Bewegungen waren nicht anmutig, aber sie erledigten den Job.

Da sie wusste, dass sie nur noch wenige Sekunden davon entfernt war gefangen genommen zu werden, rannte Liv zum Ausgang. Ein Portal zu öffnen würde nicht funktionieren. Sie war nicht in der Lage gewesen mit Portalmagie ins

Museum zu gelangen was bedeutete, dass sie auch keins benutzen konnte, um dort rauszukommen.

Drei Wächter mit Waffen in den Händen eilten in ihre Richtung.

»Stopp!«, schrie der vordere Wachmann.

*Das glaubst auch nur du,* dachte Liv, hielt ihre Hand hoch und schickte einen Hauch von einem arktischen Wind in ihre Richtung, der sie einige Meter zurückwarf. Sie wünschte sich immer noch, sie hätte Feuerball-Magie gelernt, aber der Wind hatte seinen Zweck ebenfalls erfüllt.

Die Sirenen heulten immer noch und viele Besucher hatten ihre Köpfe aus den verschiedenen Räumen gesteckt, ihre neugierigen Augen auf Liv gerichtet.

Mehrere hielten Telefone und nahmen jede ihrer Bewegungen auf. Sie richtete ihre Hand auf sie, deaktivierte die Telefone und löschte das Material. *Sie musste sofort da raus.*

Weitere Wachmänner waren auf dem Weg; das wusste sie, da die Zivilisten über ihre Schultern zum Haupteingang blickten. *Also nicht in die Richtung,* dachte Liv, als sie eine sekundenschnelle Entscheidung traf und sich in die entgegengesetzte Richtung bewegte.

Liv brauchte eine Ablenkung. Eine Möglichkeit, die Wachen fernzuhalten. Die Dinosaurierknochen im fernen Atrium fielen ihr wieder ein. Sie hob ihre Hand, um die Knochen zu Fall zu bringen, zögerte aber. Sie hatte die Häuser der Goblins nur zerstört, da sie wusste, dass sie sie wieder zusammensetzen konnte und dasselbe galt für prähistorische Dinosaurier.

Nein, Liv war besser als das – oder zumindest wollte sie es sein.

»Hey, kostenloses Geld«, schrie sie, warf beide Hände in die Luft und murmelte eine Beschwörungsformel, von der sie wusste, dass sie ein reiner Partytrick war, einer, den damals viele im Haus der Sieben auf Partys verwendet hatten als sie noch ein Kind gewesen war.

Von der hohen Decke schwebten frische Dollarscheine nach unten. Die Menge strömte aus ihrem Versteck und die meisten gaben die Aufnahme ihrer Videos auf, um herauszustürmen und das Geld zu schnappen bevor andere es konnten.

Liv sprintete die Flure hinunter zur Treppe und wusste, dass ihre einzige Hoffnung war, dort irgendwie rauszukommen. Sie blickte über ihre Schulter bevor sie die Treppe zur zweiten Ebene nahm. Die Menge hatte sich ausgebreitet und eine Mauer geschaffen, die für die Wachmänner unmöglich zu überwinden war. Nicht nur das, sondern es würde sogar für eine Weile zu massiver Verwirrung kommen. Das Museum wusste hinterher vielleicht nicht einmal genau, was die wirkliche Störung gewesen war, nachdem die Kamera im Schwertsaal des Riesen und dessen Filmmaterial zerstört worden war.

Das erinnerte Liv an etwas und als sie in die zweite Ebene kam zeigte sie auf den ersten Stock, wodurch alle Überwachungskameras explodierten und die Aufzeichnungen gelöscht wurden. Die Sterblichen schrien wegen des lauten Knalls überrascht auf, aber ihre Schreie wurden durch das allgemeine Lachen und die Aufregung übertönt, als sie sich Dollarscheine in die Taschen schoben – Geld, das innerhalb einer Stunde wieder verschwinden würde.

Liv wusste, dass ihre Möglichkeiten im zweiten Stock begrenzt waren. Sie musste aus dem Gebäude raus. Aus allen Richtungen hörte sie Schreie und Stampfen als die Wachen auf sie zukamen, also traf sie eine spontane Entscheidung und stieß ihre Hand in Richtung einer Reihe hoher Fenster.

Sie alle explodierten in einer Kakophonie von Lärm. Liv duckte sich bis sich die Glasscherben auf dem Fliesenboden niedergelassen hatten, dann raste sie zu den Fenstern, sprang hindurch und landete auf einem nahegelegenen Dach.

Die Wachen hatten es bis zur zweiten Ebene geschafft und schrien, als sie mit gezogenen Waffen zu den zerbrochenen Fenstern rannten.

Liv rannte los, sprintete über das Dach des Gebäudes und erkannte, dass sie entweder bald höher klettern oder tiefer hinunter springen musste. Sie wählte die weniger einschüchternde Option, sprang vom Dach hinab und fing sich am Rand des gegenüberliegenden Gebäudes, aber nur knapp. Ihre Beine baumelten herunter und schlugen gegen den Ziegelstein. Liv versuchte, ihren Schwung zu halten, schwang ihre Beine über die Seite und schaffte es, sich nach oben zu ziehen, so wie sie es gewohnt war, um aus dem Pool zu klettern ohne die Leiter zu benutzen.

Liv gönnte sich einen Moment Zeit, um sich siegreich zu fühlen, bis sie das Lärmen eines Hubschraubers hörte, der in ihre Richtung jagte. Es wurde hinter ihr geschrien und dann wurde auch geschossen. Sie war plötzlich auf der Flucht. Ein Verbrecher. Etwas wogegen sie bisher immer gekämpft hatte. Und dann erinnerte sie sich wer sie war, eine Magierin.

Liv raste vorwärts und legte so viel Abstand wie möglich zwischen sich und den Verfolgern in ihrem Rücken. Als sie am Ende des Gebäudes ankam, sprang sie zu dem Gebäude darunter und lief über ein orangefarbenes Dach. Sie kannte den Grundriss des Gebäudes nicht, aber als sie nach vorne blickte sah sie, dass das Dach dort zu einem abrupten Ende kam. Allerdings musste sie bei ihrem Entkommen vorsichtig sein, sonst würden Hunderte von Sterblichen sie entkommen sehen. Das wäre sehr schlecht für das Geschäft.

# Die eigensinnige Kriegerin

Als sie fast am Ende des Daches angekommen war, wechselte Liv die Richtung und sprang auf das Dach darunter. Der Fall war tiefer, als sie erwartet hatte und sie musste sich abrollen um ihren Sturz abzufangen. Der Sprung auf das nächste Dach war dann glücklicherweise nicht so tief.

Sie konnte sehen, dass sich die Wachmänner bereits auf dem Boden aufgestellt hatten und mit ihren Waffen im Anschlag gegenüber dem Gebäude warteten. Das war in Ordnung, denn sie brauchte jetzt ja nur noch eine gut platzierte Ablenkung. Sie ließ die Projektion einer Figur, die ihr sehr ähnlich sah, über den Rand des Daches zum darunter liegenden Rasen hinunter springen. Zur gleichen Zeit öffnete Liv ein Portal auf dem Dach, sprang hindurch und schloss es so schnell wie möglich wieder. Sie stürzte auf der anderen Seite wieder heraus und landete auf der Promenade in Santa Monica mit einem erschöpften Schnaufen, aber dankbar, nun weit weg von dem Chaos zu sein, das sie angerichtet hatte.

## Kapitel 14

»Glaubst du, jemand hat das alles gesehen?«, hakte Liv bei Plato nach, während sie ihre Kleider ausbürstete und den langen Gang hinunter zur Kammer des Baumes ging.

»Nur eine Horde asiatischer Touristen«, antwortete Plato. »Aber die sind wahrscheinlich immer noch damit beschäftigt, sich Dollarscheine in ihre Taschen zu stecken.«

»Glaubst du, der letzte Trick hat sie genug abgelenkt?«

Plato gähnte. »Ich bin mir nicht sicher. Die Zeit wird es zeigen.«

»Was ich noch fragen wollte: Du bist allergisch gegen Kätzchen?«, fragte sie und erinnerte sich, was Rory gesagt hatte. »Was hat es damit auf sich?«

Ein sichtbarer Schauer lief Platos Rücken hinunter. »Sie sind trügerisch süß.«

»Und das soll der komplette Grund sein?«

»Ich werde der Erste sein, der zugibt, dass ich gewisse Makel in meinem Aussehen habe. Sie ergeben nicht immer Sinn, aber wir alle haben sie.«

»Ich denke, wir sollten das später weiter besprechen«, sagte Liv und hielt vor der Tür der Reflexion an. »Ich muss dem Rat erstmal das sagen, was er hören will.«

»Und alle werfen mir vor, dass *ich* der Täuschende bin«, meckerte Plato, ein Hauch von Verspieltheit in seiner Stimme.

»Ich glaube, du wirst einfach von jedem missverstanden«, antwortete Liv, als sie einen Schritt nach vorne machte.

»Oh, und Liv?«, rief Plato hinter ihrem Rücken. »Die Nähe des weißen Tigers oder der schwarzen Krähe zu dir ist wichtig. Achte darauf.«

»Inwiefern sind die wichtig?«, hakte Liv nach. »Hattest du mir nicht mal gesagt, du wüsstest nichts über sie?«

»Das hatte ich auch nicht, aber genau wie du sammle ich immer wieder neue Informationen.« Plato nickte der Wand zu. »Geh jetzt da rein, während der Rat abgelenkt ist.«

✳ ✳ ✳

Adler sah aus, als würde er sichtbar zittern, als Liv die Kammer betrat. »Und du hast es auf dich genommen, einzugreifen?«

Trudy DeVries hob ihr Kinn an und blinzelte mehrmals. Der weiße Tiger stand nur wenige Meter von ihr entfernt, seine unerschütterliche Aufmerksamkeit auf die Kriegerin gerichtet. »Die Situation war nicht außerhalb meiner Kontrolle, obwohl klar war, dass sie bald eskalieren würde, wenn ich nicht eingreifen würde.«

Adler drückte seine knorrige Fingerspitze in seinen Schläfenbereich. »Erkennst du den Ärger, den du dem Haus mit deinen Taten bereitet hast?«

»Sir, wenn ich darf«, Stefan trat aus seinem Kreis auf den Boden und ging zur Seite, als Liv ihren Platz einnahm.

»Du darfst nicht«, sagte Adler hart, seine Augen flackerten kurz zu Liv. »Miss DeVries hat viel Aufmerksamkeit auf das Haus gelenkt, indem sie mit einem nicht registrierten Magier in der Öffentlichkeit sympathisiert hat.«

»Ich habe mir nur seinen Fall angehört«, argumentierte Trudy. »Er schrie so laut, dass es die ganze Kneipe voller

Magier hören konnte. Es schien nur diplomatisch zu sein, ihm offen zuzuhören.«

»Auch wenn du eigentlich den Befehl hattest, ihn entweder herzubringen oder die Registrierung zu erzwingen?«, fragte Bianca. Ihr Blick verengte sich auf die Kriegerin mit den kurzen stacheligen blonden Haaren.

»Es ist etwas ganz anderes, wenn man tatsächlich draußen im Einsatz ist«, begann Trudy. »Es ist leicht für euch Ratsmitglieder, uns zu sagen, dass wir unsere Mitmagier neutralisieren oder ihnen die Registrierung aufzwingen müssen, aber wenn wir da draußen sind, kommen wir nicht immer mit schwarz und weiß weiter. Es sind Menschen, die ihre eigenen Vorstellungen von Magie haben und wie sie regiert werden sollte.« Sie breitete ihren Arm weit aus und zeigte auf die Außenwelt. »Da draußen denken andere nicht immer positiv darüber, kontrolliert zu werden. Ich fürchte, sie werden rebellieren, wenn wir sie nicht ernst nehmen und zeigen, dass unsere Führung fair und gerecht ist.«

Adler lachte, ein hohles, schmerzhaftes Geräusch. Bianca und Lorenzo schlossen sich ihm an. »Miss DeVries, unsere Herrschaft ist absolut. Mit der Zustimmung aller im Rat kann die Magie jedes einzelnen Magiers blockiert werden, was sie für ihn nutzlos macht. Glaubst du wirklich wir fürchten eine Rebellion? Und diejenigen, die ihre Magie nicht registriert haben, sind in direkter Verletzung der Charta. Das Gesetz legt klar fest, wie wir mit ihnen umzugehen haben.«

»Aber nur weil wir es können, bedeutet das noch lange nicht, dass wir es sollten«, sagte Trudy, eine Vene auf der Seite ihres Kopfes pochend.

»Du bist zu weit gegangen!«, donnerte Adler und war kurz davor aufzuspringen. »Ich werde es nicht tolerieren...«

»Ich denke, es wäre das Beste für alle, wenn Trudy DeVries eine Pause in ihrer Arbeit einlegen würde, während wir diese Angelegenheit prüfen«, sagte Haro mit ruhiger Stimme.

Livs Augen flackerten zu seinem Bruder, der ein paar Kreise von ihr entfernt stand. Akio konzentrierte sich mit einem leeren Gesichtsausdruck auf die Ratsmitglieder. Decar, Emilio und Maria waren weg und gaben Liv einen ungehinderten Blick auf den anderen Krieger.

»Aber ich...«, protestierte Trudy.

»Es ist keine Disziplinarmaßnahme«, versicherte Raina Ludwig der Kriegerin mit einfühlsamer Stimme. »Es wird einigen von uns die Chance geben, sich zu beruhigen, bevor wir über die Sache entscheiden.« Ihre Augen gingen in Richtung Adler, der seine Kiefer immer wieder zusammenbiss und löste.

»Okay, nun, das ist fair«, stimmte Trudy zu, beruhigt durch Rainas Worte.

»Gut, sehr gut«, schnappte Adler und schüttelte den Kopf. »Wir werden morgen wieder wegen dieser Angelegenheit zusammenkommen, nicht dass es die Tatsache ändern wird, dass unsere Befehle zugunsten derer ignoriert wurden, die dem Gesetz nicht gehorchen.«

Raina räusperte sich und blickte auf die Bank hinunter zu Adler. »Wie gesagt, wir werden die Angelegenheit nochmals vorbringen und morgen darüber diskutieren, wenn wir ausgeruht sind.«

Trudy ging schnell zur Tür der Reflexion, ihre Stiefel machten scharfe klackende Geräusche auf dem Boden.

»Miss Beaufont, ich nehme an, dass wenigstens du uns gute Nachrichten von deinen Gesprächen mit den Brownies mitgebracht hast?«, fragte Adler, sein Ton voller Frustration. Es war klar, dass er keine positive Antwort erwartete.

Liv blickte auf und sah den hoffnungsvollen Ausdruck auf Clarks Gesicht. Sie hätte schwören können, dass er ihr zuzwinkerte, als würden sie den gleichen Witz teilen, aber dann erinnerte sie sich daran, dass er nicht über alles Bescheid wusste, woran sie arbeitete und dass dies auch besser so war.

»Ja, es war ein voller Erfolg«, sagte Liv und erschrak, als die schwarze Krähe direkt vor ihr landete, mit einem strengen Ausdruck, der durch sie hindurch zu sehen schien. »Sie waren offen für unsere Vorschläge und sagten, sie würden so schnell wie möglich mit der Umsetzung beginnen.«

Adler seufzte und schüttelte den Kopf zu Bianca. »Traue nie einem Brownie, oder?«

Sie stimmte zu und nickte. »Sie sind hinterhältige kleine Wesen.«

»Mir wurde nur gesagt, dass sie zustimmen sollen«, sagte Liv und zog ihr Gerät mit ihren Befehlen heraus.

»Ja und das ist alles gut und schön«, sagte Adler abweisend. »Es ist nur so, dass, wenn ein Brownie sagt, dass er etwas tun wird, sobald er kann, das bedeutet, dass es normalerweise nochmals Äonen dauern wird. Was auch immer, wir werden ihre Zeitplanung einfach beschleunigen, indem wir dich....«

Lorenzo Rosario stand plötzlich auf und ging zu Adlers Seite hinüber. Er zeigte auf den Bildschirm vor ihm. Die Augen des älteren Magiers weiteten sich, als er aufmerksam darauf blickte und sein Ausdruck wurde finster.

Die anderen Ratsmitglieder betrachteten ihre eigenen Geräte und sahen sich dabei auch etwas genau an.

Langsam richtete Adler seinen Blick wieder nach oben, seine Augen glühten vor Wut. »Miss Beaufont, waren Sie im Naturkundemuseum in Los Angeles?«

Liv erstickte fast. »Als Kind habe ich den Ort öfters besucht.«

Adler schoss nach vorne, seine Hände drückten auf die Bank. »Nein, ich will wissen ob du *heute* da warst?« Er drehte einen Finger und ein Bild erschien vor dem Rat wie ein Videobildschirm. Einen Moment später warf eine Gestalt, die bemerkenswerterweise aussah wie Liv, ihre Hände in die Richtung von drei laufenden Wachmännern und schickte einen Windstoss auf sie, der die Männer in die andere Richtung zurückrutschen ließ. Dies ging einen Moment lang so weiter, da das Video anscheinend von einer wackelnden Handykamera aufgenommen worden war. Es wurde viel geschrien und man hörte schließlich Liv rufen: »Hey, kostenloses Geld!« Dann wurde alles dunkel.

Liv senkte ihr Kinn auf ihre Brust und stieß einen langen Atemzug aus.

»Warst du die Person in diesem Video oder warst du es nicht?«, fragte Lorenzo, nachdem er sich wieder gesetzt hatte.

»Ich kann es erklären«, sagte Liv und achtete darauf, Clark nicht anzusehen, von dem sie bereits wusste, dass er vor Wut schwelte.

»Ich hoffe wirklich, dass du das kannst«, sagte Adler, sein Ton strafend.

Die Krähe blickte zu ihr auf, ihre Augen waren voller Interesse. Sie richtete ihren Blick auf den weißen Tiger, der sich so gedreht hatte, dass er sie nicht einmal ansah. Aus welchem Grund auch immer, Liv war plötzlich geneigt, eine Version der Wahrheit zu sagen. Es konnte nicht schaden, vor allem da in diesem Moment sechzehn Augen auf sie gerichtet waren.

»Es war ein komplettes Missverständnis«, begann Liv. »Ich stöberte gerade durch die Sammlung, als ich eine der

Vitrinen berührte und diese einen gewaltigen Schock durch meinen Körper schickte.«

»Eine Vitrine?«, fragte Haro und lehnte sich nach vorne.

»Ja. Es hat mich zurückgeworfen und den Alarm ausgelöst«, fuhr Liv fort. »Ich hatte keine andere Wahl, als nach dem Vorfall davonzulaufen. Ich versuchte allerdings den Schaden zu minimieren und zerstörte die ganzen Überwachungskameras und das Filmmaterial.«

»Das war klug gedacht«, sagte Hester und nickte zustimmend.

»Kluges Denken wäre gewesen, überhaupt keinen Vorfall geschaffen zu haben«, schimpfte Adler. »Du hast Geld von der Decke regnen lassen!«

»Das war eine Ablenkung«, sagte Liv.

Hester lachte. »Ich erinnere mich noch gut daran, wie du, Mr. Sinclair, versehentlich einen Alarm in einem Banktresor in einer der wichtigsten Filialen einer Bank in der Innenstadt ausgelöst hast. Eine Spezialeinheit der Polizei wurde alarmiert und du musstest eine Menge Magie anwenden, um nicht gefasst zu werden.«

Raina mischte sich ein. »Ich habe auch davon gehört, obwohl es weit vor meiner Zeit war.« Sie blickte die Bank hinunter zu Adler. »Hast du nicht mehrere Fahrzeuge dabei umgeworfen, als du versuchtest zu fliehen? Die Nachrichten wussten nicht was sie davon halten sollten. Sie nannten es den seltsamsten Raub der Geschichte, da nichts gestohlen und niemand festgenommen wurde.«

Liv erinnerte sich nicht daran, Adler jemals so wütend gesehen zu haben, sein normalerweise blasses Gesicht war derzeit ein dunkles Scharlachrot. »Ich glaube nicht, dass dieser Vorfall aus der Vergangenheit einen Einfluss darauf hat, was Miss Beaufont heute getan hat.«

»Ich glaube schon«, schaltete sich Haro grübelnd ein. »Es beweist, dass Magier manchmal unter Umständen, die außerhalb ihrer Kontrolle liegen, erwischt werden können. Wir kontrollieren unsere Magie und doch können wir nicht kontrollieren, wie sie sich auf bestimmte Systeme auswirkt. Zum Beispiel löste deine Magie damals Sicherheitssysteme aus, die vor magischem Diebstahl schützen sollten.«

Sterbliche Sicherheitssysteme, die vor Magie schützen? Liv hatte noch nie von so etwas gehört. Bevor sie die Frage noch in ihrem Kopf richtig überdenken konnte, brachen die Ratsmitglieder in einer Flut von Streitigkeiten aus. Adler drehte sich hin und her, um zu bekämpfen, was Haro, Raina und Hester sagten.

»Schau, was du angerichtet hast«, sagte Stefan aus dem Mundwinkel.

»Ich?«, flüsterte Liv zurück. »Ich war nur am falschen Ort zur falschen Zeit.«

»Richtig. Was war das für eine Vitrine, die du berührt hast?«

Sie zuckte mit den Schultern. »Ich glaube, es waren Dinosaurierzähne drin oder so.«

»Hmmm«, sagte Stefan, ein leichtes Lächeln auf seinem Gesicht.

»Die Vergangenheit ist unwichtig!«, schrie Adler und ließ die ganze Kammer verstummen. Sein Atem rasselte mehrmals, als er seine Gelassenheit wiedererlangte. »Wir müssen vorsichtig sein, mit der ganzen Aufmerksamkeit, die wir verursachen.«

»Es tut mir leid«, sagte Liv ehrlich. »Ich wollte keinen Ärger machen. Und als die Dinge dann außer Kontrolle gerieten, versuchte ich nur den Schaden zu minimieren und davonzukommen, ohne gesehen zu werden.«

Als Hester von ihrem Bildschirm aufblickte, nickte sie. »Es scheint, dass du erfolgreich warst. Die Behörden haben keine Hinweise auf die Verdächtige, die entkommen ist und nennen den gesamten Vorfall ein Rätsel. Es scheint, dass Magier wieder einmal einfach das Opfer der Technologie geworden sind.« Sie lächelte Liv nachdenklich an. »Das passiert öfter als die meisten glauben. Es war nicht deine Schuld.«

Liv schluckte und versuchte zu nicken.

»Aber versetze dich bitte in Zukunft nicht in Situationen, von denen du weißt, dass sie uns alle unter die Lupe nehmen könnten«, warnte Adler.

»Er meint, sich von Banktresoren und Museen fernzuhalten«, erklärte Raina lachend.

»Ich meinte eigentlich, dass du weniger Zeit damit verbringen solltest, herumzulungern und mehr Zeit damit verbringen solltest, an den Fällen und deinem Training zu arbeiten«, sagte Adler ungeduldig. »Ein weiterer Fall wurde an dein Gerät geschickt, Miss Beaufont.«

Liv hob ihre Tablet an und las die erste Zeile aus dem neuen Fall. Sie erwartete, dass es so etwas in der Art von ›Wisch den Arsch von Feen‹ sei. Sie lachte vor sich hin, während sie die Fallakte durchlas.

»Ist alles in Ordnung, Olivia?«, fragte Bianca, nachdem sie den sauren Ausdruck in ihrem Gesicht gesehen hatte.

»Oh, es ist alles in bester Ordnung«, sagte Liv. »Ich habe nur gerade festgestellt, dass ich anscheinend hellseherische Fähigkeiten besitze. Und, zum hundertsten Mal, ob es dir passt oder nicht, ich heiße Liv.«

Adler rollte mit den Augen. »In der Familie Beaufont gab es bisher keine Anzeichen von Hellseherei.«

»Nein, ich meinte nur, dass ich mir sicher war, dass ich einen solchen Fall bekommen würde«, sagte Liv und dann fiel ihr etwas ein. »Eigentlich, meine Magie… Hat sie sich eigentlich bereits normalisiert oder zeigt sie seit dem Entsperren immer noch so hohe Werte an?«

Adler seufzte, als ob ihm das ganze Gespräch plötzlich langweilig wäre. »Das geht dich wirklich nichts an.«

»Es ist *meine* Magie!«, schrie Liv.

Hester lächelte gutmütig zu Liv und blickte dann runter auf das Tablet. »Deine Magiewerte scheinen mir immer noch ein bisschen zu hoch zu sein, meine Liebe, aber es ist kein Grund zur Sorge.«

»Da würde ich widersprechen«, schaltete sich Haro ein. »Liv ließ mehrere Fenster im Naturkundemuseum zerspringen und schuf eine Projektion von sich selbst, während sie gleichzeitig ein Portal öffnete. Diese Art von Magie ist beispiellos für eine Magierin mit ihrer begrenzten Erfahrung.«

Adler starrte das andere Ratsmitglied angesäuert an. »Mr. Takahashi, ich glaube wirklich nicht…«

»Eigentlich denke ich, dass es durchaus wichtig ist«, sagte Haro und unterbrach Adler. »Livs Magie könnte sich normalisieren – oder das könnte etwas sein, womit sie sich auseinandersetzen muss, bevor sie außer Kontrolle gerät.«

»Warte, was?«, fragte Liv und sah die beiden Magier an. »Ist alles in Ordnung?«

Haro überlegte einen Moment lang und nickte dann. »Es scheint alles in Ordnung zu sein, aber deine Magie ist im Moment sehr mächtig und wir haben keine Möglichkeit zu sagen, wie lange das dauern könnte.«

»Mächtiger, als ich sein sollte, oder mächtiger, als…«

Haro nickte und spürte die Worte, die Liv nicht gesagt hatte. »Du bist mächtiger als die meisten anderen und ich möchte dich ermutigen, weiter zu trainieren, um deine Kraft zu verbessern. Du hast es im Museum effektiv genutzt, aber es hätte schnell außer Kontrolle geraten können. Ich denke auch, dass du von anderen Formen der Ausbildung profitieren könntest. Vielleicht Dinge im Zusammenhang mit dem Kampf, damit du nicht immer deine Magie verbrauchen musst. Die beiden Fähigkeiten zusammen könnten dich zu einem Machtfaktor machen, mit dem man rechnen muss.«

Liv bemerkte, dass Akios Augen für einen Moment in ihre Richtung flackerten. Sie verbeugte sich leicht vor seinem Bruder. »Ich werde das in Betracht ziehen. Ich danke dir.«

Am Ende ihrer Worte drehte sich Liv um und verließ die Kammer. Sie wurde das Gefühl nicht los, dass es etwas gab was die Takahashi-Brüder nicht sagten und sie konnte einfach nicht herausfinden, ob man ihnen vertrauen durfte oder nicht.

## Kapitel 15

Liv und Plato gingen in völliger Stille in die Bibliothek. Sie wusste nicht, ob sie Sophia diesmal wieder finden würde, die sich dort wieder versteckt hatte, aber aus irgendeinem Grund war es ihr nicht gelungen, diesen Ort aus ihrem Kopf zu bekommen, seit sie ihn erneut besucht hatte. Jede Nacht hatte sie davon geträumt, sich im Gang zu verirren und sie fragte sich, ob ihre Träume versuchten ihr eine Botschaft zu übermitteln.

Sie war nicht jemand, der viel auf Traumdeutung gab oder sehr lange auf ihre versteckten Botschaften wartete. Sie dachte, dass manchmal das Unterbewusstsein etwas mitbekam und das dann in den Träumen mitteilte. Sie machten meistens keinen Sinn und selten waren es Kunstwerke, aber sie lösten etwas von der Spannung einer Person. Das war wichtig.

»Wann wirst du mir sagen, was du über den weißen Tiger und die Krähe weißt?«, fragte Liv schließlich und brach das Schweigen.

»Wann genau willst du es wissen?«, gab Plato schüchtern zurück.

»Jetzt wäre gut«, antwortete Liv.

»Wenn mein Verdacht richtig ist, ist ihre Bedeutung ganz einfach«, sagte Plato, als sie die Bibliothek erreichten. Es war niemand da, aber so fühlte es sich im großen Raum immer an; als wäre Liv allein auf einer verlassenen Insel, sicher und frei, um in Ruhe zu erkunden.

Sie hielt am Eingang an und wollte für einen Moment ihren Respekt erweisen, als wäre sie in eine Kapelle eingetreten. Es war immer so, als wollte sie ein Ritual aus Respekt vor dem Wissen, das die Bibliothek besaß, durchführen. Plato blickte sie mit einem seltsamen Gesichtsausdruck an.

Liv schüttelte die Versuchung ab und richtete ihre Aufmerksamkeit auf den Kater. Es kann niemand da sein, erkannte sie, sonst wäre Plato nicht für jeden sichtbar geworden. »Also, der Tiger und die Krähe? Was sind deine Verdachtsmomente?«

»Erinnerst du dich, was in deinen Ring eingraviert ist?«, fragte Plato.

»Der Ring meiner Mutter«, korrigierte sie. »Oder vielleicht Ians Ring. Nicht meiner.«

»Es ist jetzt in deinem Besitz, und du bist eine von drei verbliebenen Beaufonts«, erinnerte Plato sie, obwohl sie sich wünschte, er hätte es nicht getan.

Liv zog den Ring aus ihrer Tasche und las davon ab, um den Satz genau richtig zu formulieren. »Gemeinsam sind wir stark und ausgeglichen.«

Plato nickte. »Genau. Ich denke, die Krähe und der Tiger sind dazu bestimmt, das Gleichgewicht in der Baumkammer zu halten.«

Liv schien sich zu erinnern, dass Clark ihr etwas darüber gesagt hatte, wie der Tiger beim Gleichgewicht half, aber das reichte ihr immer noch nicht. »Aber wie machen sie das?«

»Alle Dinge, die im Leben Bestand haben, haben Gleichgewicht«, begann Plato, als sie einen der mit Bücherregalen flankierten Gänge hinunter schlenderten. Sie waren nicht auf dem Weg zu einem bestimmten Ort, sondern schlenderten ziellos durch die Bücherreihen. »Jeder Mensch hat eine weibliche und eine männliche Seite und wir alle haben eine rechte und linke Seite, von denen eine in der Regel auf die eine oder andere Weise in unserem Körper dominant ist. Und dann gibt es noch das häufigste Beispiel: Gut und Böse, auch bekannt als Yin und Yang.«

»Also repräsentieren der weiße Tiger und die schwarze Krähe Gut und Böse im Haus der Sieben?«, fragte Liv und dachte sofort daran, dass dies zu einfach klang.

»Ich glaube, sie repräsentieren viel mehr als das«, begann Plato. »Aber ja. Das ist in ihrem Kern der ultimative Zweck, aber wir müssen uns daran erinnern, dass das Leben nicht immer schwarz-weiß ist.«

Liv nickte der Ironie zu, da die Tiere tatsächlich schwarz und weiß *waren*.

»Also, wie schaffen sie das Gleichgewicht im Haus?«, fragte Liv.

»Ich bin mir noch nicht ganz sicher«, antwortete Plato. »Aber ich denke, es ist wichtig, dass du dir der Rolle bewusst bist, die sie möglicherweise spielen. Du solltest aber nicht besessen für eine Seite sein. Zum Beispiel könnte es falsch sein, sich nach der Aufmerksamkeit des weißen Tigers zu sehnen und die Anwesenheit der schwarzen Krähe völlig zu ignorieren.«

»Aber wenn sie das Böse repräsentiert, wäre es dann nicht gut, weniger von ihr sehen zu wollen?«

Plato überlegte sich das einen Moment lang und schlenderte dann nach vorne. »Gleichgewicht wird immer dann erreicht, wenn zwei Kräfte oder Einflüsse gleich sind. Wenn wir zu männlich sind, dann vernachlässigen wir einen wichtigen Aspekt von uns selbst oder umgekehrt. Die Dinge sind nicht von Natur aus gut oder schlecht, sondern eine Mischung aus beidem.«

Liv kratzte sich am Kopf. »Ich glaube nicht, dass ich das alles komplett verstehe.«

»Ich auch nicht«, gab Plato zu. »Ich glaube, es fehlt etwas, aber ich weiß nicht, was.«

Wie aufs Stichwort ging Liv um eine Reihe von Büchern herum und hielt an und starrte auf eine Wand aus Wandmalereien. Es war die alte Sprache, sie erkannte sie und beobachtete wie die Symbole tanzten, wie die Schatten der Bäume, die vom Wind umhergeweht wurden. Dieser Bereich der Bibliothek war plötzlich dunkler und sie fühlte sich irgendwie so, als würde sie draußen in der Nähe eines Lagerfeuers stehen.

Sie wusste nicht, dass sie den Atem angehalten hatte, bis sie in ihrem Kopf das Blut pochen hörte. Liv atmete aus und ging vorwärts, unsicher, was genau sie da sah.

»Die Symbole? Warum sehen sie hier anders aus?«, erkundigte sie sich bei Plato.

»Ich bin mir nicht sicher, aber ich denke, du hast Recht«, antwortete er.

»Ist das eine dieser Zeiten, in denen du sagst, dass du dir nicht sicher bist, aber du weißt es und willst es mir einfach nicht sagen?«

»Ich bin mir nicht sicher«, wiederholte er mit einem schelmischen Lächeln im Gesicht.

Sie winkte ab. »Oh, du bist so eine elende Nervensäge. Wenn ich dich nur nicht so gern hätte...« Liv berührte die Wand und erwartete, dass die Symbole unter ihren Fingerspitzen tanzen würden, wie in der langen Eingangshalle. Hier leuchteten sie jedoch heller und schienen von der Wand zu springen und sich zu vergrößern. Für ein paar Minuten war Liv fasziniert von dem Anblick und fuhr mit der Hand hin und her, als sie die Wand entlang ging. Dann bemerkte sie etwas anderes – einen Schlitz in der Wand. Sie hätte es fast als Nichts abgetan, außer dass es ihr verdammt bekannt vorkam.

Es gab eine tiefe Vertiefung in der Mitte und um sie herum waren kleinere. Vierzehn, um genau zu sein. Liv erkannte, dass sie noch immer den Ring ihrer Mutter in der Hand hatte. Sie öffnete ihre Faust und bemerkte, dass die Steine im Ring zu den Vertiefungen passten.

»Könnte das tatsächlich so einfach sein?«, fragte Liv und schaute über ihre Schulter nach Plato. Er war wieder verschwunden.

»Der verdammte Kater ist nie da wenn ich ihn brauche«, murmelte sie vor sich hin.

»Welchen Kater meinst du?«, hörte sie Stefans Stimme aus einer Reihe von Büchern in der Nähe rufen.

Liv erschrak, faltete ihre Finger über den Ring und drehte sich zu ihm um.

Natürlich war Plato verschwunden. Er hatte wahrscheinlich gewusst, dass Stefan sich näherte, lange bevor er sie erreichte. *Vielleicht gibt er mir nächstes Mal freundlicherweise eine kleine Vorwarnung,* dachte sie.

»Ich bezog mich auf meinen Kater Plato, der sich wieder zu verstecken scheint«, erklärte Liv und blickte seitwärts auf den Schlitz in der Wand, der ihre Aufmerksamkeit kurz zuvor geweckt hatte.

Stefan kam zwischen zwei Reihen hinaus. Er trug eine lange schwarze Jacke und Wanderstiefel, seine Haare mit einer Strickmütze bedeckt. »Das ist lustig. Ich wusste gar nicht, dass du ein Haustier hast, dem genehmigt wurde das Haus der Sieben zu betreten.«

»Regeln gelten nicht wirklich für Plato«, sagte sie, kaute an ihrer Lippe und wünschte sich, dass Stefan verschwinden würde, damit sie die Wand noch einmal inspizieren konnte.

»Er klingt, als würde er ganz gut zu dir passen.« Er blickte hinter sie, sein Blick voller Interesse. »Hast du etwas an der Wand gefunden? Du schienst soeben ziemlich fasziniert davon zu sein.«

Liv blickte beiläufig über ihre Schulter. »Oh, nein. Ich suche meine Schwester und dachte, sie könnte sich irgendwo hier drüben verstecken. Sie kann gut mit Verkleidungen umgehen.«

»Das müsste sie in der Tat, wenn du denkst, dass sie sich an einer festen Wand verstecken kann«, entgegnete Stefan und klang beeindruckt.

Liv schloss die Augen und dachte fast, sie hätte einen schweren Fehler gemacht, indem sie Stefan einen Hinweis gab, dass die Magie ihrer Schwester bereits eingetreten und stark genug war, dass sie so etwas wie Verkleidungszauber machen konnte. Doch er lächelte weiterhin gutmütig, so wie seine Schwester es immer bei den Treffen mit den Sieben tat. Vielleicht konnte man den Ludwigs doch vertrauen? Sie war nicht im Begriff, ihnen alles zu erzählen, aber einen Verbündeten zu haben, könnte sich als nützlich erweisen.

»Also wo, glaubst du, versteckt sich Miss Sophia Beaufont?«, fragte Stefan und sah sich um. »Ist das ein Spiel, das du spielst, oder ist sie weggelaufen?«

Liv lachte. »Es ist ein Spiel. Ich vermute, wenn Sophia weglaufen wollte, dann würde sie es tun und keiner von uns würde sie jemals finden. Ich kann ihr Versteck nur entdecken, weil sie es erlaubt.«

Stefan nickte. »Das scheint richtig zu sein. Kann ich dir helfen, sie zu finden?«

Liv blickt ihn mit erhobener Augenbraue neugierig an. »Hast du nicht irgendein wichtiges Krieger-Geschäft zu erledigen?«

»Das habe ich«, antwortete Stefan gelassen. »Aber ich werde erst in ein paar Stunden losfahren. Erst wenn das Timing stimmt. Und du? Hat der Rat dir nicht einen weiteren Fall zugewiesen, um dich zu beschäftigen und vor Schaden zu bewahren?«

»Ja, ich wische Feenärsche ab oder so was«, scherzte Liv.

»Und doch wirst du wahrscheinlich immer noch einen Weg finden, um in den nationalen Nachrichten zu landen, während du mindestens hundert weltliche Gesetze brichst«, sagte Stefan ihr mit einem Augenzwinkern und hielt mit ihr Schritt, als sie durch die Gänge gingen. »Was hast du im Museum gemacht?«

»Meine Geschichtskenntnisse aufgefrischt«, antwortete Liv knapp.

»Und diese Vitrine, die den Alarm ausgelöst hat, als du sie berührt hast? Willst du mir zufällig mitteilen, was drin war?«

Liv biss sich wieder auf die Lippe. Sie brauchte Verbündete, sie erinnerte sich wieder daran. Aber sie brauchte keine Unruhestifter und sie war sich nicht sicher, ob Stefan Ludwig ein Verbündeter oder ein Unruhestifter war.

Nach einer langen Schweigeminute sagte Stefan: »Es ist in Ordnung, du musst es mir nicht sagen. Ich wage zu behaupten, dass ich eine ganze Reihe von Dingen habe, die ich auch gerne geheim halten möchte.«

»Was zum Beispiel?«, hakte Liv sofort nach.

Er lächelte sie an. »Dinge.«

»Danke, dass du so viel verraten hast«, kommentierte sie sarkastisch.

»Es war seltsam, dass eine Vitrine so auf deine Magie reagiert hat«, sinnierte Stefan. »Noch merkwürdiger ist allerdings, dass einige Leute im Rat das nicht einmal interessant gefunden haben.«

»Ja, sie schienen einfach die Tatsache zu überspielen, dass ich die Alarme ausgelöst habe«, stimmte ihm Liv zu und erkannte sofort, dass Stefan Recht hatte. Dann kam ihr etwas anderes in den Sinn. »Hey, wie war das mit dem Alarm im Banktresor, den Adler ausgelöst hat? Weißt du da mehr?«

Stefan schüttelte den Kopf. »Das war das erste Mal, dass ich davon gehört habe, aber es ist interessant. Wir haben unsere eigenen Banksysteme innerhalb des Hauses, wie du sehr gut weißt, also frage ich mich, was er bei einer Bank der Sterblichen gemacht hat.«

»Eine weitere Sache, die der Rat irgendwie vertuscht hat«, sagte Liv hauptsächlich zu sich selbst.

»Fragen, die Adler nicht gestellt haben will, werden einfach ignoriert«, bot Stefan seine These an.

Sie hielten in der Mitte eines großen Lesebereichs inne. Riesige gepolsterte Sessel standen um einen Kamin, der größer als Stefan war. Liv blinzelte auf das Bild über dem Kamin und erkannte das kleine Mädchen, das neben einem großen Palomino-Hengst stand. Sie hielt kurz inne, überrascht vom Anblick ihrer kleinen Schwester, die sich in einem Ölbild versteckt hatte, aber sie blieb stehen und zeigte auf einen Gang.

»Mal sehen, ob Sophia hier ist«, sagte sie in Eile. »Wenn nicht, kommt sie hoffentlich bald aus ihrem Versteck heraus.« Sie sagte den letzten Teil in einem anderen Tonfall, in der Absicht, dass ihre Schwester den Hinweis mitbekommen würde.

»Haben du und Trudy nicht zusammen unregistrierte Magier gejagt?«, fragte Liv, als sie für einen Moment still nebeneinander her gegangen waren.

»Ja«, antwortete Stefan. »Wie auch immer, ich bekam einen anderen Fall zugewiesen und ich denke, sie wurde alleine ein wenig schlampig, daher die Aufregung heute.«

Liv zitterte fast vor Ekel. »Unsere eigenen Mitmagier zu jagen und sie zu bestrafen, weil sie ihre Magie nicht registriert haben, scheint so falsch zu sein. Ich kann mir nicht vorstellen, dass ich es irgendwann auch mal tun muss.«

Stefan stimmte mit einem Nicken zu. »Ich bin auch froh, nun endlich einen anderen Fall zu haben, obwohl ich wünschte, ich wäre dabei gewesen, um Trudy zu helfen. Vielleicht hätte ich sie aus den Schwierigkeiten heraushalten können.«

»Weil du all das Töten unschuldiger Magier für sie übernommen hättest?«, neckte Liv, der Trotz war auf ihr Gesicht geschrieben.

Ein schelmisches Lächeln kräuselte Stefans Lippen. »Ja, so was in der Art.«

Geheimnisse. Stefan Ludwig hatte definitiv seinen gerechten Anteil an Geheimnissen und Liv wollte unbedingt wissen, was einige von ihnen waren. Vielleicht war es der ernste Blick in seinen leuchtend blauen Augen oder die Geheimnisse, die hinter der Oberfläche seines Gesichts zu tanzen schienen. Sie beschloss, ein Spiel der Gegenseitigkeit zu spielen und zu sehen, ob das funktionierte, um die Dinge etwas offener zu machen.

»Also die Vitrine, die ich im Museum berührt habe«, begann Liv.

»Die mit dem mysteriösen Inhalt, den du nicht preisgeben kannst?«, gab Stefan zurück.

Sie winkte ihn ab. »Es ist nicht wirklich wichtig. Aber weißt du, warum eine Vitrine in einem Museum der Sterblichen durch Magie geschützt wird?«

»Du hast gesagt, dass du einen Alarm ausgelöst hast«, sagte Stefan. »Du hast nie erwähnt, dass sie magischen Schutz hatte.«

»Dieses äußerst unwichtige Detail muss mir während des Treffens mit den Sieben entfallen sein«, erklärte Liv, neigte ihren Kopf und versuchte, wie ein Dummkopf auszusehen.

»So etwas passiert mir während dieser Meetings ständig«, sagte Stefan und schaute dann nach unten. »Aber denk daran, dass deine Magie durch den Rat überwacht wird, also sei vorsichtig. Sie sind vielleicht nicht in der Lage zu sehen, was du die ganze Zeit machst, aber sie können Dinge zusammenfügen. Deshalb ist es wichtig zu verstehen, wie man seine Magie im Allgemeinen einsetzt.«

Liv nickte und schaute ohne ihren Blick auf die Umgebung zu fixieren in die Ferne, als seine Worte bei ihr einsanken. Wenn sie ihre Magie nutzen würde, um irgendwelche Öffnungszauber auszuführen, würde der Rat das sehen, wie sie es im Fall des Museums getan hatten. Wenn sie jedoch einen allgemeineren Zauber anwenden würde, hätten sie keine Ahnung, was sie gerade tat.

»Es macht keinen Sinn, warum es im Naturkundemuseum überhaupt magische Schutzmaßnahmen geben sollte«, sagte Stefan und tippte mit den Fingern nachdenklich auf die Lippen. »Ich habe noch nie von so etwas gehört. Wie hast du das herausgefunden?«

»Ich bin anscheinend gut darin, solche Dinge herauszufinden«, sagte Liv. »Ich ziehe Ärger irgendwie magisch an.«

Stefan lachte. »Das tust du. Und es sieht so aus, als ob du auch bezaubernde Magier findest.« Er deutete lautlos auf eine große Couch, die an einer mit Fresken verzierten Wand stand. In der Mitte der Couch und bedeckt mit dicken Kissen befand sich eine sperrige Form. Unter den Kissen ragten zwei kleine Füße in weißen Strumpfhosen und schwarzen Lackschuhen hervor.

Liv brach fast in Gelächter aus über das schreckliche Versteck. Sophia war sehr durchtrieben, auch wenn sie vorgab, ein einfaches Kind zu sein und ein regelmäßiges Versteckspiel spielte.

»Oh, richtig. Ich frage mich, wo Sophia ist«, sagte Liv laut, was zu einem Kichern unter den Kissen führte.

Liv zeigte Stefan ein Lächeln. »Ich schätze, sie ist nicht hier.«

Mehr Kichern ließ die Kissen tanzen.

»Das ist zu schade, denn wenn sie es wäre, hätte ich ein Geschenk für sie«, kündigte Stefan an.

Sophia flog von der Couch und landete mit ausgebreiteten Armen auf den Füßen, die Kissen fielen zu Boden. Wie auf dem Gemälde trug sie ein blaues Samtkleid und ihr weiches, lockiges Haar war in einem niedrigen Pferdeschwanz zurückgebunden.

»Soph!«, rief Liv aus. »Also da warst du. Ich hatte ja keine Ahnung.«

»Geschenk«, verlangte Sophia. »Mir wurde ein Geschenk versprochen. Ich habe es genau gehört.«

Stefan lachte und ging auf ein Knie. »Und ich bin ein Mann der sein Wort hält. Es ist wichtig, dass du dich immer daran erinnerst. Wenn ich dir etwas sage, kannst du sicher sein, dass es wahr ist.« Seine Augen flackerten nach oben, um Livs Blick kurz zu begegnen, bevor er seine Hand öffnete, um ein weiches blaues Rosenblatt zu enthüllen.

»Ist das....«, fragte Sophia, ihre großen Augen schauten zwischen Stefan und dem Objekt in seiner Hand.

Er nickte. »Das ist es. Ein seltenes, aber authentisches Depour.«

»Wow! Ich habe noch nie selbst eins gesehen.« Sophias Hand hielt inne, als sie nach der Blüte greifen wollte. »Gehört es wirklich mir?«

Stefan nickte und ließ es vorsichtig in ihre Handfläche fallen. »Ja, aber sei sanft damit und denk daran, dass es nur einmal verwendet werden kann.«

Das kleine Mädchen strahlte, ihre hellen Augen strahlten. »Ich kann es nicht glauben! Ich werde unseren Wohnbereich in ein Winterwunderland verwandeln! Oh, Clark wird so wütend sein.«

Bevor Liv Sophia eine Frage stellen konnte, war sie weg und flog mit ihrem langen Pferdeschwanz durch die Bibliothek.

»Ähm, was ist ein Depour?«, fragte Liv Stefan.

»Erinnerst du dich, als ich sagte, dass es gut ist, allgemeine Magie zu wirken, wenn man nicht verfolgt werden will?«, fragte er. »Nun, es gibt auch magische Objekte, die du erhalten kannst, die Dinge für dich tun werden, die nicht auf dich zurückgeführt werden können. Ein Depour ist eines von ihnen. Ich habe deiner Schwester gerade eins gegeben, das viel Schnee in einem kleinen Umkreis erzeugen wird. Klingt, als würde sie die Residenz Beaufont für den Abend in eine Skihütte verwandeln.«

Liv lachte. »Oh, Clark wird so sauer sein, das würde ich gerne sehen. Aber wie komme ich an eines dieser Depours ran?«

Stefan betrachtete sie für einen Moment. »Es gibt verschiedene Arten. Rote erzeugen Feuer. Blaue Schnee und lila Regen. Das ist die Idee. Und man muss die richtigen Leute kennen.«

»Und mit Leute meinst du...«

»Elfen«, antwortete Stefan knapp. »Die Elfen sind diejenigen, die die Depours erschaffen. Aber du wirst das alles mit der Zeit lernen. Und ich helfe dir immer gerne, wie bei diesem Museumsprojekt, an dem du gerade arbeitest.«

Liv betrachtete ihn für einen Moment und schüttelte dann ablehnend den Kopf. »Danke, aber nein. Ich denke, ich arbeite besser allein an diesem Fall.«

# Kapitel 16

Ich weiß nicht, wann du die Zeit dafür gefunden hast«, sagte John, seine Hände auf die Hüften gestützt, als er liebevoll durch den Laden sah. Er war sauber. Nein, er war mehr als sauber. Wenn Liv es nicht besser wüsste, würde sie denken, dass der Laden gerade brandneu aufgemacht worden war.

»Ich hatte keine Zeit dafür«, gab Liv abweisend zu.

Das Lächeln auf Johns Gesicht verschwand. »Das warst nicht du? Du warst nicht diejenige, die gestern Abend den Laden sauber gemacht hat?«

Liv wollte die Spekulation vermeiden und sagen, dass sie es war, aber sie konnte sich nicht etwas anrechnen lassen, was die Brownies getan hatten. In Wahrheit hatten sie in Johns Laden einen weitaus besseren Job gemacht, als sie es normalerweise getan hätte. Normalerweise würde ein Brownie nur ein paar Aufgaben erledigen, was dann den Zeitplan des Sterblichen etwas einfacher machte. Mortimer musste mit ihrer Zustimmung sehr zufrieden gewesen sein und versuchte hiermit es zu zeigen.

»Wenn du das nicht warst, wer dann?«, fragte John mit sorgenvollem Gesicht.

»Vielleicht haben dieselben Schläger, die vorher hier eingebrochen sind, es wieder getan, aber diesmal beschlossen ihre Missetaten gleich wieder gutzumachen?«, schlug Liv vor.

John rollte mit den Augen. »Nein, ich glaube nicht, dass gestern Abend ein paar Ganoven hier reingekommen sind, den Boden poliert und die Regale aufgeräumt haben.«

Ja, dieser Brownie ging wirklich etwas zu weit. Er würde es Liv unmöglich machen, John nicht die Wahrheit zu sagen.

»Vielleicht war es Rory«, sagte Liv. »Du weißt, wie gerne er Dinge für dich erledigt.«

John nickte. »Ja, vielleicht, aber ich weiß nicht wann, da er gestern Abend im Sonnenschein-Pflegeheim gearbeitet hat.«

»Er war *was*?«, fragte Liv überrascht.

Johns Lippen pressten sich zusammen. »Nun, du solltest ihm nichts davon sagen, dass du es weißt. Er sah ein wenig beschämt aus, als ich ihn dort fand. Ich war rübergegangen, um eine Kaffeemaschine abzugeben, die ich für Mr. Jeremiah Grimes repariert hatte. Ich hätte nicht gedacht, dass Rory noch einen Nebenjob bräuchte. Ich dachte, es ginge ihm gut, aber es zeigt nur, dass die Lebenshaltungskosten hier in LA alle doppelt so hart arbeiten lassen.«

Liv verengte ihre Augen und bedachte das. »Arbeiten, sagst du? Bist du sicher, dass er sich nicht freiwillig gemeldet hat?«

John kratzte sich an seinem überwiegend kahlen Kopf. »Also, warum sollte er das tun? Nein, ich bin sicher, er hat gearbeitet. Und du hättest ihn mit den Senioren sehen sollen.« Ein Lächeln spielte um Johns Mund. »So sanft wie e...«

»Wag es nicht einmal, es zu sagen«, sagte Liv und unterbrach ihn.

»Nun, du verstehst schon. Und ich weiß, dass er kein Riese ist. Es sind nur seine Gene und was auch immer seine Mutter gegessen hat, als sie mit ihm schwanger war.«

»Kätzchen«, sagte Liv.

»Was war das?«, fragte John und lehnte sich nach vorne, als hätte er sie nicht richtig gehört.

»Seine Mutter hat Kätzchen gegessen.«

Dies ließ Pickles in ein plötzliches Bellen ausbrechen, als wäre er durch den Witz beleidigt.

John winkte ab. »Oh, du bist zu albern.«

Seine Augen wurden plötzlich ernst. »Sag mal, warum hast du mir eigentlich nie gesagt, dass du einen Bruder hast?«

Liv hätte dieses Gespräch kommen sehen sollen. Plato öffnete ein Auge und starrte sie einen Moment lang an, bevor er es wieder schloss.

»Weißt du noch, als wir uns das erste Mal trafen?«, erkundigte sich Liv bei John.

Er nickte und erstarrte. »Ja, du hast gerade...«

»Meine Eltern waren gestorben«, sagte sie und machte dort weiter, wo er aufgehört hatte. »Es war eine dunkle Zeit für mich.«

»Und ich dachte, du wärst ganz allein.« John hob Pickles auf und streichelte ihn liebevoll, bevor er Liv wieder ansah. »Du hast nie einen Bruder erwähnt und ich habe einfach angenommen, dass du keine andere Familie mehr hättest.«

John hatte nie gebohrt und Liv hatte das an ihm respektiert. Es war einer der vielen Gründe, warum es einfach war, weiter in der Werkstatt zu arbeiten. Damals hatte sie nicht gedacht, dass sie überhaupt Fragen beantworten müsste.

»Ich habe auch eine kleine Schwester«, bot Liv an.

»Was du nicht sagst?« Johns Gesicht erhellte sich. »Ich lerne jeden Tag etwas Neues. Werde ich das Vergnügen haben, sie zu treffen?«

Liv schüttelte den Kopf. »Nicht in absehbarer Zeit. Sie ist in einer Art Internat.«

»In einer Art?«, hakte John nach.

»Nun, nur ein Internat, aber es ist eine dieser seltsamen Schulen, wo sie starre Lehrpläne haben und die Lehrer ausgefallene Worte verwenden und sie kann nicht wirklich dort weg, außer in den Ferien«, erklärte Liv.

Ein säuerlicher Ausdruck kreuzte Johns Gesicht. »Oh, ich kenne den Typ Schule nur zu gut. Wie soll ein Kind an einem solchen Ort atmen und kreativ sein?«

Liv lächelte innerlich. »Sophia schafft das.«

»Ich glaube, ich habe in der letzten Woche mehr über dich gelernt als in der ganzen Zeit, seit der wir uns kennen«, sagte John.

»Ja, nun, ich versuche es. Ich kann nicht immer ein verschlossenes Buch sein.«

»Du bist, was du sein willst und der Rest von uns wird das akzeptieren«, sagte John, plötzlich streng. »Es ist nicht gut für dich, dein Leben nach den Bedingungen aller anderen zu leben. Und zum Teufel, niemand kann darüber glücklich sein so zu leben.«

Und da war es. Genau deshalb liebte Liv den Mann.

John stellte Pickles ab und ging zur Kasse hinüber und sah so aus als hätte er etwas verloren. »Was auch immer mit diesem Ort passiert ist, ich kann nichts finden.« Er kicherte, öffnete die Registrierkasse, schob Noten herum und beugte sich vor, um in den hinteren Teil der Schublade zu schauen.

»Wonach suchst du?«, fragte Liv neugierig.

»Ich erinnere mich nur, dass gestern Abend ein Typ nach dir gesucht hat«, sagte John und schob weiter die Dinge herum. »Ein wirklich gutaussehender Typ, aber ich habe vergessen, wie er hieß.«

»Was? Bist du sicher, dass er nach mir gesucht hat?«

John lachte. »Ja, es gibt hier nur eine Liv Beaufont. Ich schätze, er hatte dich bei deinem anderen Job versucht zu treffen, aber er sagte, er wüsste nicht genau, wo das ist. Er fragte mich danach, aber ich sagte ihm, es ginge mich nichts an, also daher ihn auch nicht.«

Johns Gesicht erhellte sich, als er ein Blatt Papier aus der Kassenschublade zog. »Hier ist es! Ich verspreche, ich habe es nicht gelesen.«

Liv griff nach der Notiz und nahm sie etwas dringender entgegen, als sie es beabsichtigte. Sie riss es fast in zwei Teile und öffnete es. Es gab nur eine Zeile: *Deine Zustimmung, mit mir einen Drink zu nehmen, ist bindend. - Rudolf*

Liv las die Nachricht noch fünfmal durch und fluchte, dass ihre Fähigkeit zu lesen sie im Stich gelassen hatte und sie die Botschaft irgendwie falsch verstehen würde. Plato war von seinem Nickerchen aufgestanden und hatte sich so nah auf den Tisch neben ihr gesetzt, dass er die Nachricht ebenfalls lesen konnte. Sie würde gerne wissen, was er dachte, was es bedeutet, aber sie wagte es nicht, ihn anzusehen, während John sie anstarrte.

»Ähm.... Dieser Typ, Rudolf – er kam gestern in den Laden?«, fragte Liv und versuchte, sich locker zu verhalten.

»Oh, ja«, sagte John. »Arbeitet er mit deinem Bruder in der Schauspieltruppe zusammen? Er trug das eigentümlichste Kostüm, das ich je gesehen habe – so ein rotes Outfit. Ich glaube, es war zerdrückter Samt. So etwas habe ich seit den 80er Jahren nicht mehr gesehen. Ich hoffe inständig es wird kein Comeback erleben.«

»Sicher, ja, Rudolf ist auch ein Schauspieler«, sagte Liv und war dankbar, dass John eine Ausrede geliefert hatte. »Abgesehen vom Kostüm, sah er irgendwie seltsam aus?«

John dachte für einen Moment nach. »Nun, er war der attraktivste Mann, den ich seit einer Weile gesehen habe, aber wenn du jemals jemandem sagst, dass ich das gesagt habe, werde ich es rundheraus leugnen.«

*Also hatte er seine Flügel und Ohren verborgen. Gut*, dachte Liv.

»Rudolf wirkt nicht mehr so gutaussehend, wenn man sich einmal mit ihm unterhalten musste«, stellte Liv klar.

»Nun, trotzdem, wenn du gerne zu ihm oder deinem Bruder gehen möchtest oder was auch immer, kann ich den Laden für den Rest des Tages übernehmen.« John sah sich um. »Eigentlich habe ich, dank dieser magischen Kraft die gestern Abend den Ort hier aufgeräumt hat, überhaupt nichts zu tun.«

Livs Augen weiteten sich bei der Erwähnung von Magie. Sie wollte gerade etwas sagen, als sie bemerkte, dass Worte über die Anzeige auf der Rückseite der Registrierkasse wanderten. Normalerweise, nach einem Kassiervorgang, zeigten sie ›Danke für Ihren Einkauf. Wir wünschen Ihnen einen schönen Tag‹.

Doch derzeit zeigte die Anzeige ›Liv Beaufonts Anwesenheit in der Roya Lane ist erwünscht. Kanister gesehen‹.

»Weißt du was, ich denke, ich werde dein Angebot annehmen«, sagte Liv in aller Eile, packte ihre Tasche und warf sie sich auf ihren Rücken. Sie war bereits aus der Tür, bevor John überhaupt noch ein Wort sagen konnte.

# Kapitel 17

Was meint er mit verbindlicher Vereinbarung?«, fragte Liv, als sie ihre Wohnungstür schloss und ihre Tasche in ihrer noch immer schmutzigen Wohnung ablegte. Sie hätte wirklich etwas Hilfe von einem Brownie gebrauchen können, aber sie schätzte, wenn sie sich eine weitere Minute Zeit nehmen würde, könnte sie den ganzen Ort mit Magie reinigen.

Plato steckte seinen Kopf aus ihrer Tasche, in der er kurz vor dem Verlassen von Johns Laden verstaut worden war. »Hast du eine Vereinbarung mit dem Fae getroffen?«

Liv dachte einen Moment nach. »Ich glaube nicht. Er hat mich nur mehrmals beleidigt und ich habe ihm mehr schlecht als recht gedroht.«

»Es könnte so einfach sein wie eine Frage«, erklärte Plato. »Die Fae nehmen ihre Vereinbarungen sehr ernst und werden dich darauf festnageln.«

»Oder was?« fragte Liv, ihr Herz klopfte in ihrer Brust. Sie musste zu Mortimer gehen, aber es wäre hilfreich, wenn sie wüsste, in welche Schwierigkeiten sie sich mit Rudolf gebracht hatte.

»Oder man muss ihren Preis bezahlen, der normalerweise hoch ist und als extrem unfair angesehen wird.« Plato leckte geistesabwesend seine Pfote und schien von Livs Notlage überhaupt nicht beeindruckt zu sein.

»Aber ich erinnere mich nicht, dass ich irgendetwas zugestimmt habe«, erklärte sie und ihre Stimme wurde schrill.

»Das ist es ja«, sagte Plato. »Wenn du mich gefragt hättest, hätte ich dich gewarnt, dich von den Fae fernzuhalten. Sie sind unglaublich trügerische Kreaturen. In der einen Minute hast du ein lockeres Gespräch und in der nächsten hast du ihnen ohne es zu merken deinen Erstgeborenen versprochen.«

»Nun, wo warst *du*, als Rudolf seine Hilfe anbot und mich zu einem Gespräch mit ihm überredete?«

»Ich war in der Nähe und erinnere mich noch gut an die ganze Sache.«

»Dann sag mir, worauf ich mich eingelassen habe«, drängte Liv.

Plato fuhr sich mit seiner nassen Pfote über den Kopf. »Ich erinnere mich nicht an diesen Teil, um ehrlich zu sein. Das zeigt nur, dass es fachmännisch formuliert sein musste.«

Liv seufzte. »Großartig. Jetzt bin ich in einer verbindlichen Vereinbarung mit einem Fae und John wird immer misstrauischer, was im Laden vor sich geht. Wie soll ich ihn im Dunkeln halten, wenn Fae bei meiner Arbeit auftauchen und mein magischer Bruder im Laden vorbeikommt? Oh und Rory so tut, als wäre er nur ein sehr großer Mann?«

Plato nickte. »Ich fürchte es wird bald nur noch schlimmer für dich. Die Magie in deinem Leben unter Normalsterblichen zu verstecken wird nicht einfach sein. Zumindest nicht jetzt, wo du ein Krieger bist.«

»Nun, ich werde meinen Job hier trotzdem nicht kündigen«, sagte Liv schlichtweg.

»Dann solltest du vielleicht in Betracht ziehen, dein Leben ein wenig aufzuteilen.«

Liv starrte den Kater für einen Moment an. »Ja, vielleicht. Aber nicht jetzt.« Sie schuf mit einer Handbewegung ein Portal zur Roya Lane und trat hindurch.

\* \* \*

»Oh gut, du hast meine Nachricht bekommen«, sagte Rudolf in dem gleichen Moment, als Liv den Fuß auf die gepflasterte Straße setzte. Er musterte sie von oben bis unten, ein unzufriedener Ausdruck auf seinem Gesicht. »Wirklich, du hättest ruhig etwas Provokanteres tragen können.«

Liv blickte auf ihre schwarze Lederhose und Jacke herab. »Was ist daran falsch?«

»Es ist so überbewertet, fast schon ein Klischee. Alle Möchtegern-Heldinnen tragen dieses Outfit.«

»Nun, da hast du es«, sagte Liv nüchtern. »Ich bin keine Möchtegern-Heldin, ich bin eine widerstrebende Kriegerin der Sieben.«

»Trotzdem ist es eine schreckliche Wahl, für das, wohin ich dich ausführen möchte, sagte Rudolf, hielt seinen Finger in der Luft und folgte ihrem Körper. »Lass mich dich in ein Ballkleid stecken. Vielleicht etwas aus dem sechzehnten Jahrhundert mit einem Korsett, das kontrolliert...«

»Beende den Satz und ich drücke deinen Kopf durch ein Küchensieb«, drohte Liv.

Rudolf gab auf und hielt seine Hände hoch. »Okay, also kein Korsett. Ich glaube auch nicht, dass du es wirklich brauchst.«

Liv blinzelte für einen Moment stumpf den Fae an und beobachtete dann die Gegend um ihn herum. Die Roya Lane war genauso voll wie zuvor und es gab immer noch seltsame Interaktionen zwischen verschiedenen Rassen von magischen Kreaturen. »Was ist diese verbindliche Vereinbarung, die ich mit dir abgeschlossen haben soll?«

Rudolf lachte. »Oh, die Erinnerung eines Magiers ist ein launisches kleines Ding. Ich vergesse, dass du nicht den

Nutzen der Erinnerungskraft der Fae hast. Wir leben so lange, dass unsere Erinnerungen außergewöhnlich werden und uns helfen, mit all den Dingen Schritt zu halten, die Sterbliche und magische Kreaturen uns versprechen.«

Liv stemmte ihre Fäuste auf ihre Hüften. »Ich habe dir nichts versprochen.«

Rudolf hielt einen Finger hoch und wedelte mit ihm. »Oh, aber das hast du, Miss Liv Beaufont, Kriegerin des Hauses der Sieben. Bevor du das offizielle Hauptquartier der Brownies betreten hast, sagte ich ›Wir sollten mal was trinken gehen‹, dem hast du dann auch sofort zugestimmt.

Liv verengte ihre Augen und sah den zierlichen Mann vor ihr an. »Darum geht es hier? Ein dummer Drink? Ich habe echte Verantwortung und Dinge zu erledigen und keine Zeit, mich von dir an einen Tisch setzen zu lassen und deinen Beleidigungen zuzuhören.«

Rudolf lachte, als hätte sie einen charmanten Witz erzählt. »Oh, ich stimme zu, dass die Zeit für dich immer kürzer wird. Was hast du, hundert, vielleicht zweihundert Jahre? Deshalb bin ich in den Laden gegangen in dem du arbeitest, um sicherzustellen, dass du den Preis dafür nicht vergisst und bezahlst oder dass du unsere Vereinbarung nicht ignorierst.«

»Zuerst einmal, kehre nicht zurück in diesen Laden! Es sei denn, du willst, dass ich den Rest meiner Jahre auf dieser Erde damit verbringen soll herauszufinden, wie du auf kreative Weise dein Leben aushauchen könntest«, sagte Liv. »Und zweitens, welchen dummen Preis würde ich zahlen, wenn ich nicht mit dir einen trinken gehen würde?«

Rudolf blickte konzentriert auf seine Fingernägel, als wären sie plötzlich von großem Interesse für ihn. »Mal überlegen... eine missachtete Vereinbarung der Stufe drei würde dich eigentlich nur ein Dutzend Jahre Knechtschaft in meinen Diensten kosten.«

Liv lachte laut auf, was eine Gruppe von sauer aussehenden Gnomen sich umdrehen ließ, um sie anzuschauen. »Ich verbüße bereits ein Dutzend Jahre Haft im Haus der Sieben, also mach schon und stell dich in die Schlange.«

Rudolf ließ seine Hand sinken und lächelte sie diskret an. »Ich fürchte, das Gesetz der Fae übertrifft das der Magier. Der letzte Magier, der versuchte, aus einem unserer Abkommen auszusteigen und an das Haus appellierte, wurde im Stich gelassen und er zahlt immer noch unseren hohen Preis. Es gibt einfach nichts, was das Haus uns antun kann, obwohl sie es jedes Jahrhundert erneut versuchen.«

»Das ist sehr faszinierend und alles, aber ich habe eigentlich mit den Brownies zu tun«, sagte Liv. »Ich muss den Drink verschieben. Sagen wir um etwa hundert Jahre?«

Rudolf blähte seine rosafarbenen Lippen auf und klickte dreimal mit der Zunge. »Ich fürchte, das wird nicht funktionieren. Du hast bis zum Ende des Tages Zeit, unsere Vereinbarung in die Tat umzusetzen oder ich muss das Kleingedruckte durchsetzen.«

Ein Knurren entkam Livs Mund. »Wie kann es etwas Kleingedrucktes geben, wenn ich nichts unterschrieben habe?«

Der Fae schenkte ihr einen finsteren Blick. »Das ist das Schöne an unseren Vereinbarungen. Sie sind voll von allem möglichen Kleingedruckten, das man eh nie liest, was aber in Stein gemeißelt ist. Du hast zugestimmt einen Drink mit mir zu nehmen und bist jetzt dazu verpflichtet. Ansonsten werde ich natürlich traurig sein, dass du mein Zimmermädchen wirst, aber auch dankbar, dass ich die nächsten zwölf Jahre die Gesellschaft deines lieblichen Gesichts haben werde.«

Liv konnte nicht glauben, dass sie im Begriff war, den Platz ihrer Familie im Haus der Sieben wieder zu gefährden. Sie konnte ihre Position nicht wegen einer dummen Vereinbarung mit diesem Fae verlieren. Wenn sie eine Sklavin dieses selbstsüchtigen Schwachkopfes werden würde, würden die Beaufonts von den Sieben entfernt und es wäre alles ihre Schuld.

»Gut. Kann ich dich in einer Stunde oder so irgendwo treffen?«, sagte Liv, die Niederlage schwer in ihrer Stimme. »Ich habe gleich ein Meeting, an dem ich teilnehmen muss.«

»Ich könnte mit dir gehen«, bot Rudolf hilfsbereit an, sein Gesicht zur Seite geneigt.

Liv schüttelte schnell den Kopf. »Nein. Aber ich treffe dich, wo immer du willst.« Als sie den schelmischen Gesichtsausdruck von Rudolf sah, schüttelte Liv den Kopf kräftiger. »Jeder Pub in der Roya Lane, den du willst. Keine schwülstigen Bordelle oder was auch immer für andere fiese Lokalitäten du im Sinn hast.«

Rudolfs Grinsen fiel weg. »Oh, zu schade. Ich kenne einige teuflisch gute Orte. Leider treffen wir uns im Wishing Well.«

»Das ist besser eine legitime Bar und kein Fae-Trick«, warnte Liv.

Rudolf nickte. »Es ist völlig unschuldig – ein einfacher Pub der von Elfen geführt wird. Ziemlich langweilig, aber ich werde da sein. Das macht es immer interessant.«

»Gut, aber ein Drink und dann bin ich mit dir fertig, oder?«, hakte Liv nach.

»Im Moment«, sagte Rudolf mit einem Augenzwinkern.

✶ ✶ ✶

Vor all dem magischen Geschäft hätte Liv immer Zeit gehabt, auf der Couch gemütlich Netflix zu sehen und Nachos zu mampfen. Ihr Magen knurrte heftig, als sie den Flur hinunter zu Mortimers Büro ging. Sie hatte heute nicht genug gegessen und es fing an sie zu belasten. Vielleicht würde Rudolf sie für den Rest ihres scheinbar kurzen Lebens in Ruhe lassen, wenn sie Chips mit Fleisch und Käse ungraziös in den Mund stecken würde.

Liv klopfte und öffnete gleichzeitig die Tür zum Büro des Brownie. Er war nicht hinter seinem Schreibtisch, als sie eintrat, wie sie es erwartet hatte.

»Ähm... hallo?«

»Ich bin hier«, rief eine quietschende Stimme hinter einem schiefen Stapel Bücher und Papiere in der Ecke.

»Geht es dir gut?«, fragte Liv und versuchte, sich in dem Chaos umzusehen, um den Brownie zu finden.

»Mir geht es gut«, antwortete Mortimer. »Bin nur beim Sortieren. Apfelbiene, geh hier rüber. Smuthers, hier. Und Carnago, hier.« Die Papiere glitten auf die Spitzen von drei verschiedenen Stapeln, die fast die Decke berührten.

» Ha- -ha-ha*chu!* » Das Niesen des Brownie schickte die Stapel in alle Richtungen, die Papiere schossen durch die Luft. Liv schützte ihr Gesicht vor den leichten Treffern mit dem Sperrfeuer aus Papier.

»Oh, Teich-Abschaum!« rief Mortimer aus und sah sich um, als die Papiere auf dem Boden lagen. »Das ist das dritte Mal, dass es passiert ist.«

»Du machst Witze, oder?« fragte Liv.

Er starrte sie ernsthaft an. »Was meinst du damit? Natürlich tue ich das nicht. Ich habe mich schrecklich erkältet und es versaut mir immer wieder meine Versuche, Dateien zu archivieren.«

»Könntest du nicht einfach ein anderes System in Betracht ziehen?«, bot Liv hilfreich an. »Vielleicht eins, wo du die Papiere nicht auf unsicheren Stapeln ablegst, die bis zur Decke ragen?«

Der Brownie blinzelte sie an, als wäre sie eine plötzliche Erscheinung und lachte dann. »Du bist ein lustiger Zauberer. Danke, ich brauchte das Lachen.«

Liv schüttelte dieses seltsame Verhalten ab und kniete nieder, um Mortimer zu helfen, die Papiere aufzuheben. Seltsamerweise stand nichts auf ihnen geschrieben. Sie waren alle leer, aber er murmelte weiter vor sich hin, als ob sie es nicht wären.

»Forkspeed geht hier rüber, und Sleuthgrove hier drüben«, sagte er, holte die Papiere und baute die Stapel mühsam wieder auf.

»Du hast mir eine Nachricht geschickt, dass ich mich bei dir melden soll«, sagte Liv. »Hast du etwas gefunden?«

Mortimer blickte von seiner Ablage auf, sein faltiges Gesicht voller Verwirrung. Anscheinend hatte er kurzzeitig vergessen, dass sie dort war. »Oh, richtig. Ja, aber noch nicht viel. Einer meiner Brownies sagte, sie hätten gesehen, wie ein Kanister mit Magie in eine Wohnung kam, die sie reinigen.«

Livs Finger zerknitterten fast das Papier, das sie hielt. »Was? Das sind tolle Neuigkeiten. Wo ist es?«

»Das Uttercert geht hier hin, und Loylolla hier hin.«

»Mortimer!«

Der Brownie sah plötzlich auf. »Richtig, richtig. Ach du bist ja immer noch hier. Ich verliere mich beim Sortieren immer in der Aufgabe.«

»Nun, vielleicht kannst du für einen Moment innehalten, es ist wichtig. Du erwähntest den Kanister!«

»Ja, gute Nachrichten, er wurde entdeckt. Die schlechte Nachricht ist, dass der Brownie, mit dem ich gesprochen habe, sich nicht mehr erinnern kann, wo.«

Liv sank zusammen. »Wirklich? Wie ist das möglich?«

»Ich versichere dir, dass es sehr gut möglich ist. Wir Brownies reinigen manchmal sehr viele Häuser in einer Nacht. Hunderte von Häusern im Jahr und über a-«

»Ich verstehe es«, sagte Liv und schnitt ihm damit das Wort ab.

Mortimers große Augen fielen auf das von ihm gehaltene Papier und er begann zu lesen.

»Also, was machen wir jetzt?«, fragte Liv und versuchte, ihn wieder auf ihr Problem zu konzentrieren.

»Ich lasse ihn darüber nachdenken«, antwortete Mortimer unbeirrt. »Ich vermute, dass der Ort ihm in absehbarer Zeit bekannt sein wird. Aber ich wollte dir gleich die gute Nachricht überbringen.«

Liv steckte die Papiere, die sie gesammelt hatte, auf den überquellenden Schreibtisch und achtete darauf, gebeugt zu bleiben, damit sie sich dabei nicht den Kopf anschlug. »Ich bin mir nicht sicher, ob das eine gute Nachricht ist.«

»Nun, das ist noch nicht alles«, sagte Mortimer. Es schien für ihn ziemlich schwierig zu sein, sich davon abzuhalten, weiter zu sortieren; sein Blick schweifte zurück zu den Papieren in seinen Händen.

Liv hob die grüne Kugel auf seinem Schreibtisch auf und warf sie in die Luft. Das erregte seine Aufmerksamkeit und er ließ den Stapel Papiere fallen und watschelte dorthin, wo sie war. Er streckte seine Handfläche flach aus, mit Verlangen auf seinem Gesicht.

Sie legte den Schaumstoffball in seine Hand und lächelte ihn an. »Dann erzähl mir bitte mehr.«

»Nun, ich habe über deine missliche Lage nachgedacht, mit dem Schwert des Riesen, das durch Magie geschützt ist«, begann Mortimer, schlenderte um seinen Schreibtisch, rutschte auf Papieren aus und stürzte fast. »Dein kleiner Vorfall im Naturkundemuseum wurde von meinen Brownies nicht übersehen.«

»Oder von ein paar anderen Leuten, wie es scheint«, sagte Liv dumpf.

»Wie auch immer, sobald wir den Ort kannten, auf den du dich bezogen hast, ließ ich meine Brownies etwas untersuchen«, sagte Mortimer. Er begann, den Ball an die Tür zu werfen und ihn wieder zu fangen. »Eins. Zwei. Drei.«

»Was haben sie festgestellt?«, fragte Liv und zuckte fast jedes Mal, wenn der Ball gefährlich nahe an ihrem Gesicht vorbeiflitzte.

»Dass die untere Lobby ein kompletter Schweinestall ist«, sagte Mortimer und warf den Ball schneller, als ob er plötzlich von dem Thema angegriffen worden wäre. »Da ist eine feine Schicht Staub auf der Tierausstellung, und es gibt eine Vitrine mit altertümlichen Werkzeugen, die absolut ekelhaft dreckig ist.«

»Ich meinte, was haben sie über das Schwert herausgefunden?«, erkundigte sich Liv. »Oder waren sie nur von den ungepflegten Exponaten überwältigt?«

»Fast. Museen unterliegen in der Regel nicht der Zuständigkeit der Brownies. Meistens sind es Häuser. Manchmal Geschäfte, wie im Falle des Ladens deines Freundes John. Aber Museen gehören nicht per se zu einer Person, so dass sie nicht unsere Aufmerksamkeit erregen. Es gibt seltene Beispiele für Bewohnergruppen in Pflegeheimen und ähnlichen Orten, aber in der Regel nicht an öffentlichen Orten wie diesem.«

»Ich finde das ja alles sehr faszinierend«, begann Liv genervt, »aber ich frage mich, ob dein Brownie etwas Nützliches gefunden hat, oder ist das ein anderer Fall, bei dem er etwas weiß, sich aber partout nicht daran erinnern kann?«

Mortimer hielt inne, bevor er den Ball erneut warf. »Ich denke, du wirst dich freuen zu hören, dass sie erfahren haben, dass, obwohl die Schutzzauber verhindern, Riesen in den Schwertraum eindringen und dich daran hindern, den Kasten zu berühren, die gleiche Magie bei Brownies aber nicht funktioniert.«

Liv atmete mehrere Sekunden lang nicht. Erst als Mortimer weiter den Ball warf, hustete sie einen Atemzug heraus. »Was bedeuten würde dass die Brownies an das Schwert herankommen könnten? Bedeutet das auch, dass sie es tun werden?«

Mortimer hielt inne und sah sie ernsthaft an. »Bittest du uns, dir bei dem Versuch zu helfen, ein Schwert zu stehlen, das den Sterblichen gehört?«

»Nun, nein, aber... Ich meine, du hast selbst gesagt, dass du keine Loyalität zu den Sterblichen hast, die das Museum leiten. Und das Schwert gehört dazu...«

Mortimer streckte seine Hand aus, um sie aufzuhalten. »Je weniger ich weiß, desto besser. Alles, was ich weiß, ist, dass Liv Beaufont Brownies mit Rücksicht behandelt und uns nicht ihre Herrschaft aufdrängt wie so viele Krieger vor ihr. Außerdem beobachten wir dich in Johns Laden und du hast ein gutes Herz. Obwohl du kein Sterblicher bist, denken wir liebevoll an dich.«

»Äh... danke?«, antwortete Liv zögernd auf das unerwartete Kompliment.

»Also, ja«, sagte Mortimer mit einem Ausdruck, der einem Lächeln ähnelte. »Ich stimme zu, dass meine Brownies dir helfen werden, das Schwert aus dem Museum zu holen, aber du solltest wissen, dass es selbst mit ihrer Hilfe ein sehr riskantes Unterfangen sein wird.«

Liv nickte, nachdem sie gespürt hatte, dass dies der Fall sein würde. Und wenn sie ein zweites Mal erwischt würde, wenn sie in dieses Museum einbrach *und* diesmal auch noch mit Hilfe von Brownies, würde Adler ihren Kopf – oder ihre Magie – fordern.

»Wenn wir das Schwert so sichern können, gehe ich das Risiko ein«, sagte Liv zuversichtlich.

Mortimer hob ein einziges Stück Papier aus dem Chaos auf seinem Schreibtisch auf und gab es ihr. »Dann solltest du das sehen. Ich habe einen Plan entworfen, der funktionieren wird wenn du den Rest machen kannst.«

Livs Augen überflogen das Papier kurz und ihr Mund klappte auf. »Verdammt. Es wäre ein Wunder, wenn wir das schaffen würden.«

Mortimer stimmte zu, als er weiter den Ball warf. »Dieses Schwert muss dir sehr viel bedeuten, um so viel auf dich zu nehmen. Heißt das, du stimmst dem Plan zu?«

Liv blickte noch einmal auf den Zettel. »Ja, lass es uns tun!«

## Kapitel 18

Liv blieb direkt hinter der Eingangstür des Wishing Well stehen und nahm die Szenerie in sich auf. Sie hätte nicht überrascht sein sollen, einen Brunnen in der Mitte des Pubs zu finden, wo Feenwesen kleine Tassen füllten und zu den Gästen flogen und doch konnte sie nicht wegschauen. Die Decke war verzaubert worden, um wie ein Sternenhimmel auszusehen und die Wände waren als sanfte Wiesen gestrichen, die sich kilometerweit erstreckten. Die Musik, die vom Klavier in der Ecke kam, war ein wenig zu launig für ihren Geschmack, aber sie bewegte sich trotzdem im Takt.

»Billigt meine Dame diesen Ort?«, fragte Rudolf und erschien plötzlich neben Liv.

Ein kleines Feenwesen, das eine Harfe hielt, fing an, um Livs Kopf herum zu schwirren während es auf dem Instrument spielte. Kichern begleitete die Musik.

Liv schlug nach ihr, als wäre sie eine Fliege. »Ja, nein, nein. Können wir an einen Ort gehen, an dem ich mich nicht übergeben will?«

»Aber sie haben in Schokolade getauchte...« Rudolf, der den Ausdruck auf ihrem Gesicht las, ließ seine Stimme verstummen. »Ja, das ist in Ordnung. Vielleicht etwas in deinem Jagdrevier?«

Liv rollte mit den Augen. »Das Wortspiel wird nicht geschätzt«, sagte sie und starrte auf die scheinbar echten Bäume, die sich um die Kneipe herum erhoben. »Es gibt eine Bar in der Nähe meines Hauses. Sie heißt No More Heroes.«

Rudolfs Gesicht verzerrte sich vor Abneigung. »Was soll das für ein Ort sein? Ich bin mir nicht sicher, ob ich es gutheiße.«

»Nun, das sind die Bedingungen *meiner* Vereinbarung«, sagte Liv einfach, schuf ein Portal und schaute auf ihn zurück, bevor sie hindurchging. »Entweder du schließt dich mir an oder der Deal ist geplatzt.«

»Ich verstehe das Dekor nicht«, sagte Rudolf naserümpfend, als sie die Bar betraten. Es war unprätentiös, minimalistisch, aber warm und einladend. Lange Tische mit kleinen Hockern liefen über die gesamte Länge des Raumes und die Sitzecken mit grünen Lederpolstern, die die Wand säumten, sahen so alt aus wie die langsam abblätternde Paisleytapete.

»Wo ist der schäumende Fluss des Apfelmostes oder der Zentaur, der dir Wein in den Mund spuckt?«, fragte Rudolf und ging hinter Liv her, als sie ihnen einen Platz an der Bar organisierte. Die meisten der Frauen wandten sich um und sahen den Fae anerkennend an.

»Es ist nicht die Art von Ort, die du normalerweise bevorzugst«, sagte Liv und sprang auf den Hocker. »Was du hier siehst ist auch genau das, was du hier bekommst.« Sie seufzte und genoss es, an einem normalen Ort mit normalen Menschen zu sein.

Der Typ neben ihr drehte sich um und sah sie entschuldigend an. »Oh, du kannst da leider nicht sitzen. Meine Aura braucht heute etwas mehr Platz. Sie fühlt sich etwas dicker an.«

*Soviel zum Thema ›normaler Ort mit normalen Leuten‹*, dachte Liv. *Zumindest normal für Los Angeles.* Liv schüttelte den Kopf und sah den Hipster durchdringend an. »Sag deiner fetten Aura, dass sie damit klarkommen muss, das ist mein Platz.«

Er sträubte sich, kehrte aber ohne weitere Argumente zu seiner Verabredung zurück.

»Ich wäre froh, für Eure Ehre kämpfen zu dürfen, Mylady«, sagte Rudolf, zog einen Sitz heraus und blickte kampflustig von ihr zum Hipster.

Sie schüttelte den Kopf. »Niemand kämpft mit Hipstern. Wenn du das tust, läufst du Gefahr, ihr Hemd zu zerknittern oder ihre Doc Martens zu zerkratzen und das Jammern hört danach nie wieder auf. Es ist besser, sie zu ignorieren. Sie haben Angst vor ihren eigenen Schatten und vor allem was sie letztes Jahr hatten.«

»Dieser sterbliche Lebensstil, den du lebst, ist sehr seltsam«, sagte Rudolf und rutschte auf den Barhocker.

Liv winkte der Barkeeperin zu, eine schlanke Dame, deren Frisur von schlecht gemachten Haarverlängerungen geprägt war und die ein enges Shirt trug, auf dem der Text ›Aus biologischem Anbau‹ prangte. Sie ignorierte Liv und brachte Getränke zu einem Paar das lebhaft plauderte, während sie sich etwas auf einem ihrer Mobiltelefone ansahen.

»Also, warum genau hast du mich dazu gebracht mit dir auszugehen?«, fragte Liv und sah den Fae an.

Seine Augen glitten über die verschiedenen Gäste in der Bar, bevor er sie direkt ansah. »Die meisten würden das als eine große Ehre empfinden und doch siehst du es als ungewollte Verpflichtung.«

Livs Magen knurrte und sie versuchte erneut, die Aufmerksamkeit der Barmixerin auf sich zu ziehen.

»Ich erinnere mich, dass ich, als ich in deinem Alter war, die Aufmerksamkeit von Ältesten wie mir für selbstverständlich hielt«, fuhr Rudolf fort.

»Warte, auf einmal bin ich jung?«, fragte Liv. »Ich dachte ich wäre kurz davor, zu alt und verdorrt für dich zu sein?«

»Oh, dieser Tag wird auch kommen, meine Liebe. Dieser Tag wird kommen und es ist leider nicht mehr lange hin, aber wir haben immerhin noch heute Abend.« Rudolf streckte seine Hand aus und versuchte mit den Fingern durch Livs Haar zu fahren, aber sie blockierte ihn und schlug seinen Arm auf die Bar. Sie klemmte ihn ein und machte es ihm unmöglich, sich zu bewegen.

»Wenn du mich jemals wieder berührst, werde ich jede deiner unverschämt langen Wimpern mit meinen Zähnen herausreißen und sie an möglichst hässliche Möwen verfüttern. Haben wir uns verstanden?«

Rudolf zog seinen Arm zurück, ein verächtlicher Blick stand auf seinem Gesicht geschrieben. »Mylady, ich glaube, Ihr missversteht meine gutgemeinten Gesten. Ich will nur, dass du in Ohnmacht fällst und dich unwiderruflich in mich verliebst.«

Liv wandte sich der Bar zu. »Ja, aber ich glaube nicht, dass ich das jemals werde.« Sie versuchte erneut, die Aufmerksamkeit der Barkeeperin zu erregen, ohne Glück. »Verdammt! Bin ich unsichtbar?«

»Wenn ja, dann ist es der schlimmste Unsichtbarkeitszauber den ich je gesehen habe«, sagte Rudolf und winkte leicht mit den Fingern. Die Barkeeperin sah auf, als hätte jemand ihren Namen gerufen, ihr aufmerksamer Blick landete direkt auf dem Fae. Sie stellte die Getränke, die sie gerade zubereitet hatte, ab und eilte hinüber.

»Hallo, meine liebliche Sterbliche«, begann Rudolf, sein Ton melodisch.

»Was kann ich für dich tun?«, fragte die Frau und beugte sich dabei tief über die Bar, ihr Dekolleté in voller Sicht.

Rudolf lehnte sich zurück und winkte in Livs Richtung. »Was auch immer meine freche Freundin möchte.«

Liv schlug ihre Hand auf die Bar. »Wurde auch langsam Zeit. Also, ich möchte Nachos, aber keine Spa-Nachos mit Blumenkohl und veganem Käse. Ich will die Echten, die Ungesunden. Und eine Portion Pommes. Eine Rum-Cola. Nein, mach zwei Rum und Cola daraus. Oh, und eine Portion Bacon. Nein, mach zwei Portionen Bacon daraus.«

Da sie nichts aufgeschrieben hatte, sah die Barfrau Rudolf an. »Für Sie, Sir?«

»Ich nehme ein Wasser«, sagte er höflich. »Haben Sie das hier? Ist es sicher zu trinken?«

Sie kicherte, als hätte er einen Witz erzählt. »Natürlich, wir sind schließlich nicht in North Hollywood.« Damit drehte sie sich um und gab die Bestellung in die Küche.

Liv weigerte sich, weiter mit dem Fae zu sprechen, bis sie drei Streifen Speck in ihren Mund gezwängt und ihren ersten Rum mit Cola geleert hatte. Als sie sich besser fühlte, blickte sie zu Rudolf hinüber, der sie mit einem ruhigen Lächeln ansah.

»Du bist das erfrischendste Exemplar, das ich seit sehr langer Zeit im Auge hatte«, sagte er ihr, lehnte seinen Kopf auf seine Handfläche und starrte sie mit einem heiteren Lächeln an.

Liv wischte ihren Mund mit der Rückseite ihres Ärmels ab und rülpste laut, so dass sich mehrere Gäste in der Nähe umdrehten und sie unhöflich anstarrten.

»Was genau ist dein Problem?«, fragte sie und schob den leeren Baconteller aus dem Weg, um Platz für den Haufen Nachos zu machen, der so groß war wie eine kleine Bulldogge.

»Eigentlich ist das der Grund, warum ich dich zu dieser Verabredung eingeladen habe.«

»Es ist keine Verabredung«, antwortete sie und suchte

sich bedächtig den besten Ort aus, um die Nachos anzugreifen. »Und du hast nicht gefragt, du hast gefordert und dann eine Drohung an meine Arbeitsstätte geschickt.«

Rudolf beobachtete, wie Liv sich drei Chips auf einmal in den Mund drückte. »Was hast du mit den Brownies vor?«

»Reeln vnn simn, geff diff niffan«, sagte sie mit vollem Mund.

Er nickte. »Oh, richtig. Du wirst mich glauben lassen, dass du für das Haus der Sieben an Geschäften arbeitest, oder?«

Sie schluckte die letzten Nacho-Reste herunter. »Warum sollte ich sonst meinen Arsch durch diese winzigen Türen quetschen und in einem staubigen Büro mit einem stinkenden Feenwesen sitzen?«

»Es ist mir aufgefallen, Miss Liv Beaufont, Kriegerin des Hauses der Sieben, dass du dich von den meisten Magiern unterscheidest«, sagte Rudolf, hob sein Wasserglas und sah es an. Dann, scheinbar besser darüber nachdenkend, setzte er es wieder ab. »Was ist deine Geschichte und wie kann ich dir helfen?«

Liv schüttelte den Kopf, schob die Nachos weg und spürte, wie sich ihr Magen ausdehnte. »Oh, nein. Ich weiß es jetzt besser, als eine Vereinbarung mit dir zu treffen.«

»Nicht alle Vereinbarungen mit einer Fee sind schlecht«, begründete er. »Ist es so schrecklich, dass du jetzt in meiner Nähe bist?«

»Nun, ich habe gerade meinen sonst sehr gesunden Appetit verloren, also ja.«

»Weil du genug Bacon hattest um ein Pferd zu töten«, informierte Rudolf sie.

»Pferde essen keinen Bacon«, gab Liv trotzig zurück.

»Der Punkt ist, als ich deinen Ring gesehen habe, hat er

eine gewisse Reaktion in mir ausgelöst.«

Liv richtete sich auf. »Warte, *das ist* der Punkt? Das war nicht das, was du vorhin gesagt hast. Ich wusste nicht, dass es um meinen Ring geht.«

»Nun, jetzt tust du es«, sagte Rudolf endgültig. »Und es ist wahr. Ich kann mich nicht an die Erinnerung erinnern, die mit diesem Ring verbunden ist und das macht mir sehr zu schaffen. Ich habe fast das Gefühl, dass ich ein ausgezeichnetes Gedächtnis habe, aber es fühlt sich an, als hätte ich etwas vergessen. Und es ist keine bedauerliche Entscheidung wie das Rummachen mit einem Elfen oder das Spielen von Hüpfspielen mit einem Gnom. Oh, nein, das fühlt sich an wie etwas, dass ich vergessen habe, ohne es zu wollen.«

Liv lehnte sich nach vorne, packte Rudolfs Hemd und zog ihn näher heran. »Ist das dein Ernst? Als gäbe es da etwas, das jemand vertuschen wollte?«

Rudolf schien ihre aufdringliche Geste nicht zu stören. Er lehnte sich tatsächlich näher an sie heran. »Ich mag deinen Stil, aber ich wünschte, wir wären in einer passenderen Umgebung. Am liebsten bei mir zu Hause? Deins, vermute ich, ist viel zu klein für solche Aktivitäten.«

Liv schob ihn weg. »Sei mal ernst, was versuchst du mir zu sagen?«

Rudolf strich seine Tunika glatt. »Ich bin mir nicht ganz sicher. Ich war mir unsicher, ob ich überhaupt etwas sagen sollte. Du scheinst jedoch eine ehrenwerte Magierin zu sein und ich habe deine Familie einmal respektiert. Und ich nehme an, das ist ein Geheimnis, das wir alle lösen müssen. Mein Verdacht ist, dass es uns alle betrifft, oder zumindest mehr als nur dich und die Magier.«

Liv drehte sich um und sah ihn direkt an. »Also, willst du

damit sagen, dass du mir helfen wirst?«

Er dachte einen Moment nach. »Ich bin mir nicht sicher, womit ich dir helfen soll.«

»Der Ring«, sagte Liv, zog ihn aus ihrer Hose und zeigte ihn. »Ich weiß, dass er mir etwas sagen soll, vielleicht sogar mehrere Dinge. Und wenn er eine Reaktion in dir auslöst, dann gibt es vielleicht auch noch alle möglichen anderen Dinge die er aufdecken wird. Aber ich bin neu in diesem ganzen magischen Bereich und weiß nicht wo ich suchen soll. Und jetzt sagst du, dass er dich an etwas erinnert hat, das du vergessen hast. Ich denke, das ist es wert untersucht zu werden.«

Rudolfs Blick blieb für einen langen Moment auf den Ring gerichtet, dann sah er sie direkt an. »Ich denke du hast Recht, Liv. Ich denke, dass es viel gibt was der Ring dir sagen kann.«

»Wirst du mir helfen?«

Seine Augenbraue wölbte sich, als er ihr ein wölfisches Grinsen gab. »Sei vorsichtig, was du von einem Fae verlangst.«

Liv sank wieder auf ihren Hocker. »Dann vergessen wir es. Ich kann es mir nicht leisten, ein Dutzend Jahre lang dein Diener zu sein oder was auch immer du von mir willst.«

Sie steckte den Ring wieder in ihre Tasche, als Rudolf seine Hand ausstreckte und ihre ergriff. »Das ist keine Vereinbarung, darauf hast du mein Wort. Ich vermute, dass da etwas viel Größeres im Spiel ist als du oder vielleicht sogar ich glauben. Aus diesem Grund, ja, Liv Beaufont, Krieger des Hauses der Sieben, werde ich versuchen, dir zu helfen.«

Liv starrte den Fae einige Sekunden lang an, bevor sie nickte. »Also, was bedeutet das?«

Er ließ ihre Hand los. »Ich bin mir noch nicht sicher. Ich

werde versuchen mich daran zu erinnern, was ich vergessen habe – die Erinnerung an den Ring. Ich werde tun was ich kann, aber ich fürchte, ich erinnere mich vielleicht hundert Jahre zu spät und das wird dir nichts nützen, denn du wirst--«

»Alt und grau sein«, unterbrach Liv lachend. »Ja, das ist ein Risiko das ich eingehen muss.« Sie streckte ihm ihre Hand entgegen. »Und du hast einen Deal.«

Er nahm ihre Hand nicht, sondern lächelte sie breit an. »Oh, ein Deal bedeutet, dass wir gegenseitig profitieren. Also, was ist es, was du anbietest, meine Süße?«

»Was ist es, was du willst?«, fragte Liv. »Und wenn du jetzt meine Knechtschaft oder Erstgeborenes sagst, haben wir keine Abmachung.«

»Etwas, das seit langem im Haus der Sieben wohnt«, antwortete Rudolf. »In der Zeit, in der ich mich an das erinnere, was ich vergessen musste – eine Erinnerung, von der ich glaube, dass sie aus dem Gedächtnis aller Feinde und anderer Kreaturen gelöscht wurde – bitte ich dich, mich mit dem Schatz wieder zu vereinen, der in den Teichen des Hauses der Sieben lebt.«

Liv wartete darauf, dass Rudolf lachte und sagte, dass er nur Spaß machte. Als er es nicht tat, senkte sie ihr Kinn und sagte: »Ist es dir ernst? Du willst, dass ich diesem Monster einen Schatz abjage? Es hat einmal versucht mich zu ertränken.«

»Ich würde das was da im Teich wohnt nicht als Monster bezeichnen«, antwortete Rudolf. »Was ich benötige ist ein kleines Schmuckstück, das mir vor langer Zeit weggenommen wurde. Ich weiß, dass es sich am Boden des Teiches befindet, aber die Schutzzauber im Haus der Sieben hindern mich daran es selbst zu erreichen. Aber du... Du könntest da runtertauchen und es für mich holen.«

»Und mich dem Monster stellen«, erinnerte Liv ihn daran.

Er nickte. »Ja. Es wird schwierig für dich sein, aber es ist ein fairer Deal. Meine Erinnerungen werden ein Licht auf das werfen, was du wissen musst und die Befreiung dieser Kreatur wird gut für alle sein.«

Liv wusste nicht, was sie sonst machen sollte, daher streckte sie ihre Hand aus und bot sie Rudolf an. »Gut, du hast einen Deal.«

## Kapitel 19

»Du hast *was* getan?«, schrie Rory und sein Gesicht nahm einen schrecklichen Rotton an. »Bist du von allen guten Geistern verlassen?«

Liv setzte Junebug ab, der sofort zu einer schlitzohrigen Mission davonlief. Das Kätzchen hatte herausgefunden, wie man in geschlossene Schubladen kommt und die Vorhänge hochklettert, damit es in einer Schüssel auf der Oberseite des Schrankes in der Küche schlafen konnte. Natürlich fiel die Schüssel, als er vor Schreck erwachte, über den Rand, stürzte auf den Boden und verteilte Glasscherben überall. Das Kätzchen blieb unverletzt, da es auf den Pfoten gelandet war.

»Rudolf sagte, er könne mir helfen.« Liv stand auf und sah den Riesen an, der seine Schultern bis zu den Ohren hochgezogen hatte. »Findest du es nicht unglaublich seltsam, dass er zugibt, dass etwas mit dem Ring verbunden und in seiner Erinnerung blockiert ist?«

Liv zog den Ring ihrer Mutter aus der Tasche und hielt ihn hoch, damit Rory ihn besser sehen konnte. Er zuckte zusammen, als ob ihm der Anblick plötzliche Schmerzen verursachte. »Da ist etwas Seltsames an dem Ring, das gebe ich zu.«

»Vielleicht hast du auch ein paar blockierte Erinnerungen.«

Rory blickte vom Ring weg und schüttelte den Kopf. »Das ist alles nur Spekulation. Woher weißt du, dass das woran er sich erinnert wahr sein wird und nicht etwas, was er sich ausgedacht hat?«

»Weil... weil...« Livs Stimme verlor sich, da sie keine angemessene Antwort auf die Frage finden konnte.

»Weißt du nicht, dass du nie einen Vertrag mit einem Feenwesen abschließen sollst?«

»Ja, ich weiß, dass es bindend ist«, sagte Liv und gähnte. »Ich wäre nicht einmal dort gewesen, um mit ihm zu reden, wenn ich nicht schon unwissentlich eine Vereinbarung mit ihm getroffen hätte.«

Rory seufzte dramatisch und warf seine Hände in die Luft, seine Fingerspitzen reichten fast bis zur Decke. »Oh, nein, das war nicht das erste Mal, dass du einer Sache mit einer Fae zugestimmt hast?«

Liv errötete. »Er sagte, wir sollten etwas trinken gehen und ich sagte ›sicher‹. Ich hatte nicht die Absicht, es zu tun, aber als ich das herausfand...«

»...war es zu spät und das nicht zu tun, würde in Knechtschaft enden«, unterbrach Rory sie.

»Ja. Woher sollte ich das wissen?«

Rory beugte sich vor und hob Junebug auf, als der gerade übermütig die Möbel auf dem Weg zum Mantel über dem Kamin erklomm. »Du würdest das alles wissen, wenn du das verdammte Buch gelesen hättest, das ich dir gegeben habe.«

Liv hatte keine Antwort darauf. »Schau, wenn der Fae sich daran erinnert, was er vergessen hat, werde ich mein Versprechen halten.«

»Wie?«

Sie dachte für einen Moment nach. »Ich weiß nicht. Ich schätze, ich gehe im Teich im Haus der Sieben angeln.«

»Du weißt schon, wenn du nicht in der Lage bist, ihm das zu geben, was du versprochen hast, wirst du...«

»Sein Diener«, sagte Liv und würgte *ihn* diesmal ab.

»Du nimmst das nicht ernst genug«, sagte Rory, aufgeregter, als sie ihn je gesehen hatte. »Man darf sich nicht mit den Fae anlegen. Die Tatsache, dass du überhaupt mit ihm gesprochen hast, ist beunruhigend. Du hättest es besser wissen sollen.«

»Zu meiner Verteidigung, er sprach zuerst zu mir«, sagte Liv und beobachtete, wie zwei Kätzchen auf dem Boden des Kamins rangen. Schließlich nahm sie ihren Blick weg und hielt den Ring wieder hoch. »Was hältst du von der Wand mit den Vertiefungen in der Bibliothek?«

Rory unterdrückte ein wenig von seinem Zorn und seufzte. »Ich bin mir nicht sicher. Du wirst es gründlicher untersuchen müssen, aber stelle bitte sicher, dass du nicht dabei beobachtet wirst. Das ist sehr wichtig.«

Liv nickte. »Ja, da stimme ich zu. Ich werde versuchen, noch heute Abend vor dem Raub dort vorbeizuschauen um es mir anzusehen.«

Rorys Kopf zuckte plötzlich nach oben. »Raub?«

»Ja, ich habe mich mit den Brownies zusammengetan, um ins Naturkundemuseum einzubrechen. Keine große Sache. Ich riskiere nur mein Leben für etwas, das du für wertvoll hältst.«

»Nun, lass dich nicht erwischen«, sagte Rory nüchtern. »Ich will dieses Schwert.«

»Deine Rücksichtnahme und Sorge sind überwältigend«, scherzte Liv.

»Du bist ein großes Mädchen und kannst auf dich selbst aufpassen.«

»Komisch, dass du mich beschimpfst, weil ich einen Deal mit einem Fae eingegangen bin, aber nicht einmal blinzelst, wenn du erfährst, dass ich mit anderen magischen Kreaturen an einem großen Einbruch arbeite.«

»Den Fae kann man nicht trauen«, sagte Rory. »Brownies haben keine versteckten Pläne. Sie sind einfach nur dumme aber sehr ehrliche Kreaturen. Und deine Mission das Schwert zu bergen ist wichtig.«

»Es ist wichtig für dich«, sagte Liv.

»Und muss ich dich daran erinnern, dass du einen Deal mit einem Fae für etwas Immaterielles gemacht hast? Eine Erinnerung? Vielleicht liest du mehr als es wirklich gibt in diesen Ring und den Verschwörungen, von denen du denkst, dass sie vom Haus verdeckt werden.«

»Du glaubst nicht, dass das Haus etwas verheimlicht?«, fragte Liv.

»Ich denke, sie schützen ihren eigenen Arsch mit veralteten Gesetzen, die nur ihnen dienen«, sagte Rory. »Das ist alles, was ich weiß.«

»Nun, da kann ich ausnahmsweise mal nicht mit dir streiten.«

»Aber das Schwert ist ein greifbares Objekt und wenn man es einmal gefunden hat, bekommt man etwas zurück. Das ist ein fairer Deal. Ich werde dich nicht bestrafen, wenn du dich nicht an deine Seite der Abmachung hältst. So funktionieren faire Geschäfte, aber Fae haben nicht die gleiche moralische Struktur wie wir alle.«

»Mögen Riesen *irgendwelche* anderen magischen Kreaturen?«, fragte Liv. »Magier sind korrupt. Brownies sind dumm. Fae sind nicht vertrauenswürdig. Lynxe sind irreführend.«

Rory nahm in seinem mit handgewebten Decken bedeckten Sessel Platz. »Die Wahrheit ist, dass alle Arten ihre Schwächen haben. Wenn du erkennen kannst, welche das sind, dann kannst du auf der Hut sein. Das ist nicht zynisch sondern es geht darum gewissenhaft und vorsichtig zu sein.«

»Was sind die Mängel der Riesen?«

»Eindeutig zu viel Geduld für Magier.«

»Ha-ha«, sagte Liv ohne richtigen Humor in ihrer Stimme. »Hey, ich wollte fragen, was machst du eigentlich in diesem Pflegeheim?«

Rory erstarrte. Seine Augen blickten vorsichtig, als er seine Antwort überlegte. »Du hast davon gehört?«

»Ja und nachdem ich über die Informationen nachgedacht habe, bin ich zu dem Schluss gekommen, dass du dich dort freiwillig gemeldet hast, aus der Güte deines Herzens.«

»Ich melde mich nicht freiwillig«, argumentierte er.

»Aber als ich John danach fragte, sagte er, du trägst eine Besucherplakette, was bedeuten würde...«

»Ich sammle die Tränen der älteren Menschen«, unterbrach Rory ihre Ausführungen. »Es ist eine Schlüsselkomponente für einen starken Trank.«

Liv verengte ihre Augen. »Nein. Du hast mir bereits gesagt, dass Riesen sich nicht mit Tränken abgeben.«

»Nun, ich habe mich entschieden, damit anzufangen«, sagte er trocken und starrte sie ungeduldig an. »Es gibt einen kleinen Schädling in meinem Leben, den ich versuche zu vernichten.«

Liv wedelte mit ihrem Finger. »Ich habe dein Spiel noch nicht verstanden, aber ich werde es tun.«

»Ich denke, deine Energie kann besser genutzt werden.«

Liv nahm ihren Beutel von der Couch und befestigte ihn auf ihrem Rücken. »Ja, wahrscheinlich, aber ich mag die Idee, deine Geheimnisse herauszufinden. Fürs Erste werde ich mich auf die heutige Mission vorbereiten, um das Schwert deines Großvaters zu bergen.«

Rory hielt seine Hand hoch, um sie aufzuhalten. »Obwohl ich deine Motivation für dieses Projekt sehr schätze, beachte bitte, dass die tatsächliche Erlangung des Schwertes lange dauern wird. Ich habe jahrelang versucht, diese Schutzzauber zu durchbrechen und meine Erwartung ist, dass du noch länger brauchen wirst, um an ihnen vorbeizukommen.«

Liv spottete über den Riesen. »Nun, du solltest an dem Schwert arbeiten, das du als Belohnung machst, denn ich habe vor, Turbinger heute Abend zurückzuholen.«

Rory bewegte sich nur einen Schritt, aber es reichte, um Livs Weg zur Tür zu blockieren. »Sei vorsichtig, Liv, du musst das nicht überstürzen. Ich habe mein ganzes Leben lang auf dieses Schwert verzichtet, ein paar Jahre mehr oder weniger machen da auch nichts mehr aus.«

Liv blickte zu dem Riesen auf, reine Überzeugung in ihren Augen. »Klingt, als wärst du überfällig, es in deinem Besitz zu bekommen. Und mach dir keine Sorgen um mich, ich habe kleine Elfen die mir den Rücken decken.«

# Kapitel 20

Es dauerte viel länger als Liv gedacht hatte, bis sie die Wand mit den Symbolen in der Bibliothek im Haus der Sieben wiedergefunden hatte. Noch frustrierender war, dass der Bereich nicht leer stand, wie sie es sich gewünscht hätte.

»Suchst du wieder nach Sophia?«, fragte Stefan und saß in einem Stuhl mit hoher Lehne, seine Stiefel auf einem Sofa.

Liv hielt inne und wünschte sich, sie hätte ihn zuerst gesehen. »Eigentlich nicht, ich suche nur nach Büchern.«

Stefan schloss das gebundene Buch, in dem er gerade las und legte es sich auf den Schoß. »Da bist du hier richtig. Es gibt über hunderttausend Bände an diesem Ort, obwohl die meisten nicht gefunden werden können, wenn sie es nicht wollen.«

Liv lachte. »Das ist lächerlich. Das sind Bücher, nicht Sophia.«

»Bücher sind genau wie deine kleine Schwester«, begann Stefan. »Es sind kompakte Schätze, die gewöhnlich erscheinen, aber nach dem Öffnen mehr Magie und Kraft offenbaren, als eigentlich in so einem kleinen Objekt enthalten sein dürfte.«

Für ein paar lange Sekunden studierte Liv Stefan und versuchte genau abzuschätzen, was er über Sophia wusste.

Sein Lachen brach die Spannung die sich in ihrer Brust bildete. »Natürlich ist das nur meine Beobachtung des Mädchens. Ich nehme nicht an, dass ich viel über sie weiß.«

»Nein?«, versuchte Liv ihn auszuhorchen.

»Nun, ich weiß, dass sie auflebt wenn du vorbeikommst. Das ist offensichtlich. Sie hat es anscheinend ziemlich vermisst, dich in der Nähe zu haben.«

»Sophia hat mich nie wirklich gekannt«, warf Liv ein.

»Dennoch kommt ihr beide so gut miteinander aus, als hättet ihr die letzten fünf Jahre zusammen verbracht.« Er hielt das Buch hoch, das er gelesen hatte. Auf dem Buchdeckel standen in goldener Schrift die Worte *Dämonen und wo sie sich verstecken*. »Und um zu erläutern, was du über Bücher gesagt hast, denke ich, dass sie sehr lebendig sind. Sie haben die Kraft Ideen zu wecken, dem Nicht-Existierenden Leben einzuhauchen und uns in ein anderes Reich zu bringen. Die Bücher in dieser Bibliothek sind zufällig etwas listiger als die in den Bibliotheken der Sterblichen, obwohl selbst diese Bände voller Macht sind. Diese Bücher wissen zufällig, dass sie Großes enthalten und beschützen es vor uns. Vielleicht warten sie darauf zu entscheiden, ob wir bereit und würdig für die Weisheit sind, die sie bieten.«

Liv ließ ein langes, lautes Gähnen hören. »Brichst du oft in Monologe aus? Denn wenn ja, muss ich vor dem nächsten gewarnt werden.«

Stefan legte das Buch auf das Sofa, sein Gesicht unverändert. »Dein Kater versteckt sich auch vor dir, wenn ich mich recht erinnere. Derjenige, von dem du sagtest, er würde seltsamerweise im Haus der Sieben herumlaufen. Obwohl das gegen die Regeln verstößt, da er ein Außenseiter ist.«

»Die meisten verstecken sich vor mir, es ist irgendwie mein Fluch«, sagte Liv und zeigte auf das Buch, das er niedergelegt hatte. »Versuchst du, ein paar Dämonen aus dem Versteck zu locken?«

Stefans Augen gingen zum Buch und er lächelte tatsächlich. »Das war nur ein bisschen leichte Lektüre, um ein wenig Bettschwere zu bekommen.«

»Oh, hast du nicht einen Fall um den du dich kümmern musst? Sowas wie unschuldige Magier, die deinen Zorn spüren sollen oder eine pazifistische Elfengemeinschaft, auf die du deinen Einfluss ausüben musst?«

»Du bist sehr skeptisch gegenüber dem Haus der Sieben, nicht wahr? Warum hast du deine Verantwortung als Krieger übernommen, wenn du mit der Arbeit ein Problem hast?«

»Vielleicht hoffe ich ein Teil der Veränderung zu sein.«

Stefan seufzte und sah sich die großartige Architektur der Bibliothek an. »Das Haus steht vor großen Änderungen, obwohl ich befürchte, dass die Umsetzung nicht einfach sein wird. Seit Tausenden von Jahren arbeitet das Haus so, wie es immer war. Einige, wie die Sinclairs, finden, dass dies ein Punkt von großem Stolz ist.«

»Ich denke, es ist ein Zeichen von Stagnation«, schoss Liv trotzig zurück.

»Ich neige dazu, dir zuzustimmen.« Stefan betrachtete sie einen langen Moment lang, er schien über irgendetwas zu grübeln. Schließlich sagte er: »Gibt es ein Buch, bei dem ich dir suchen helfen kann? Manchmal ist es besser die Sammlung paarweise anzugehen. Das macht es für das richtige Buch schwieriger sich zu verdrücken.«

Liv wollte lachen und fühlte sich, als wäre jedes Abenteuer hier drin eher eine Safari als ein gelegentliches Stöbern in einer Bibliothek. »Nein, ich glaube nicht... obwohl, was weißt du über die Kreatur die im Teich im Garten lebt?«

Von dem Ausdruck her, der auf Stefans Gesicht zu sehen war, war das keine Frage die er erwartet hatte. »Kreatur? Ich denke, sie wird genauer als Monster bezeichnet, obwohl ich dir nicht genau sagen kann was es ist. Es hat mindestens einmal versucht mich zu ertränken. Seitdem riskiere ich es nicht mehr, so nah heranzukommen.«

Liv nickte. »Ja, ich habe damals den gleichen Fehler gemacht, als ich noch ein Kind war.«

»Du hast ein Gespür dafür, dich mit Dingen zu beschäftigen, die mysteriös und gefährlich sind, nicht wahr?«, fragte Stefan grinsend.

Die Wand mit den Symbolen schien sie zu rufen. Sie wollte ihren Ring ausprobieren, aber je länger sie hier herumhing, desto mehr Fragen stellte Stefan ihr anscheinend. Sie täuschte ein weiteres Gähnen vor.

»Oh, es scheint, ich langweile dich«, kommentierte er ihr Anzeichen von Müdigkeit und verbeugte sich leicht. »Ich werde zu meinem Buch zurückkehren und dich deiner Suche überlassen.« Er setzte sich wieder auf das Sofa und zog *Dämonen und wo sie sich verstecken* zurück auf seinen Schoß.

In ihrem Kopf schrie Liv leise »Neiiiiiiin« und fragte sich, warum er sich genau an dem Ort positioniert hatte, an dem sie sein wollte. Sie hielt sich jedoch die Enttäuschung vom Leib, als sie Stefan zuwinkte und ihn allein in dem einen Bereich der Bibliothek ließ, den sie verzweifelt durchsuchen wollte.

»Wir sehen uns später«, sagte sie und ging in die Richtung, von der sie dachte, dass sie zum Ausgang führen könnte.

»Ja, wir sehen uns später, Liv.«

# Kapitel 21

Die tiefe Dunkelheit zerrte an Livs Mut, als sie sich unter einem großen Baum versteckte und die Wache an der Vorderseite des Naturkundemuseums beobachtete. Sie hatte Rorys Warnungen verworfen, aber als sie da so alleine im Dunkeln stand, ließen seine Worte sie ihren Willen den Diebstahl durchzuführen, nochmals überdenken.

Plato erschien plötzlich neben ihr, die weiße Spitze seines Schwanzes sichtbar in der Dunkelheit der Nacht. »Es gibt zwei Wachen im Gebäude.«

Liv versuchte zu nicken, aber sie fühlte sich zu steif für die einfachste Bewegung. »Wenn ich mich in Schwierigkeiten bringe, kannst du mich dann vielleicht retten?«

Der Kater sprang und landete auf dem horizontalen Ast neben ihr. Sie hatte nicht einmal bemerkt, dass er da war und das in so perfekter Höhe. »Es gibt nichts wovor dich jemand retten kann, wo du nicht selbst herauskommen könntest.«

»Oh gut, noch mehr Rätsel.«

Plato sah sie verärgert an. »Und du solltest wissen: wenn ich helfen kann, werde ich es tun. Aber auch ich bekomme das Schwert nicht heraus.«

»Da kommen dann die Brownies ins Spiel«, meinte Liv.

»Und ich kann die Sicherheitsanlage des Gebäudes nicht deaktivieren«, fuhr er fort.

»Ja, da komme ich ins Spiel«, antwortete sie.

»Bist du besorgt, dass du nicht bereit dafür bist?«, fragte Plato.

»Bist du besorgt?«, konterte sie.

»Ich fürchte, dass du dich für das Schwert eines Riesen und einen Gewinn in Gefahr bringst, der das Risiko nicht wert ist.«

»Willst du damit sagen, dass ich es nicht tun soll?«

»Wenn ich es täte, würdest du einfach umdrehen und nach Hause gehen?«, fragte Plato stichelnd.

Liv schüttelte den Kopf und grinste. »Du kennst mich doch. Keine Chance.«

»Dann hör auf zu warten«, sagte Plato. »Dein Zeitfenster startet jetzt.«

Die Wache ging um die Ecke des Gebäudes und verschwand aus ihrer Sicht. Liv wartete keine Sekunde mehr, bevor sie aus ihrem Versteck sprang und über das Gelände eilte. *Das Schwierigste war der Start,* sagte sie sich selbst. Jetzt, da sie in Bewegung war, würde der Rest reibungslos verlaufen... hoffte sie.

✷ ✷ ✷

Hoch oben auf einem nahegelegenen Gebäude beobachtete Stefan Ludwig, wie Liv Beaufont über den Rasen und direkt zum Seiteneingang des Naturkundemuseums lief.

»Was hast du bloß vor, Liv?«, murmelte er sinnierend.

Ihre Verfolgung dorthin war nicht schwer gewesen, was bedeutete, dass er ihr demnächst beibringen musste, wie man sich durch die Stadt bewegt ohne verfolgt zu werden. Wenn er Adler oder Decar gewesen wäre, wäre Liv gefangen genommen worden und es hätte keine noch so gute Erklärung gegeben, die sie aus den Schwierigkeiten hätte herausholen können. Dennoch fragte sich Stefan, was die junge Magierin mit ihrer Rückkehr ins Museum vorhatte. Er hatte ihr vor dieser Nacht folgen wollen, um herauszufinden was sie tat, wenn sie nicht im Haus der Sieben war, aber eine Verletzung, die Hester nicht hatte heilen können, hatte ihn daran gehindert. Es hatte ihn in letzter Zeit oft ferngehalten.

Er hob seinen Arm an, zog seinen Ärmel hoch und sah sich den Biss im Mondlicht an. Die Wunde sah nicht schlechter als vorher aus, aber auch nicht besser. Glücklicherweise hatte Hester es geschafft, das Gift des Dämons aufzuhalten bevor es zu viel Schaden anrichtete, aber die vollständige Heilung seines Arms war eine andere Geschichte. Vielleicht war er deshalb dort und beobachtete, wie Liv am Eingabefeld für den Sicherheitscode des Museums Zaubersprüche sang, anstatt sich auf seine eigene Mission zu begeben.

Den Dämon, der ihm das angetan hatte, zu finden und zu töten, war keine leichte Aufgabe, aber Hester hatte ihm versichert, dass dies der einzige Weg sei, den Biss zu heilen. Sie hatte ihm auch Geheimhaltung versprochen, zumindest für den Moment.

Stefan war damit beauftragt worden einige Dämonen zu jagen, die Sterbliche terrorisierten und er war ziemlich erfolgreich gewesen. Dämonen in diesem Reich zu töten, war eine seiner Lieblingsbeschäftigungen. Allerdings war es eine andere Geschichte, in ihre Rückzugsorte einzudringen und auf ihrem Terrain zu agieren. Aber er würde es tun. Er hatte es Hester versichert und sie hatte ihm die Zeit gewährt. Das Letzte, was er brauchte war, seine Schwester Raina zu beunruhigen oder dass Adler oder die anderen an seiner Stärke als Krieger zweifeln würden.

Im Haus der Sieben ging es immer um die Wahrnehmung. Das hatte er schon früh gelernt. Und wenn sie wüssten, dass

## DIE EIGENSINNIGE KRIEGERIN

er auf einer Mission gebissen worden war, würde sich der Schwierigkeitsgrad der ihm zugewiesenen Fälle ändern. Er hatte es hundertmal gesehen. Deshalb erhielten Akio und Decar die schwersten Fälle – sie galten als die stärksten Krieger. Er vermutete jedoch, dass sich die Dinge bald ändern würden. Es gab eine neue Kraft in diesem Haus, die im Begriff war sie alle zu überraschen. Sie spielte nicht nach ihren Regeln und anscheinend arbeitete sie nebenbei auch noch an ihren eigenen Missionen, bemerkte Stefan, als Liv unbemerkt ins Museum glitt.

## Kapitel 22

Einer von Livs Träumen war es in ein Museum einzubrechen und den ganzen Ort für sich allein zu haben. In dieser Fantasie musste sie nicht hochspringen, um über die Köpfe von Fremden zu sehen oder in langen Schlangen warten. Oder um langsame Spaziergänger herumlaufen. Oder, so könnte man es ganz einfach zusammenfassen, mit anderen Menschen interagieren.

Leise Erregung überflutete sie als sich die Sicherheitstür öffnete und sie in den abgedunkelten Flur dahinter trat. Liv hatte plötzlich den Drang durch das Naturkundemuseum zu laufen und die Freiheit zu genießen, alles für sich allein zu haben.

Ein lebhaftes, schlurfendes Geräusch holte sie wieder in die Realität zurück. Sie war hier drin nicht allein, es fühlte sich nur so an. Zwei Wachen patrouillierten alle paar Minuten durch die Stockwerke. So viel hatte Mortimer ihr sagen können, nachdem seine Brownies ihre Erkundung durchgeführt hatten. Es gab jedoch noch viele andere Faktoren, von denen die kleinen Feenwesen nicht so viel wussten.

Die Wache ging vorbei und bemerkte Liv nicht, als sie zurück an die Wand sank. Er pfiff, während er ging. *Voll das Klischee,* dachte Liv und beobachtete seinen Hinterkopf, als er eine Taschenlampe schwang und auf die Amphibienausstellung zusteuerte.

»Oh, sieht so aus, als hätte ich heute Abend Gesellschaft«, sagte der Mann, seine Stimme ließ Liv zusammenzucken.

*Hatte er sie gesehen?* Sie blickte von ihrem Platz aus hinaus, das Licht aus dem Flur teilweise ihren Kopf streifend.

Eine Frau, die eine Kiste trug, stand auf der anderen Seite des Mannes, ein erzwungenes Lächeln auf ihrem Gesicht.

»Ja, wir aktualisieren heute Abend die schon etwas betagte Ausstellung für Fetischschnitzereien«, sagte die Frau, die Kuratorin für diese Sammlung und ihre Augen verengten sich leicht.

Liv sank plötzlich zurück. *Die Frau hatte sie gesehen!*

»Was war das?«, fragte die Kuratorin, ihre Stimme ein heiseres Flüstern.

»Was war was?«, antwortete die Wache.

»Da drüben. Bei dem Seiteneingang habe ich etwas gesehen.«

*Verdammt noch mal. Verdammt noch mal. Verdammt,* dachte Liv, ihr Verstand suchte fieberhaft nach einer Option. Sie könnte aus der Tür rennen und entkommen, aber dann wäre diese Mission vorbei, bevor sie überhaupt begonnen hatte. Die Idee des Scheiterns traf Liv direkt in den Bauch und ließ sie fast zusammenbrechen.

Stattdessen nahm sie unterbewusst eine Idee von Sophia auf und verschmolz mit der Wand. Ein Lichtblitz streifte ihr Gesicht und ließ sie blinzeln, aber ansonsten blieb sie so ruhig wie möglich und wusste, dass jede Bewegung die Illusion zerstören würde.

»Hier drüben?«, fragte die Wache. »Ich sehe nichts.«

»Ich hätte schwören können, dass ich jemanden gesehen habe, der um die Ecke schaute«, sagte die Frau.

»Nun, vielleicht war es jemand aus deinem Team«, bot der Mann an.

»Ja, vielleicht«, antwortete die Kuratororin und klang überhaupt nicht überzeugt.

Die Wache nahm die Taschenlampe wieder runter und schenkte Liv so eine Atempause. »Ich werde heute Abend ein paar zusätzliche Patrouillen machen, wenn du dich dann besser fühlst.«

*Nein,* dachte Liv. Ihr Plan war genau auf die Zeitpläne der Wachen ausgerichtet. Jede Änderung daran würde alles zunichte machen.

»Da würde ich mich tatsächlich wohler fühlen«, sagte die Frau. »Besonders, weil mein Team die ganze Nacht über aus dem Ausstellungsbereich rein- und rausgehen wird.«

»Kein Problem«, sagte die Wache, seine Schritte verhallten, als die beiden in die andere Richtung gingen. »Zeig mir mal die Ausstellung, an der du arbeitest.«

»Es ist gleich hier drüben.«

Liv wartete bis die Stimmen zu einem leisen Murmeln verklungen waren, bevor sie sich von der Wand schälte und ihre Tarnung verblassen ließ. Sie überlegte, den Zauber aufrechtzuerhalten, aber sie wollte nicht riskieren, so früh in der Mission ihre kompletten magischen Reserven zu verbrauchen.

Liv glitt an der nächsten Wand entlang und beeilte sich zu versuchen, den Zeitplan einzuhalten. Wenn die Wachen öfter patrouillierten hatte sie weniger Zeit in den Raum mit dem Schwert zu kommen, als sie geplant hatten. Sie hoffte, dass der Brownie, der zur Hilfe kommen wollte, schnell genug war.

Als sie fast in der Gegend war, in der Turbinger lag, erstarrte Liv. Ihr Herz sprang ihr in den Hals. Die Ausstellung, die sie in dieser Nacht aktualisierten, lag direkt neben der Schwertkammer.

*Verdammt,* dachte Liv, ihr Gehirn verkrampfte sich durch die plötzliche Komplikation. Wie sollte sie in dieses Gebiet gelangen und das Schwert stehlen, während die Mitarbeiter des Museums direkt daneben arbeiteten?

Zuvor hatte sich die Mission etwas weit hergeholt angefühlt, da sie sich auf einen Brownie verließ, um das Gehäuse zu öffnen und das Schwert in weniger als sechs Minuten zu entfernen. Jetzt hatten sie noch weniger Zeit und mehr Menschen, die sie meiden mussten. Nun, *Liv* musste ihnen ausweichen. Die Sterblichen konnten anscheinend keine Brownies sehen. Es muss schön sein, unsichtbar zu sein, ein Zauber, den Liv leider noch nicht gemeistert hatte. Es würde angeblich zu viel Aufmerksamkeit beim Rat erregen, wenn sie es nutzen würde.

»Können wir nicht mal eine Essenspause einlegen?«, rief ein Mann aus dem Bereich mit den Fetischschnitzereien.

»Natürlich«, antwortete die Frau von vorhin. »Lasst uns erst noch ein paar Dinge an Ort und Stelle bringen und dann können wir eine Pause machen.«

*Das war* Livs Chance. Es gab jedoch noch eine weitere Komplikation, um die sie sich sorgen musste, als sie im Flur wartete und sich hinter einer großen Vase versteckte: die patrouillierenden Wachen.

Sie hatte weniger als eine Minute Zeit, bevor die nächste Wache hinter ihr um die Ecke trotten und sie dort sehen würde. Liv sah nervös hin und her und wartete, bis sie schon seine herannahenden Schritte hörte, schlüpfte dann in die Nische der Ausstellung, die ihr am nächsten war und versteckte sich hinter einem lebensgroßen Zebra. Schuldgefühle wuchsen in ihr, als sie feststellte, dass sie direkt auf einer geschützten Museumsausstellung hockte, ihren Rücken gegen die falschen Sträucher gedrückt.

Als die patrouillierende Wache vorbei gegangen war, entspannte sich Liv und stand auf. Es fühlte sich surreal an, hinauszuschauen und afrikanische Tiere um sich herum zu sehen. Sie fragte sich, warum sie sich nicht den Elefanten ausgesucht hatte, um sich dahinter zu verstecken. Das wäre ein bisschen besser gewesen, als zu versuchen, ihren ganzen Körper hinter einem Zebra zu verstecken.

*Was ist nur aus meinem Leben geworden, dass mir sowas überhaupt passiert,* fragte sich Liv mit einem stillen, fast schon bitteren Lachen.

»Okay, das ist die letzte Kiste«, rief der an der Ausstellung arbeitende Mann und grunzte, als er etwas abstellte. »Können wir gehen? Der thailändische Laden schließt bald.«

Die Frau seufzte. »Ja, mach schon.«

»Kommst du nicht?«, fragte eine andere Stimme.

»Bring mir bitte etwas gelbes Curry mit«, antwortete die Frau. »Ich habe eigentlich zu viel zu tun, um von hier wegzugehen.«

»Okay, wir sind in einer halben Stunde zurück.«

*Verdammt,* rief Liv innerlich aus. Vielleicht könnte sie ja die Sterbliche in eine der Fetischschnitzereien verwandeln und ihren Plan endlich durchführen. Sie erinnerte sich dann aber daran, dass der Rat ihren magischen Gebrauch überwachen würde. Wenn sie im Museum erwischt wurde und mit Brownies arbeitete, war sie sicher, dass sie im Haus der Sieben fertig sein würde, was bedeutete, dass die Beaufonts erledigt wären. Nein, was auch immer passierte, Liv musste das vorsichtig angehen. Es ging darum, ihre Ehre und den Ruf ihrer Familie zu schützen... und gleichzeitig einem Riesen zu helfen.

Pfeifen hallte den breiten Flur hinunter. Die andere Wache war wieder da. Sie kamen viel zu oft vorbei. Liv sank wieder hinter dem Zebra auf den Boden und wartete darauf, dass er vorbeikam. Was sie brauchte, war eine Ablenkung;

etwas, um diese Sterblichen fortzulocken, wenn auch nur für fünf Minuten.

Gerade jetzt funkelte etwas in ihrem peripheren Sichtfeld und sie blickte in diese Richtung.

# Kapitel 23

Auf der anderen Seite des Flurs fing Liv den Glanz von Edelsteinen und Kristallen ein, die in ihren Vitrinen funkelten. Der Gedanke, der ihr als nächstes einfiel und sie gleichzeitig mit Hoffnung und Spannung füllte war, dass sie eine Ablenkung brauchte, aber keine so große, dass gleich die Behörden gerufen würden.

Bevor sie die Gelegenheit hatte, die Dinge nochmals zu überdenken, stand Liv entschlossen auf und konzentrierte sich auf die Ausstellung gegenüber. Ihr Ziel war mindestens zwanzig Meter entfernt, was bedeutete, dass sie genau treffen musste oder sie würde ihre einzige Chance ruinieren, zusammen mit vielen wertvollen Edelsteinen.

Mit einer klaren Absicht richtete Liv ihre Magie auf die Lichter, die über der Edelsteinausstellung hingen. Die Deckenleuchten flackerten und die Gehäuse klickten, als ihre Sicherheitseinrichtungen deaktivierten. Die Verwendung von Magie aus dieser Entfernung hätte eigentlich schwierig sein sollen, aber Liv hatte seit der Freischaltung ihrer Magie eine sehr wichtige Lektion gelernt: Ihre Magie reagierte gut auf die Elektronik. *Meistens zu gut.*

»Was ist das?«, rief die Frau aus dem Nebenraum.

»Es kommt von der Edelsteinausstellung«, antwortete der Wächter, seine Stimme plötzlich knapp. »Bleib hier und ich werde es mir ansehen.« Er zog sein Funkgerät aus dem Gürtel. »Tony, wo bist du? Kann ich Verstärkung in der Edelsteinausstellung bekommen?«

»Ich bin auf dem Weg«, rief eine Stimme zurück.

»Es sieht nach einem elektrischen Problem aus«, sagte die Frau.

»Das ist mal wieder typisch. Wir haben in letzter Zeit öfters dieses Problem. Bleib hier, ich bin gleich wieder da.«

*Nein,* dachte Liv genervt. Sie hatte gehofft, dass die Ablenkung alle beschäftigen würde. Sie müsste nun auf etwas primitivere Methoden für die Frau zurückgreifen.

Nachdem die Wache weggegangen war, kam Liv aus der afrikanischen Ausstellung heraus und versuchte, einen klaren Blick auf die Frau zu bekommen, deren Rücken ihr dankenswerterweise zugewandt war, als sie kleine Gegenstände aus einer Kiste entlud. Die Beschwörung, die sie als nächstes murmelte, war eine, die sie schon sehr lange nicht mehr benutzt hatte. Sie konnte gerade noch ein Kichern unterdrücken, als sie darüber nachdachte, wie sie und Clark es aufeinander angewendet hatten. Die meisten Geschwister stießen und kniffen sich gegenseitig, aber Magier konnten problemlos zur nächsten Stufe der Folter übergehen.

Die Frau stand plötzlich starr. Angespannt. Griff sich an ihren Bauch, als sie ein kleines Quietschen der Überraschung von sich gab. Dann drehte sie sich sofort um und rannte eilig zu den Toiletten, die sich im Flur befanden. Sie versuchte wahrscheinlich mit aller Kraft, sich nicht selbst einzunässen. Es war ein grausamer Trick, aber er erledigte den Job und niemand wurde dabei ernsthaft verletzt.

Als Clark und Liv sich gegenseitig den Streich gespielt hatten, war es vorgekommen, dass sich dabei einer von ihnen versehentlich nass machte. Liv fühlte sich seltsam amüsiert und nostalgisch und eilte aus ihrem Versteck, solange sie die

Chance hatte unentdeckt zu agieren. Sie bewegte sich lautlos über den Fliesenboden und kam zum Stillstand, als sie im Raum mit Turbinger war.

Ihr Herz setzte einen Schlag aus, als sie die Szene vor sich aufnahm.

## Kapitel 24

Das Schwert war weg! Wie kann es weg sein? Wo könnte es hin sein? Liv sah sich um und erwartete Hinweise oder Kratzer oder zumindest irgendeinen anderen Hinweis, aber der Raum mit seinen rein weißen Wänden bot ihr nichts.

Die große Vitrine in der Mitte des Raumes sah seltsam aus, so vollkommen leer. Nur die Vertiefungen für das Schwert erinnerten daran, dass Turbinger in dem Glaskasten gewesen war.

Liv wusste, dass ihr die Zeit davonlief. Die Kuratorin würde bald von der Toilette zurückkommen und die Wachen zurückkehren. Sie wusste jedoch nicht, wohin sie gehen sollte. Sie war doch nur wegen des Schwertes hierher gekommen und nun war es weg. Aber wohin?

»Pssst«, sagte eine kleine Stimme zu ihren Füßen.

Liv sprang vor Schreck fast in die Luft und hatte die kleine Kreatur neben sich tatsächlich nicht erscheinen sehen. Er war genauso groß wie Mortimer, aber dünner, sein Haar zur Seite gebürstet und über die Schulter gezogen.

»Hey, wurdest du geschickt von....« Livs Stimme versiegte, als sie den Brownie ansah und sich fragte, ob sie ihm vertrauen konnte.

Er nickte. »Mein Name ist Freddy. Und ja, Mortimer hat mich hierher geschickt um dir zu helfen. Wie auch immer...« Er zeigte mit einem langen Finger auf die Vitrine. »Das Schwert wurde bewegt.«

»Was? Von wem?«, fragte sie flüsternd.

Er sah sie seltsam an. »Von mir natürlich.«

»Okay, aber warum? Du hättest eigentlich warten sollen bis ich auftauche.«

»Ja, Miss Liv Beaufont, Kriegerin des Hauses, aber noch jemand anderes ist wegen des Schwertes gekommen, also habe ich es bewegt, bevor sie es bekommen konnten.«

Liv blinzelte auf den Brownie herab. »Ich verstehe das nicht. Da kam noch jemand anderes wegen des Schwertes? Heute Abend?«

Freddy nickte, sein Körper wackelte zusammen mit seinem Kopf. »Zum Glück war ich hier und bemerkte, dass sie sich näherten. Das gab mir genug Zeit, um das Schwert aus dem Kasten zu holen und es zu verstecken.«

Fragen strömten so schnell durch Livs Kopf, dass sie sie nicht schnell genug artikulieren konnte. »Du hast das Schwert bewegt? Aber wie? Es ist riesig. Und schwer. Und wer ist diese Person, die wegen des Schwertes gekommen ist?«

Der Brownie blickte über seine Schulter, bevor er seinen Blick wieder auf Liv richtete und sah dabei überhaupt nicht so hektisch aus, wie sie sich fühlte. »Ich habe das Schwert bewegt. Wir können Dinge schweben lassen, was es einfach machte das Schwert zu bewegen, obwohl mir die Zeit fehlte es richtig zu verstecken. Darum musst du es holen.«

»Wo hast du es hingelegt?« fragte Liv, ein seltsames Bild in ihrem Kopf, in dem der kleine Brownie neben einem riesigen schwebenden Schwert herging. Es war wichtig, niemanden aufgrund seiner Größe zu unterschätzen, daran musste sie sich wohl erst noch gewöhnen. Sie konnten immer noch große Dinge bewegen.

»Ich habe es in den Raum mit den vielen glänzenden

Steinen gelegt«, quietschte Freddy vergnügt.

Liv krümmte sich fast zusammen. »Ist das dein Ernst? Dort habe ich die Wachen hingeschickt, damit ich in diesen Raum kommen konnte.«

Freddy nickte wieder und sprang dabei vorwärts. »Für den Moment ist es sicher. Ich habe es hinten in die Ausstellung gestellt. Aber derjenige, der deswegen kam, wird das Schwert finden. Er ist bereits außer sich vor Wut.«

»Wer ist es?«, fragte Liv.

»Ein Elf«, antwortete Freddy. »Einen, den ich noch nie zuvor gesehen habe, mit Dunkelheit in seinen Augen und einer seltsamen Fähigkeit, die mir Angst macht.«

»Ein Elf?«, hakte Liv nach. »Ein normalgroßer?«

Wenn das den Brownie beleidigte, zeigte er es nicht. »Ja und wie du vielleicht schon erraten hast, hätte er genauso wie ich zum Schwert gelangen können, weil die Schutzzauber bei ihm nicht funktionieren. Also tut es mir leid, aber ich musste es verschieben.«

»Das hast du gut gemacht«, lobte Liv, schaute ratlos im Raum umher und versuchte krampfhaft zu überlegen, was sie als nächstes tun würde.

»Was genau machen Sie eigentlich hier?«, sagte die Kuratorin hinter Livs Rücken.

## Kapitel 25

Liv wollte fast die Augen rollen bei dieser unpassenden Unterbrechung. Vorher hatte sie sich noch Sorgen gemacht, von ihr erwischt zu werden. Nun fand sie nur, dass sie eine nervige Plage war, die ihr im Weg stand den mysteriösen Bösewicht zu bekämpfen der irgendwo im Museum lauerte.

Langsam drehte sich Liv um, um die Frau anzusehen und arrangierte ihr Gesicht zu einem neutralen Ausdruck. »Hey. Ich bin hier, um an der Fetisch-Schnitzereiausstellung zu arbeiten, aber ich glaube ich habe mich verirrt.«

»Sie sind was?«, fragte die Frau zögerlich. Livs Aussage machte für sie keinen Sinn, aber sie wusste auch nicht genug, um sie zu ignorieren. Liv konnte das sofort an der Kuratorin erkennen.

»Ich wurde in letzter Minute dem Team hinzugefügt«, erklärte Liv. »Wo sollen wir uns treffen?«

Die Frau wich zurück, ihr Gesicht von einem unsicheren Gesichtsausdruck dominiert. »Hier drüben. Eigentlich *könnte* ich noch etwas mehr Hilfe gebrauchen.« Die Augen der Frau weiteten sich alarmiert, als sie anhielt und in die Richtung der Vitrine schaute. Der *leeren* Vitrine. »Wo ist das Schwert?«

*Oh zur Hölle,* dachte Liv. *Man gönnt mir heute aber auch echt keine Pause.*

Unter dem Vorwand der Überraschung drehte sich Liv um und betrachtete den Glaskasten ebenfalls. Diese

Nummer sehr lange aufrechtzuerhalten würde nicht funktionieren. Zu schade für diese Frau, dass sie so aufmerksam war. Liv war gerade im Begriff, die Frau mit einem Zauber zu treffen, als diese rückwärts taumelte und an der Wand hinunterrutschte, plötzlich fest eingeschlafen.

Liv sah ihre Hand an und fragte sich, ob ihre Magie aus ihr herausgeflossen war ohne dass sie es wusste.

»Das sollte sie für den Rest der Nacht fernhalten«, sagte Freddy neben Livs Knie.

»Das warst du? Das hast du getan?«

»Natürlich.«

»Ich wusste nicht, dass Brownies Sterbliche einschlafen lassen können.«

»Was glaubst du, wie wir unsere Hausarbeit machen?«, fragte er sie, seine Hände auf seine Hüften gestemmt.

»Ich dachte, ihr würdet warten bis sie eingeschlafen sind.«

»Nein. Wir bringen sie ins Bett, damit wir unsere Hausarbeiten erledigen können.«

*Verdammt, ich muss wirklich endlich mal das Buch lesen, das Rory mir gegeben hat,* dachte Liv ärgerlich.

»Was ist mit den anderen Sterblichen? Sie werden bald zurück sein«, warnte Liv und blickte in den abgedunkelten Korridor.

»Ich kann mich um sie alle kümmern«, verkündete Freddy stolz. »Die Wachen werden bereits schlafen, bevor du es überhaupt in die schicke Abteilung mit den Steinen geschafft hast.« Das Feenwesen verschwand, während Liv vor der schlafenden Frau stand und auf den Bereich außerhalb des Raumes starrte. Irgendwo im riesigen Naturkundemuseum befand sich ein gestörter Elf, der anscheinend ebenfalls hinter Turbinger her war. Es war schwer zu glauben, dass sie gedacht hatte, das größte Hindernis in dieser Nacht wäre der Diebstahl des

Schwertes aus einem sterblichen Museum. Nun schien es, dass sie für Turbinger auch noch kämpfen musste.

✶ ✶ ✶

Nachdem Liv in die Edelsteinausstellung geschlichen war, erkannte sie, dass die Sicherheitskräfte noch keine Chance gehabt hatten, das von ihr verursachte elektrische Problem zu beheben. Die Lichter flackerten immer noch und die meisten Vitrinen schienen entsichert zu sein.

Liv stolperte fast über die Wache, die vorher gepfiffen hatte. Er lag auf dem Boden und machte friedlich ein Nickerchen, als ob er in seinem gemütlichen Bett und nicht auf einer kalten Fliese liegen würde.

Freddy schien ein wertvoller Verbündeter zu sein, der Liv davon abhielt ihre Magie auf die Sterblichen anzuwenden oder sie in irgendeiner Weise zu verletzen.

Sie hob gerade ihre Hand, um die Lichter zu reparieren die sie defekt gemacht hatte, als ein knarrender Ton durch die Ausstellung hallte. Liv fuhr herum, ihre Hand ausgestreckt und ihre Augen zu der Figur fliegend, die im Dunkeln lauerte.

Neben einer offenen Vitrine stand ein großer, schlanker Mann. Er trug abgewetzte Kleidung, wie man sie bei einem Obdachlosen auf der Straße finden konnte, aber als er ins flackernde Licht trat, wusste Liv, dass dies kein Sterblicher war. Der Winkel seines Kiefers und seine Ohren sagten ihr sofort, dass er ein Elf war – und dann hatte er diese Augen. Wie Freddy beschrieben hatte, waren sie wie zwei Brunnen voller unendlicher Dunkelheit.

»Was willst du?«, fragte Liv, ihre Hand noch vor sich haltend.

»Das Gleiche wie du, Liv Beaufont«, antwortete er, seine Stimme wie grobes Sandpapier. »Die Frage ist, warum willst du es?«

»Wer bist du?«, versuchte Liv den Elf auszufragen und Zeit zu schinden, während ihr Gehirn wie rasend überlegte was ihr nächster Zug sein könnte. Sie wusste nicht viel über Elfen, außer dass sie schnell und mächtig waren und elementare Magie benutzten.

»Ich bin unter vielen Namen bekannt, aber die Frage bleibt: Warum willst du Turbinger, wenn es nicht dir gehört?«

»Dir gehört es aber auch nicht«, argumentierte Liv.

Der Elf warf seine langen Haare zurück, als er lachend einen Mund voller gelber Zähne bleckte. Plötzlich wollte sie weglaufen, so weit wie möglich weg von diesem Elfen, der das Böse verkörperte. Sie erinnerte sich jedoch daran, dass sie eine Kriegerin war. Dies war keine Herausforderung, von der sie sich zurückziehen konnte und es gab keine Möglichkeit, dass sie ihre Rolle vergaß.

»Ich bin nur gekommen, um dich davon abzuhalten Turbinger zu nehmen«, sagte der Elf und griff in das Gehäuse, sein Finger schwebte einen knappen Zentimeter über einem schönen lila Kristall. Er saugte die Kraft aus ihm heraus und einen Moment später verblasste die üppige Farbe des Kristalls zu Grau und er zerbröckelte, als ob er Asche wäre. Mit einer eleganten Handbewegung richtete der Elf seine Hand auf Liv und schickte einen Feuerbolzen auf sie.

Livs Instinkte übernahmen und sie duckte sich hinter einem Kasten in der Nähe. Das Feuer verschwand, als es das Glas berührte, als wäre es in ein Vakuum gesaugt worden.

*Verdammt, dieser Typ war auf Blut aus.*

Als Liv einen Blick auf den teuflischen Elf warf, sah sie, dass er im Begriff war, wieder etwas in ihre Richtung zu werfen. Sie warf sich auf den Boden und war wieder überrascht, dass das Feuer aufhörte, bevor es sie erreichte.

Etwas in der Ausstellung muss seine Magie aufhalten, dachte sie. Er zog seine Magie vielleicht aus den Elementen, aber sie waren anscheinend ebenso stark darin ihn zu blockieren.

Das war der Moment, als sie sich daran erinnerte, das Freddy gesagt hatte, dass er Turbinger hinten in dieser Ausstellung versteckt hatte. Sie drehte sich auf dem Bauch um und blinzelte zur Rückwand, wo weitere Edelsteine im flackernden Licht funkelten. Liv begann sich zu fühlen, als wäre sie in einem seltsamen Club mit einer riesigen Discokugel, deren Edelsteine die Lichter und den Feuerschlag widerspiegelten, als der böse Elf erneut versuchte sie in Brand zu setzen.

Obwohl sicher hinter dieser Vitrine mit Edelsteinen, war ihr wichtigstes Ziel dennoch an das Schwert zu gelangen. Und natürlich am Leben zu bleiben.

Liv atmete tief durch und schoss nach vorne, hielt ihren Kopf geduckt und hoffte, unsichtbar zu sein, als sie zwischen den Vitrinen mit Edelsteinen nach hinten flitzte.

Das Feuer folgte ihr, viele der Angriffe trafen sie mit Hitze, was bedeutete, dass nicht alle Glaskästen eine schützende Eigenschaft besaßen.

Als sie ihr Ziel fast erreicht hatte, wurde Liv durch einen besonders starken Schlag durch die Luft gewirbelt und auf den Rücken geworfen. Die Atemluft wurde aus ihr herausgetrieben, sie hustete und versuchte, wieder Sauerstoff in ihre Lungen zu befördern.

*Verdammt, warum konnte* ich *keine Feuermagie haben?*, fragte sie sich und versuchte, ihre Lungen zu beruhigen. Ein seltsamer grünlicher Rauch waberte durch den Raum und ihre Lungen fühlten sich an, als würden sie brennen, als sie die Schwaden einatmete. *Das konnte nicht gut sein,* dachte sie und versuchte, sich an die Richtung zu erinnern, in die sie gelaufen war. Nun sah jede Richtung gleich aus.

Ein besonders fieser Feuerball landete neben Liv und blendete sie fast für einige Augenblicke. Sie schirmte ihre Augen ab und wich zurück. Das Zurückweichen brachte sie nicht weiter und mit jeder Explosion wurde sie immer wütender. Sie wollte diesem Elfen-Arsch standhalten, aber zuerst brauchte sie einen Vorteil. Sie brauchte Turbinger.

Liv rollte sich seitlich ab, als sie sah, wie der Elf noch mehr Feuerbälle in ihre Richtung warf. Es war diesem Arschloch egal, ob er die Ausstellung zerstörte. Er war auf Blut aus. Die totale Missachtung weltlicher Schätze brachte Livs Blut zum kochen, so, dass ihre Magie an die Oberfläche strömte und darum bat, freigelassen zu werden. Sie nutzte den Kraftschub, um zum Ende der Ausstellung zu eilen. Dort fand sie auf der Suche nach einer Deckung vor dem nächsten Angriff aber leider nur eine Sackgasse. *Das war es dann wohl.* Sie war gefangen.

Liv drehte sich gerade um, als ein großer Feuerball auf sie zukam, wie ein Meteor der vom Himmel fiel. Ohne auch nur hinzuschauen, hechtete Liv hinter ein großes Objekt, aber die Druckwelle der Explosion ließ sie dennoch mehrmals um die eigene Achse rollen. Sie kämpfte sich auf Hände und Knie hoch, wobei Blut von ihrer Stirn tropfte. Sie war getroffen worden. All dieses Laufen zerrte an ihrer Kraft und sie hatte keine Ahnung, wie man einen Elfen bekämpfte, der einen endlosen Vorrat an Magie in Form von Edelsteinen und Kristallen hatte.

Ein weiterer Einschlag traf sie, aber Liv schaffte es, eine Hand auf den Boden zu drücken, um zu versuchen, sich zu stabilisieren – und dann fühlte sie es. Das kalte Metall. Die Macht. Die Stärke von etwas Altem. Eine rohe und unnachgiebige Kraft. Liv blickte nach unten, die Rubine vom Schwert blinzelten ihr aus dem Griff zu. Sie hielt Turbinger fest in der Hand.

## Kapitel 26

Noch nie zuvor hatte Liv etwas so Gefährliches gefühlt. Sie war sich sicher, dass die magische Energie, die vom Schwert ausging, sie übernehmen würde, wenn sie nicht vorsichtig wäre. Doch für sie stand alles auf dem Spiel und der mehrere Meter entfernte Elf schien auch nichts zu verlieren zu haben. Liv entschied sich, sich vom Schwert kontrollieren zu lassen und ließ dessen Energie in ihre Adern fließen. In ihrem Kern spürte sie, dass es wusste, wie man sie da rausholen konnte.

Es war kein bloßes Objekt, das wusste sie instinktiv. Es hatte das Bewusstsein einer Person, die zehnmal so alt war wie sie und strahlte eine Weisheit aus, die von niemandem, den sie je getroffen hatte, übertroffen wurde. Es war die Antwort auf all ihre Probleme, würde aber möglicherweise gleichzeitig die Ursache für neue Probleme sein, wenn sie nicht vorsichtig sein würde.

Liv ließ die Wut des Schwertes sie durchdringen, sprang auf die Füße und hob es über ihren Kopf, wobei die Anstrengung mehr als ihre reine Kraft erforderte. Magie trieb sie an, als sie Turbinger in einem großen Bogen über ihrem Kopf schwang.

Vor ihr stand ein großer Stein auf einem Ständer und versperrte ihr teilweise den Blick. Doch sie sah dennoch den entsetzten Blick des Elfen, als sie das Schwert hob. Es sank mehrere Zentimeter herunter, als hätte sie nicht die Kraft, es ruhig zu halten, bevor es sich wieder hob.

»Ich bin Liv Beaufont und wenn du dieses Schwert willst, dann komm besser und nimm es mir ab«, schrie sie, ihre Stimme so laut, dass die Glasvitrinen in der ganzen Ausstellung zitterten. Sie hatte keine Angst, dass sie zerbrechen würden, sondern vielmehr, dass sie einen weiteren Tag in dieser Welt leben müsste, ohne diejenigen bestrafen zu können, die sie verraten hatten. In diesem Moment erkannte sie, dass das nicht *ihre* Gedanken waren, sondern die des Schwertes. Sie wusste, wenn sie jetzt nicht vorsichtig wäre, würde Turbinger sie übernehmen. Es kontrollierte die Menschen und nur jemand, der sehr mächtig war, konnte ihm widerstehen.

Obwohl es all ihre Mühe kostete, das Schwert in der Luft zu halten, wusste Liv, dass sie Turbinger beherrschen konnte. Nicht für lange, aber sie brauchte nicht viel Zeit.

*Bring meinen Feind zu mir,* forderte das Schwert in ihrem Kopf. *Ich werde ihn zerstören.*

*Woher willst du wissen, dass ich nicht dein Feind bin?,* wagte sie zu fragen.

*Ich weiß es.*

Der Elf saugte die Energie aus einem anderen Edelstein, so dass dieser ebenfalls schwarz wurde und in seiner Fassung zu Staub zerbröckelte. Er warf einen Feuerball auf Liv, aber im Gegensatz zu früher wich sie nicht aus, als er auf sie zukam. Stattdessen blieben ihre Augen darauf gerichtet, ihre Finger um den Griff des Schwertes geklammert.

Sie fühlte sich nicht einmal unter Kontrolle, als sie bis zum letzten möglichen Moment wartete, das Schwert herumschwang um das Feuer zu bekämpfen und es zurückschlug, wie ein Tennisspieler der ein As schlug.

Der Elf erkannte einen Moment zu spät was passiert war. Das Feuer warf ihn zu Boden, Flammen und Rauch brachen um ihn herum aus.

*Los!*

Als ob sie gestoßen worden wäre, stürmte Liv mit dem Schwert in der Hand auf den Elfen zu. Sie spürte die Wut von hundert Kriegern durch ihre Adern strömen und Rache, die sich ihren Weg suchen wollte. Liv schmeckte jeden Kampf, den Turbinger je gekämpft hatte, was sowohl berauschend als auch beängstigend war. Sie wollte das Schwert zu Boden werfen, aber es schien mit ihren Händen verschmolzen zu sein.

Alles war verschwommen, bis sie sich über dem sich krümmenden Elfen befand, dessen Hände sein Gesicht bedeckten, während er sich hin und her rollte und versuchte sein eigenes Feuer zu löschen.

»Was du zu verbrennen suchst, wird dich von innen heraus verbrennen«, sagte Liv, aber die Worte waren nicht ihre eigenen. Sie wusste nicht einmal, woher sie kamen. »Diese Fehde ist bald vorbei, die Macht wird sich verschieben. Richte es ihnen aus.«

Der Elf fiel auf seinen Hintern und drückte sich flüchtend nach hinten, als Liv das Schwert des Riesen in einer flüssigen Bewegung nach links und rechts schwang.

»Sie werden mich töten, wenn ich ohne das Schwert zurückkehre«, schrie der Elf mit tränenerstickter Stimme. Er griff nach ihr. »Du kannst mich genauso gut umbringen.«

Turbinger wollte es. Liv spürte die bittere Sehnsucht des Schwertes, den Elf vor ihnen zu durchschneiden, eine Macht die sie kaum kontrollieren konnte. Doch irgendwo in den Tiefen ihrer Seele sammelte sie eine Kraft, von der sie nicht einmal wusste, dass sie sie hatte. Als das Schwert herumschwang, besessen von seinem eigenen Verlangen, rang Liv es nieder. Die Klinge schnitt durch den ausgestreckten Arm des Elfen, mit dem er um Gnade in Form des Todes gebeten hatte.

Der Elf wich zurück und hielt seinen blutenden Armstumpf, Schock und Enttäuschung spiegelten sich auf seinem Gesicht. Liv hielt das Schwert an ihrer Seite fest, obwohl es gegen ihren Griff kämpfte und versuchte wieder geschwungen zu werden.

»Los! Lauf! Verschwinde von hier. Ich will dich nie wieder sehen!«, schrie Liv und kämpfte gegen die wütende Macht des Schwertes.

»Aber du verstehst nicht. Sie werden mich jagen«, sagte der Elf und hielt seinen Arm.

»Wer? Für wen arbeitest du?«

Der Elf blickte auf das Schwert, das zu leuchten begonnen hatte, als ob der geballte Zorn aus der Waffe heraus sickern würde. Es ruckte in Livs Händen und sie wusste, dass sie bald nicht mehr in der Lage sein würde, seine Macht zu kontrollieren. Turbinger würde sich befreien.

»Los!«, schrie Liv.

Der Elf, der keine weitere Ermutigung brauchte, sprintete aus dem Raum und ließ Liv erschöpft zurück, die die ihrer Meinung nach tödlichste Waffe der Welt in ihren Händen hielt.

## Kapitel 27

Die Edelsteinausstellung bestand nur noch aus qualmenden Trümmern. Liv wusste nicht, wie sie sie wieder in Ordnung bringen sollte, so dass niemand bemerken würde, was heute nacht hier passiert war. Obwohl sie die Feuer gelöscht hatte, verrieten die Brandspuren und der beißende Rauchgeruch, dass dort ein Kampf stattgefunden hatte. Und die Edelsteine? Wie sollte sie die ersetzen, die der Elf in Asche verwandelt hatte? Es war nie ihr Plan gewesen, einen Teil des Museums zu zerstören um das Schwert zu bekommen, obwohl das Naturhistorische Museum am Morgen wissen würde, dass es gestohlen wurde. Die Kameras würden ihnen nichts sagen, da sie von Anfang an deaktiviert waren, aber der Raum mit den Edelsteinen? Sie musste ihn irgendwie reparieren.

Nach dem Kampf war es schwieriger geworden Turbinger zu tragen, denn das Breitschwert war ja fast so groß wie sie selbst und wog eindeutig mehr als sie. Sie zog es in die Richtung zurück, von der sie gekommen war und suchte nach Freddy.

Sie fand den Brownie Schnitzereien arrangierend in der Ausstellung neben dem Schwertraum. An die Wand gelehnt und friedlich schlafend waren die Museumskuratorin und drei Männer zu sehen.

Freddy drehte sich um, als sie sich ihr näherte und polierte eine der Stein-Fetischschnitzereien mit einem nachdenklichen Ausdruck auf seinem Gesicht. »Ich sehe, du warst erfolgreich«, sagte er und blickte auf das Schwert, das jetzt auf ihrer Schulter lag und dessen Gewicht ihre Haut eindrückte.

»Ich habe Turbinger bekommen, dafür bin ich dankbar«, sagte sie und stellte fest, dass sie plötzlich außer Atem war.

»Du klingst enttäuscht«, stellte Freddy fest, stellte die Schnitzerei auf ein Glasregal und holte eine weitere aus einer nahegelegenen Box.

»Die Edelsteinausstellung wurde irgendwie zerstört«, gab Liv zu.

»Und der Elf?«

Liv nahm das Schwert von der Schulter herunter und stellte es mit der Spitze auf den Boden und legte ihre Hände auf den Griff. Das Blut des Elfen markierte die Klinge und erinnerte sie daran, dass sie ihn fast getötet hätte. Nun, Turbinger hatte es. »Ich habe ihn gehen lassen.«

Der Brownie hob überrascht eine Augenbraue, seine Augen voller Neugierde. »Das ist eine ungewöhnliche Entscheidung für einen Magier. Er war dein Feind und deinesgleichen ist nicht für Gnade bekannt.«

Liv schüttelte den Kopf. »Ich weiß nicht, wer er war oder wer ihn geschickt hat. Aber nein, ich glaube nicht, dass er mein Feind war. Nur ein Bauer im Spiel.«

Freddy nickte und drehte sich zurück zum Regal, um die Schnitzereien zu arrangieren. »Und du hast das, wofür du hergekommen bist. Das ist alles, was zählt.«

»Es ist *nicht* alles, was zählt«, sagte Liv und spürte das Gewicht von allem, was in der letzten Stunde passiert war und es drückte auf ihre Schultern. »Die Art und Weise, wie wir die Dinge tun, ist fast wichtiger als die Dinge, die wir tun.«

»Das sind weise Worte«, sagte der Brownie zerstreut, während er weiter arbeitete.

»Mein Vater sagte das immer«, gab Liv zu und sah die Sterblichen, die friedlich schliefen, liebevoll an. Sie wünschte sich für einen Moment, sie könnte sie sein und ohne Sorgen in der Welt träumen.

»Ich kann das Edelsteinzimmer gerne reparieren«, bot Freddie an.

Livs Kinn drehte sich zurück in die Richtung des Brownie. »Du kannst? Wie?«

»Nun, ich kann natürlich nichts ersetzen, was verloren gegangen ist, aber ich kann es aufräumen, damit es nicht sofort den Anschein hat, dort hätte eine wilde Schlacht stattgefunden.«

»Wirklich? Das wäre fantastisch!« sagte Liv, ihre Brust fühlte sich plötzlich leichter an. »Danke. Und ich schätze, ein Dutzend Edelsteine, die in einer Sammlung von ein paar Tausend fehlen, werden in Ordnung sein. Das Museum wird denken, dass derjenige, der das Schwert gestohlen hat, auch diese genommen hat.«

»Die Behörden werden sehr neugierig sein, was an diesem Abend passiert ist«, sagte Freddie, ein Kichern in seiner Stimme.

»Und die Sterblichen?« Liv gestikulierte in ihre Richtung. »Was werden sie denken?«

»Sie werden sich an nichts erinnern und ihre Arbeit ist erledigt«, erklärte Freddie und sprang von dem Hocker, auf dem er gestanden hatte, herunter. »Ich habe ihre Erinnerungen gelöscht, weil ich nicht wollte, dass du es tun musst.«

Ein Lächeln erschien auf Livs Gesicht. »Danke, das war sehr aufmerksam. Der Rat-«

»-wird es nicht erfahren.« Freddie beendete ihren Satz. »Mortimer sagte, du und er haben Geheimnisse vor dem Rat. Dies hier wird eines davon sein.«

»Wow, du hast mir heute Abend wirklich den Hintern gerettet. Ich weiß das echt zu schätzen. Wenn du nicht zuerst zum Schwert gekommen wärst und es versteckt hättest, hätte es jetzt der Elf.«

Freddy nahm Verpackungsmaterial, faltete es zusammen und legte es in die Kisten zurück, wobei er bei jeder Aktion sehr sorgfältig vorging. Er arbeitete stolz und so, als ob jede Aufgabe seine volle Aufmerksamkeit beanspruchte. »Ich habe noch nie zuvor für einen Magier gearbeitet. Wie auch immer, ich habe es genossen dir heute Abend zu helfen. Du bist anders, Liv Beaufont, Kriegerin des Hauses der Sieben.«

»Wem sagst du das«, stimmte Liv zu. »Ich werde als irgendwie unkooperativ angesehen und es gibt wahrscheinlich auch eine ganze Liste von Schmähnamen, die die Ratsmitglieder mir hinter meinem Rücken gegeben haben.«

»Die Dinge, die die Leute hinter deinem Rücken sagen sind nie deine Zeit wert«, entgegnete Freddie. Er sah zu ihr auf, ein bedeutungsvoller Ausdruck in seinen Augen. Liv bemerkte, wie alt und weise er zu sein schien. »Mortimer sagte, dass ich dir das geben kann, wenn ich es möchte.« Er drehte seine Hand, um einen kleinen Umschlag zu enthüllen, der mit Wachs versiegelt und auf dem ein Symbol war, von dem sie annahm, dass es für die Brownies stand.

»Wenn du es möchtest?« Liv zögerte und nahm den Brief nicht, obwohl sie es wollte.

»Der wahre Charakter wird in Kämpfen offenbart«, sagte Freddie. »Wenn ein Krieger mit Leben und Tod konfrontiert wird, nimmt oder gibt, bewahrt oder zerstört, kommt sein wahres Selbst zum Vorschein. Mortimer bezweifelte, dass seine Loyalität zu dir gut platziert war, aber ich denke, du hast seine Ängste heute Abend ausgeräumt. Ich werde ihm das mitteilen und sicherstellen, dass die Brownies für immer deine Diener sind.«

Livs Kinnlade fiel herunter. Sie wusste möglicherweise zum ersten mal in ihrem Leben nicht was sie sagen sollte.

Freddy streckte seine Hand aus und drängte sie, den Umschlag zu nehmen. »Du hast Mortimer um Informationen über einen Behälter mit Magie gebeten. Ich glaube er hat Hinweise für dich gefunden, aber ich weiß nicht mehr als das. Der Brief wird den Rest erklären.«

Ihr Herz klopfte vor Aufregung und sie griff nach dem Brief. »Danke. Das ist wunderbar. Ich habe das Schwert gerettet und jetzt das hier!«

Freddy nickte gutmütig und kehrte zu seiner Arbeit, die Schnitzereien zu organisieren, zurück.

Liv schob den Brief in ihren Umhang und hob das Schwert wieder auf ihre Schulter. »Ich sollte hier raus, aber ich kann dir helfen, wenn dir das was bringt.«

Freddy schüttelte den Kopf, als er einen Lappen herauszog, um die Schnitzerei zu polieren, an der er gerade arbeitete. »Ich arbeite besser allein, alle Brownies tun das. Wie ich schon sagte, von nun an sind wir deine Diener. Du hast ein wichtiges Geschäft zu erledigen und solltest nun gehen.«

»Aber ihr müsst nicht meine Diener sein«, argumentierte Liv. »Ich habe nie darum gebeten. Wirklich, ich denke, dass was die Brownies und ich haben sollte eher als eine gegenseitige Partnerschaft betrachtet werden.«

Freddy drehte sich um und sah sie mit einem seltsamen Lächeln an, das die vielen Falten auf seinem Gesicht vertiefte. »Du hast Recht. Wir müssen nicht deine Diener sein und für einen Magier zu arbeiten ist, soweit ich weiß, sowieso eine

Premiere. Brownies wählen immer aus für wen sie arbeiten. Wir legen großen Wert darauf das selbst zu entscheiden. Und wenn du es lieber als Partnerschaft bezeichnen möchtest, liegt es an dir, obwohl ich nicht glaube, dass es wirklich wichtig sein sollte. Wichtig ist, solltest du uns jemals brauchen, musst du nur fragen und wir werden da sein, um dir mit unseren Möglichkeiten zu dienen.«

Liv neigte ihren Kopf in Dankbarkeit. »Der Grund, warum ich darauf bestehe, dass wir es eine Partnerschaft nennen ist, dass das Gleiche für die Brownies gilt. Wenn ihr jemals etwas von mir braucht, werde auch ich da sein um euch zu helfen.«

## Kapitel 28

Mehrmals hatte Stefan sein Versteck auf dem Dach des Nachbarhauses aufgeben und in das Naturkundemuseum eilen wollen, um Liv zu helfen. Er war sich jedoch nicht sicher, ob sie es für eine gute Sache halten würde. Und in Wahrheit war er sich auch nicht sicher, ob sie seine Hilfe überhaupt brauchte. Er wollte eigentlich nur helfen, aber auch seine Neugierde wurde immer stärker. Eine ganze Stunde lang beobachtete er das Museum und sah nur ein paar Sterbliche, die weggingen und mit einem Imbiss zurückkehrten und einen Elf, der um das Gebäude schlich. Dann entdeckte er Feuerschein im Inneren des Museums durch die äußeren Glaswände. Da drin geschah etwas Unglaubliches und er wollte unbedingt wissen was es war.

Als Liv schließlich das Museum wieder verließ, konnte Stefan ihre Form kaum erkennen, als ob sie sich irgendwie verkleidet hätte. Sie trug etwas Großes, aber aus der Entfernung war unmöglich zu erkennen was es war. Wenn sie Magie benutzte um etwas zu verbergen, war es aus dieser Entfernung nahezu unmöglich den Tarnzauber zu durchdringen. Er sollte sich das genauer ansehen und herausfinden wohin sie ging. Er war sich sicher, dass es nicht das Haus der Sieben sein würde.

Stefan machte drei Schritte und sprang von dem zweistöckigen Gebäude, landete anmutig auf dem Boden darunter und verlor dabei Liv nie aus den Augen. Als er jedoch seinen nächsten Schritt machen wollte waren seltsamerweise seine Füße wie am Boden festgenagelt. Er fiel fast auf seine Hände und Knie, als er versuchte weiterzugehen. Kein Zauber, den er versuchte, entsiegelte seine Füße vom Bürgersteig. Das ergab keinen Sinn. Welche Art von Zauber wurde bei ihm angewendet? Und vor allem von wem?

Stefan nahm seinen Kopf hoch, während er an seinen Füßen zerrte und beobachtete, wie Liv eine Gasse hinunter ging und er sie aus den Augen verlor. Ihr zu folgen kam jetzt nicht mehr in Frage. Er würde niemals in der Lage sein ihren Vorsprung aufzuholen. Sie würde wahrscheinlich gleich ein Portal errichten und verschwinden, bevor er überhaupt die Straße überquert hatte.

Als ob der Zauber durch seine Enttäuschung gebrochen worden wäre, kamen Stefans Stiefel frei. Sein plötzlicher Schwung trug ihn mehrere Meter weit, bevor er sich umdrehte, um den Ort zu betrachten an dem er festgesessen hatte. Es gab keine Markierungen auf dem Bürgersteig oder andere Hinweise warum er dort gefangen gewesen war. Als er jedoch die Gegend weiter untersuchte, bemerkte er einen Kater der neben dem Gebäude saß, auf dem er gestanden hatte. Er war überwiegend weiß mit großen schwarzen Flecken. Als der Kater sich erhob und streckte, ging sein Schwanz, der bis auf die weiße Spitze schwarz war, in die Luft.

Stefan dachte nicht, dass er sich den selbstgefälligen Blick des Katers nur einbildete, der dann gleich darauf um das Gebäude stolzierte und aus seinem Blickfeld verschwand.

## Kapitel 29

Das Schwert zu verbergen war Platos Idee gewesen und es war eine gute. Andernfalls wusste Liv nicht, wie es ausgesehen hätte, wenn sie mit dem Schwert eines Riesen durch die Straßen von Los Angeles gegangen wäre.

Auf Turbinger einen Verbergezauber zu wirken war jedoch nicht einfach gewesen. Das Schwert, dessen Persönlichkeit sie in jedem Moment, den sie mit der Waffe verbrachte, besser kennenlernte, wollte nicht verborgen bleiben. Nachdem sie dem Schwert die Bedeutung und Wichtigkeit des Zaubers erklärt hatte, erlaubte es schließlich die Verzauberung und ließ sich vor den Augen der Passanten verbergen. Glücklicherweise hatte sie niemand das Museum verlassen oder aus dem Portal auf Rorys Straße treten gesehen. Wenn es jemand getan hätte, dann hätte es so ausgesehen als würde sie ein Cello tragen.

Es war bereits nach Mitternacht, als sie das Schwert die Stufen zu Rorys Tür hinaufschleppte. Sie wäre nicht nur dankbar, Turbinger nicht mehr mit sich herumtragen zu müssen, sondern würde auch gerne wieder ihren Verstand für sich alleine zurückhaben. Während sie das Schwert hielt, hörte sie dessen Wünsche und Gedanken und spürte dessen Erinnerungen. Es wollte Gerechtigkeit, ein Wunsch mit dem sie sich identifizieren konnte. Das Schwert dachte die ganze Zeit nur an seine Meister, die es im Laufe der Jahrhunderte besessen hatten. Die Erinnerungen waren voller Blut und

Kämpfe und erfüllt von einem Schmerz, den sie so noch nie erlebt hatte.

Die Lichter in Rorys Haus waren aus, als sie das Schwert zur Tür zerrte. Sie hatte das Haus noch nie so finster gesehen. Auch nachts schwappten normalerweise die Lichter von innen durch die Fenster und tauchten den Vorgarten in Helligkeit, als ob der Vollmond darüber scheinen würde.

Liv hielt Turbinger mit beiden Händen und trat mit voller Wucht gegen die Tür.

Niemand antwortete.

Wieder trat sie gegen die Tür und erwartete fast, dass sie sich öffnen würde, wie es bei ihrer Ankunft normalerweise üblich war. Es schien jedoch, dass der Bewohner des Hauses anscheinend fest eingeschlafen und schwer zu wecken war.

Liv trat noch härter gegen die Tür und machte eine Flut von Geräuschen. Sie machte sich gedanklich eine Notiz, dass sie unbedingt noch ihre Fußspuren von der Oberfläche abwischen musste, bevor sie gehen würde.

»Was willst du?«, schrie Rory als er die Tür öffnete, voller Verwirrung und Empörung in seinem Gesicht. Kätzchen kamen durch den Türspalt hervorgeschossen, stürzten über Livs Füße und nutzten die Gelegenheit zum Spielen. Rorys Augen waren rot und sein Gesicht war teilweise von seinem schmutzigen Haar bedeckt. Er schob es aus seinem Gesicht und sein Ausdruck verwandelte sich in reinen Unglauben.

»Nein!« Er keuchte. »Du... du hast es getan.«

Liv bot ihm ein selbstbewusstes Lächeln. »Du hast an mir gezweifelt?«

»Nein, ich dachte nur....« Rory griff nach Turbinger, zog sich aber zurück, als hätte er Angst. »Ich dachte, es würde Zeit brauchen. Ich habe nicht erwartet...«

»Ich denke, wir sollten eine festliche Zeremonie für die Übergabe machen, aber du bist nicht dafür angezogen und ich bin erledigt. Übrigens, was trägst du da?«

Rory kehrte in die Realität zurück und blickte vom Schwert weg, lange genug, um auf den Morgenmantel zu schauen, den er trug. Die Ärmel waren mit Schleifen um seine Handgelenke gebunden und der Saum mit Spitze besetzt. »Das ist mein Schlafanzug.«

»Von der Größe eines Zeltes und ordentlich mit Spitze dekoriert. Ein Zirkus wäre froh sowas zu haben«, lästerte Liv.

»Ja, du mich auch. Komm bitte erstmal rein.« Rory trat zurück und winkte sie in sein dunkles Haus. Die Kätzchen folgten und als sich die Tür geschlossen hatte, entstand ein Feuer im Kamin das gerade genug Licht bot.

Liv strengte sich an, als sie ihre Hand unter die Klinge legte und Turbinger anhob, so dass das Schwert waagerecht vor ihm lag. »Rory, bist du bereit, das Schwert deines Großvaters entgegen zu nehmen oder möchtest du zuerst eine Hose anziehen?«

Er nickte einfach und ließ das Schwert dabei nicht aus den Augen.

»Ist das ein Ja zur Annahme von Turbinger oder zum Anziehen der Hose?«, scherzte sie und streckte ihre Arme aus, die vom Halten der Waffe zitterten.

»Ich weiß nicht, ob ich bereit bin...« Rory war einen Schritt zurückgewichen.

Liv ließ ihr Kinn auf ihre Brust fallen. »Ist das dein Ernst? Ich habe mir fast alle Haare verbrannt, um dir dieses Schwert zu besorgen. Und es ist ein Biest, sei also gewarnt. Du wirst besser nicht zum Psychopathen, nachdem du das Ding in die Finger bekommen hast.«

Rory, der mit der Hand durch sein Haar fuhr, starrte sie an. »Ich kann nicht glauben, dass du es genommen hast. Ich hätte nie erwartet...«

»Ja, wir haben doch schon festgestellt, wie wenig Vertrauen du in meine Fähigkeit hattest, diese Mission erfolgreich zu erfüllen«, sagte Liv ihm und hielt ihm erneut das Schwert hin. »Nimm Turbinger, Rory. Er gehört zu dir.«

Mit zitternden Händen griff Rory danach, seine Augen voller Erregung. Als er seine Hände um den Griff gelegt hatte, hob er das Schwert an als würde es nichts wiegen und hielt es mit geübter Grazie vor sich.

Seine Augen weiteten sich und Liv wusste genau warum. Es war die Stimme von Turbinger, die ihm durch den Kopf ging. Die Bilder. Die Gefühle. Die unerbittliche Energie die es besaß.

»Wow, ich wusste, dass es mächtig ist, aber ich hatte keine Ahnung *wie* mächtig«, rief Rory aus, schloss die Augen und hörte zu.

»Das Schwert ist nicht nur mächtig, es ist auch gefährlich«, informierte Liv ihn, »deshalb bin ich zuversichtlich, dass, wenn es jemand haben sollte, du das sein solltest. Jemand muss diese Waffe vor all den anderen schützen die sie ebenfalls haben wollen.« Liv begann, Rory die Geschichte von dem Elf im Naturkundemuseum zu erzählen. Er testete die Balance des Schwertes viele Male, während sie ihm erzählte was passiert war. Als sie fertig war sah er sie ernst an.

»Es tut mir leid, dass ich dich in diese Art von Gefahr gebracht habe. Ich wusste nicht, dass andere hinter dem Schwert her sein würden.«

»Nun, ich glaube nicht, dass sie es ursprünglich waren«, meinte Liv. »Ich glaube, ich habe ihre Aufmerksamkeit geweckt, als ich zum ersten Mal versuchte, Turbinger in meinen Besitz zu bekommen.«

»Dann wollten sie vielleicht das Schwert nicht für sich allein«, mutmaßte Rory. »Es war seit Jahrzehnten da drin und niemand hat versucht es zu nehmen. Vielleicht wollten sie nur nicht, dass du es stiehlst und es den Riesen zurückgibst.«

»Aber dann stellt sich die Frage, warum? Warum hat jemand das Schwert überhaupt dorthin gelegt und es mit magischen Schutzzaubern umgeben die dich ferngehalten haben? Warum wollten sie es von den Riesen fernhalten?«

»Es gibt eine Menge Geschichten die ich nicht kenne«, gab Rory zu. »Und es gibt noch mehr die ich ignoriere, obwohl meine Vorfahren es anscheinend nicht taten. Magier und Riesen, wie du weißt, haben sich seit Jahrhunderten nicht besonders gut verstanden.«

»Ich denke, es gibt einen Weg die fehlenden Teile auszufüllen«, sagte Liv und sah auf das Schwert in Rorys Händen.

Er schien es sofort zu verstehen und seine Augen folgten ihren. »Es hat eine Geschichte zu erzählen.«

Sie nickte. »Und hoffentlich wird es das rechtzeitig erkennen. Wenn es das tut, wirst du sie mit mir teilen?«

Er dachte einen Moment darüber nach und stimmte dann zu. »Ja, ich werde dir dann alles sagen, was ich von Turbinger gelernt habe.«

Junebug versuchte Livs Aufmerksamkeit zu erregen, seit sie eingetreten war. Sie beugte sich vor, hob das Fellknäuel hoch und wiegte ihn. Er wollte nichts davon wissen und kletterte auf ihre Schulter, wo er sich hinsetzte und Rory zusah, wie er das Schwert bewunderte.

Nach einem Moment sah er sie an, als hätte er ganz vergessen, dass sie noch da war und ihn beobachtete. »Ich habe dein Schwert noch nicht fertig.«

»Weil du nicht erwartet hast, dass ich meinen Teil der Abmachung so schnell erfülle… oder überhaupt«, neckte Liv.

»Weil das Herstellen eines Schwertes Zeit braucht«, korrigierte er. »Es wird aber nicht mehr lange dauern.«

»Aber mach es nicht so groß wie dieses Riesending. Ich werde eine Massage brauchen, nachdem ich das Ding durch die halbe Stadt geschleppt habe.«

Rory kicherte, was er so selten tat, dass es immer ihre Aufmerksamkeit erregte. »Es war ziemlich lustig zu sehen, wie du es gehalten hast als ich die Tür öffnete.«

Sie schloss sich ihm an und stellte sich den Anblick in ihrem Kopf vor. »Ja, ich wette, du hast nicht nur nicht erwartet, dass ich das Schwert bekomme, sondern auch nicht gedacht, dass ich es zu dir zurücktragen kann.«

Rorys Lächeln verschwand. »Ich habe nie an deiner Fähigkeit gezweifelt Turbinger zu bekommen. Ich hatte nur erwartet, dass es länger dauern würde. Und ich wusste, dass du einen Weg finden würdest es mir zu liefern, obwohl es so groß ist wie du.«

Es fühlte sich an, als wären sie am Rande eines besonderen Momentes... also ging Liv zur Vorderseite des Hauses. »Tut mir leid, dass ich gegen deine Tür getreten habe, um deine Aufmerksamkeit zu erregen. Das Ding braucht beide Hände, sonst wäre es mir sicherlich runtergefallen.«

Er sah nicht besorgt aus, als er das Schwert in einen Halter über dem Kamin steckte. Liv hatte vorher niemals bemerkt, dass diese Vorrichtung da war, aber sie schien wie für das Schwert gemacht zu sein.

»Hing an dieser Stelle nicht früher einmal ein Bild?«, fragte Liv verwundert.

»Da hing mal was, ja, aber ich hatte es vorsorglich schon mal abgehängt, man weiß ja nie. Und dieser Anblick ist doch auch viel schöner«, sagte Rory, trat zurück und bewunderte Turbinger, der im Feuerlicht leuchtete. Er drehte sich um und sah sie an, wobei die Erschöpfung seine Gesichtszüge umrandete. »Ich werde dein Schwert in etwa einer Woche fertig haben, oder vielleicht schaffe ich es auch ein wenig schneller. Und nein, so groß wird es sicher nicht werden. Ich habe es für dich gemacht, basierend auf deiner Körpergröße. Würde ich es passend zu deinem losen Mundwerk schmieden, würdest du für den Transport einen Tieflader benötigen.«

»Also wird es mehr wie ein Dolch sein?«, scherzte Liv.

Rory rollte mit den Augen. »Es wird ein Schwert sein.«

»Hey, in der Zwischenzeit, wenn du mir beibringen könntest wie man Feuerbälle beschwört, würde ich das sehr begrüßen. Ich habe es satt, dass man ständig welche nach mir wirft.«

»Das ist Gnomen- und Elfenmagie«, erinnerte Rory sie erneut. »Ich kann dir ein Schwert machen und dir beibringen wie man am Leben bleibt. Naja, zumindest wenn du lernen könntest deinen Mund zu halten.«

»Tja, dann bin ich wohl verloren, oder?«

Rory schnippte mit der Hand zur Tür und sie öffnete sich, ein Hinweis darauf, dass es Zeit für sie war zu gehen. »Wir sehen uns morgen, Liv. Wir werden uns mal ansehen, wie wir deinem Arsenal ein wenig Kampfmagie hinzufügen können.«

Liv zog Junebug von ihrer Schulter und legte ihn auf den Boden. Er und die anderen Kätzchen machten sich sofort auf den Weg zur Rückseite des Hauses und klangen wie eine Kuhherde. »Ja, es wird nicht immer das Schwert eines Riesen zufällig an dem perfekten Ort liegen, um dann meinen Arsch zu retten.« Als sie an der Tür war, drehte sich Liv nochmals um. Rorys Blick war auf das Schwert geheftet, immer noch in ungläubigem Staunen. »In Ordnung, gute Nacht. Wir sehen uns morgen.«

»Ja«, sagte Rory abwesend, in Gedanken versunken.

Als sie die Schwelle überschritten hatte, stieß Rory einen schweren Seufzer aus. »Hey, Liv?«

Sie blickte über ihre Schulter zu ihm zurück.

»Danke, dass du Turbinger nach Hause zurückgebracht hast. Er ist nicht mein Großvater, aber er ist so nah wie nie zuvor, und das bedeutet mir... nun, mehr, als du ahnen könntest.«

Liv sah auf das Schwert das über dem Kamin hing und ein scharfes Kribbeln breitete sich in ihrer Brust aus. »Oh, ich glaube, ich verstehe. Denk einfach daran, *familia est sempiternum.*«

Rory nickte, ein zärtlicher Ausdruck erschien auf seinem Gesicht. »Ja, die Familie *ist* für immer.«

## Kapitel 30

Liv stand bewegungslos vor der Küchentheke und starrte auf die darauf stehende Kiste.

»Nun, es wird sich nicht von selbst machen«, bemerkte Plato, sprang auf die Theke und rieb sein Gesicht gegen die Kartonecke.

»Ich dachte so funktioniert Magie?«, scherzte Liv.

»Und ich dachte, du versuchst erstmal zu lernen wie man Dinge ohne Magie macht, bevor du dich den Rest deines Lebens auf Zauber verlässt.«

Liv hob überrascht eine Augenbraue. »Ich wusste nicht, dass du so eine starke Meinung von Magie hast.«

»Ich denke nur, dass es wichtig ist, sich nicht zu sehr davon abhängig zu machen«, erklärte Plato. »Die besten Magier die ich kannte, konnten sich auch ohne ihre Magie aus einer gefährlichen Situation befreien und hatten dann die Oberhand, wenn sie diese zusammen mit ihren praktischen Fähigkeiten einsetzten.«

Liv stieß einen Seufzer aus und öffnete die Box. »Gut. Dann werde ich eben lernen wie man kocht.«

»Dieses Menüset enthält alle Zutaten und Anweisungen. Wie schwer kann es schon sein?«, fragte Plato mit einem ironischen Unterton.

»Sagt der Kater, der keinen Daumen hat um irgendwas vernünftig zu greifen.«

Ein Klopfen an der Tür ließ Liv erschrocken zusammenzucken. Sie war seit dem Abend im Museum besonders angespannt und erwartete, dass die Behörden auftauchen und sie wegen des Raubüberfalls verhaften würden. Die Nachrichtensender hatten viele Berichte über den Einbruch ausgestrahlt, die aber alle keine Informationen über Verdächtige oder Spuren der Polizei enthielten.

Liv seufzte, nachdem sie durch das Guckloch geschaut hatte. Natürlich war er zu früh dran, dachte sie. Das war schon immer sein Stil gewesen.

Sie öffnete die Tür und führte Clark in ihre Wohnung. »Komm rein. Hat dich jemand gesehen?«

Er schaute über seine Schulter. »Nein. Ich bin vorsichtig, sodass ich nicht verfolgt oder gesehen werde, im Gegensatz zu jemanden der neulich im Naturhistorischen Museum war. Ich kann immer noch nicht glauben, dass du die Fenster rausgesprengt hast und dann vom Dach gesprungen bist.«

»Was soll ich sagen? Ich lasse mich gerne von Kultur und Kunst inspirieren.«

Clark schürzte seine Lippen und kratzte sich an seiner Nase. »Du warst aber nicht zufällig auch irgendwie in den jüngsten Diebstahl dort verwickelt? So rein zufällig wiedermal zur falschen Zeit am falschen Ort?«

Liv streckte ihre Arme weit aus. »Sehe ich groß genug aus, um das riesige Schwert tragen zu können, das dort gestohlen wurde?«

»Liv!«, schimpfte Clark genervt, seine Stimme voller Anspannung.

Sie winkte ab. »Was sagt der Rat über den Vorfall?«

Er rollte mit den Schultern und seufzte. »Das ist es ja gerade. Adler tut so, als ob es uns nichts angeht und sagt uns, wir sollen uns auf andere Fälle konzentrieren.«

»Klingt so, als ob er nicht glaubt, dass Magie etwas mit dem Diebstahl zu tun hatte«, stellte Liv hoffnungsvoll fest.

»Nun, wir konnten keine Magie, die dem Ereignis entspricht, bei den registrierten Magiern feststellen, aber ich bin mir immer noch nicht sicher. Wie genau hast du das denn nun gemacht?«

Er stellte die letzte Frage so beiläufig, dass Liv ihm Respekt zollte. Sie lächelte. »Netter Versuch, aber deshalb habe ich dich nicht gebeten vorbeizukommen.«

»Ich dachte, wir würden ab jetzt immer offen und ehrlich miteinander umgehen?«, fragte Clark streng.

Livs Versuch der Leichtigkeit wurde sofort von seiner Ernsthaftigkeit zerquetscht. Er hatte Recht. »Nun, ich denke, je weniger du darüber weißt, desto besser, aber es *könnte* mit dem zusammenhängen woran wir arbeiten.« Als sie die Zutaten aus der Kiste mit dem Essen auspackte, erklärte Liv was sie getan hatte. Sie konnte nicht anders und musste lachen, als Clark jedes Mal zuckte wenn sie Rory erwähnte.

Er ging auf und ab als sie mit der Zubereitung für gebackene Ziti-Nudeln anfing.

»Du arbeitest mit einem Riesen zusammen?«, schrie er fast, sein Gesicht gerötet. »Warum hast du mir nichts davon gesagt?«

»Weil ich aus irgendeinem seltsamen Grund dachte, dass du überreagieren würdest«, sagte sie, rührte dabei die Pasta um und las die Anweisungen erneut durch.

»Überreagieren? Natürlich würde ich das. Man kann ihnen nicht trauen. Weißt du was sie damals mit Magiern gemacht haben?«

»Eigentlich nicht. Weißt du es? Warum kann man ihnen nicht vertrauen?«

»Nun, sie... sie... sie weigern sich, ihre Magie im Haus registrieren zu lassen.«

»Was sie von anderen magischen Kreaturen genau wie unterscheidet?«

Clark blieb stehen, kurzzeitig verwirrt. »Nun, es ist das Gleiche wie bei ihnen. Aber sie sind anders, weil....«

»Weil?«, hakte sie nach, als er nicht mit seiner Erklärung weitermachte.

»Liv, bei Riesen ist es anders.«

»Das ist es gerade, Clark – ich glaube nicht, dass es so ist wie uns immer eingeimpft wurde. Wir haben unser ganzes Leben lang bestimmte Informationen erhalten, du mehr als ich, aber es passt alles nicht zusammen. Warum gibt es einen Streitfall zwischen Magiern und Riesen? Warum wurde das Schwert des Riesen in das Museum der Sterblichen gesteckt? Wer hat es mit magischen Schutzzaubern versehen?«

Er zeigte hinter sie. »Ich weiß es nicht, aber dein Wasser kocht. Was machst du überhaupt?«

»Ich koche dir ein Abendessen«, sagte sie stolz.

Clark blickte sie verblüfft an. »Warum willst du das tun?«

Sie zuckte mit den Achseln, rührte das Wasser um und gestikulierte zu Plato. »Ich weiß es nicht. Der Kater sagte ich solle es tun.« Liv stöberte in ihrer Schublade nach einem Dosenöffner für die passierten Tomaten, aber sie konnte keinen finden. Sie zwinkerte Plato zu. »Schau bitte mal kurz weg. Ich werde jetzt Magie benutzen um diese Dose zu öffnen, aber zu meiner Verteidigung weiß ich bereits, wie man Dosen öffnet.«

Er legte den Kopf auf die Pfoten und sah nicht so aus, als ob es ihm auch nur im Geringsten interessieren würde.

»Du weißt schon, dass Restaurants Essen machen?«, erkundigte sich Clark. »Eigentlich macht der Chefkoch des Hauses, Mario, sogar viele unglaublich gute Gerichte.«

»Ich erinnere mich«, stimmte Liv zu. »Aber im Ernst, ich versuche erst einmal zu lernen, wie man Dinge ohne Magie macht.«

»Ich verstehe dich nicht. Du hattest deine Magie für fünf Jahre blockiert. Warum hast du in der Zeit nicht gelernt, wie man diese Dinge macht?«

Liv goss die Nudeln ab und wedelte sich den Dampf aus dem Gesicht. »Ich habe andere Dinge gelernt. Zum Beispiel wie man Bügeleisen und Haartrockner repariert.« Was sie nicht sagte, war, dass sie versucht hatte herauszufinden, wie sie sich selbst reparieren konnte, aber das hatte nicht funktioniert. Sie hatte in den letzten fünf Jahren einfach nur versucht zu lernen wie man überlebt. Jetzt freute sie sich darauf herauszufinden, wie man erfolgreich sein konnte.

»Was ist ein Bügeleisen?«, fragte Clark.

»Es ist Technik. Das würdest du nicht verstehen.«

Er zuckte mit den Schultern. »Ja, wahrscheinlich nicht.«

»Wie auch immer, ich weiß, du magst es nicht wenn ich mit Riesen rumhänge und in Museen einbreche, aber-«

»Das ist es gerade! Je mehr du deinen Fall vorbringst, desto mehr verstehe ich ihn. Genau wie der Behälter voller Magie, ich fange an zu sehen, dass es Vieles gibt, was ich nicht verstehe und was für mich keinen Sinn ergibt. Da ist definitiv etwas im Gange.«

Livs Augen funkelten, als sie den noch verschlossenen Umschlag aus ihrer Jeans zog. »Wo wir gerade vom Kanister sprechen, ich habe vielleicht ein paar Informationen.«

✷ ✷ ✷

»Du hast das noch nicht geöffnet?«, fragte Clark erstaunt, nachdem sie ihm die Geschichte über die Brownies und was sie ihr angeboten hatten, erzählte. Er fuhr mit dem Finger über das Siegel auf dem Umschlag, sein Blick war starr auf das Wachs gerichtet.

»Ich wollte auf dich warten«, erklärte Liv. »Wir stecken da zusammen drin.«

Clark blickte sie an, ein nachdenklicher Ausdruck auf seinem Gesicht. »Danke. Das beweist es.« Er gab ihr den Brief. »Öffne ihn.«

Sie nahm den Umschlag, fuhr mit dem Finger unter dem Siegel und brach das Wachs. Auf der Vorderseite der Karte standen zwei Wörter: Kloster Zietgort. Liv wusste nicht was sie von der Nachricht erwartet hatte, aber das entsprach definitiv nicht einmal annähernd ihrer Erwartung.

»Ist dort der Behälter mit der Magie versteckt?«, fragte Clark, nahm die Notiz und drehte sie um, als ob er glaubte, dass da noch mehr stehen müsste.

»Ich schätze schon. Aber warum sollte Adler oder wer auch immer den Kanister dort unterbringen?«

»Vielleicht wird er von jemandem dort benutzt«, bot Clark an.

Der Timer in der Küche plärrte los und lenkte ihre Aufmerksamkeit von der Nachricht ab, die eigentlich zu wenig Informationen und doch irgendwie mehr bot, als sie erwartet hatten.

»Nichts davon ergibt einen Sinn. Ich habe den Kanister mit Magie geborgen und ins Haus der Sieben gebracht, dann verschwindet er, ebenso wie alle Aufzeichnungen darüber. Jetzt befindet er sich in einem Kloster.« Liv zog vorsichtig die gebackenen Ziti aus dem Ofen. Sie waren oben perfekt gebräunt und aus der Mitte stieg Dampf auf. Clark hatte ihr zwar gesagt, dass sie zu viel Käse reingegeben hätte, aber das hatte sie nur veranlasst, demonstrativ eine weitere Handvoll Käse in die Schüssel zu werfen. *Zu viel Käse gibt es einfach nicht.*

»Wir müssen dorthin gehen und mehr herausfinden«, sagte Clark und beobachtete, wie Liv zwei große Kochlöffel voll auf einen Teller häufte und ihm reichte. »Das ist zu viel für mich.«

»Nein, ist es nicht, denn das wird das Beste sein was du je gegessen hast und du wirst alles aufessen und dann noch einen Nachschlag wollen. Aber ich werde dich dann abweisen, da ich den ganzen Rest davon essen werde«, sagte sie und winkte zu der Auflaufform, die mit gebackenen Nudeln gefüllt war. »Und ich stimme dir zu in dieses Kloster gehen, aber es wird kein ›wir‹ geben. Ich gehe alleine.«

Clark legte seine Gabel hin und betrachtete sie enttäuscht. »Was ist mit der Zusammenarbeit passiert, die wir machen wollten?«

»Das tun wir, aber wir dürfen nicht schlampig werden«, sagte Liv und blies auf ihre volle Gabel. »Wenn wir zusammen auffliegen, sind wir am Arsch. Wenn *ich* jedoch alleine erwischt werde, kannst du immer noch auf Unwissen plädieren.«

Clark dachte für einen Moment über ihr Argument nach. »Ja, ich schätze du hast Recht. Hoffentlich wirst du nicht vom Haus der Sieben entdeckt, aber wenn ja, kannst du dir einfach eine Ausrede ausdenken, wie du es mit dem Museum getan hast. Ich denke, der Rat erwartet schon fast, dass du immer irgendwelche seltsamen Dinge tust.« Er setzte seine Gabel wieder ab, ein überraschter Blick sprang ihm ins Gesicht, als wäre ihm gerade etwas eingefallen. »Hey, du hast angefangen mit den Brownies zu arbeiten. Bedeutet das, dass du die neuen Vorschriften doch nicht durchgesetzt hast?«

Liv nahm einen Bissen und Wärme und Cremigkeit füllte ihren Mund. »Natürlich nicht. Ich arbeite nicht einmal an dem aktuellen Fall den sie mir gegeben haben. Ich werde nur noch ein paar Tage vergehen lassen und ihnen dann einfach sagen, dass ich ihn abgeschlossen habe.«

Clark schüttelte den Kopf. »Das wird nicht lange funktionieren. Sie werden es herausfinden.«

»Nein, wird der Rat nicht, denn sie weisen mir nur dämliche Fälle zu, um mich aus den Augen zu haben.«

»Das ist völlig richtig«, sagte Clark und nahm schließlich einen Bissen. Seine Augen weiteten sich, als er kaute. »Wow, das ist tatsächlich ziemlich gut.«

Liv rollte die Augen zu ihm. »Natürlich ist es das. Du kannst nicht mal das Gift schmecken, das ich da reingemischt habe.«

»Haha, sehr witzig. Ich habe gesehen wie du das ganze Gericht gemacht hast.« Clark schaufelte sich einen weiteren Bissen in den Mund, größer als der letzte.

»Gut. Das bedeutet, du weißt wie man es macht und kannst es dann das nächste Mal für mich machen.«

»Ich glaube nicht, Liv. Dinge ohne Magie zu tun ist deine Sache, aber meine ist es definitiv nicht«, sagte Clark und zeigte auf die Auflaufform mit den Resten. »Du wirst das nicht alles essen. Ich schlage vor wir teilen es, wenn ich hiermit fertig bin.«

»Und ich schlage vor, dass du gegen mich kämpfst«, konterte Liv mit einem Augenzwinkern. »Ich muss meine Kampfmagie üben.«

»Gut«, stimmte Clark zu und nahm den letzten Bissen von seinem Teller. »Aber dann mach dich besser bereit, dich wieder mal selbst zu bepinkeln.«

## Kapitel 31

»Ich sehe dich später, John«, rief Liv von hinten im Laden. »Nicht, wenn ich dich zuerst sehe«, antwortete er, schob seinen Kopf durch die Tür nach hinten und lächelte breit.

»Oh, du und deine väterlichen Witze. Vergiss nicht heute mal wieder Gemüse zu essen. Und nimm brav deine Medikamente.«

Er hielt den Donut hoch an dem er knabberte. »Zählt das? Er wurde immerhin in Maiskeimöl gebraten.«

»Nein. Iss eine Karotte.«

John schnitt eine angeekelte Grimasse. »Nein danke, mir ist schon schlecht.«

»Ich bringe dir morgen etwas Karottenkuchen mit.« Mit diesem Abschiedsgruss gingen Liv und Plato durch die Hintertür. Die Sonne ging gerade unter und tauchte die Gasse in düstere Schatten. Sie zog die Kapuze über ihren Kopf und entfernte sich von der Ladentür. Nach einigem Üben hatte Liv den perfekten Ort gefunden, um ein Portal im hinteren Bereich zwischen den benachbarten Häusern zu öffnen, das von der Straße aus nicht zu sehen war. Das stellte sicher, dass sie nicht den ganzen Weg nach Hause gehen musste, um Portalmagie zu wirken, was das Pendeln erheblich erleichterte.

»Liv...«, begann Plato zaghaft.

Sie hielt an und wusste genau worauf er sich bezog, ohne dass er es sagte. »Ja, ich weiß, was du meinst.«

Liv drehte sich herum, hob ihre Hand und ließ einen Entwaffnungszauber los. Dank ihres Trainings mit Clark hatte sie ihn gemeistert. Er hatte ihr auch beigebracht, wie man Feuermagie einsetzt, obwohl sie dafür immer noch eine Flamme vor Ort brauchte.

Stefan erschien scheinbar aus dem Nichts und stolperte rückwärts in den Müllcontainer. Er fing sich, ein wilder Ausdruck auf seinem Gesicht.

»Das gilt als Stalking.« Liv verschränkte mit einem entschlossenen Gesichtsausdruck ihre Arme vor der Brust. »Warum folgst du mir... schon wieder?«

Stefans Augen wanderten zwischen ihr und Plato hin und her. »Und ich dachte du wüsstest überhaupt nicht, dass ich dir gefolgt bin. Ich wollte dir Tipps geben, wie du dich bewegen kannst, ohne verfolgt zu werden.«

»Ich ziehe es lieber vor, anderen zu erlauben, zu denken, dass ich unachtsam wäre. Unterschätzt zu werden ist eine meiner Schlüsselstrategien wenn ich einem Gegner gegenüber stehe. Damit kann ich ganz gut meine fehlende Erfahrung ausgleichen.«

»Ich bin nicht dein Feind«, sagte Stefan mit erhobenen Händen, zog dann seine Lederjacke aus und kam ein paar Schritte näher.

»Warum folgst du mir dann? Will der Rat, dass du auf mich aufpasst?«

Er schüttelte den Kopf. »Nein, ich mache das aus eigenem Antrieb. Ich weiß, dass du an etwas anderem als an deinen Kriegerfällen arbeitest.«

Liv streckte ihre Hand aus und zeigte auf das Geschäft. »Ja, ich arbeite hier und repariere defekte Geräte. Hast du einen elektrischen Rasierapparat oder einen Toaster den ich reparieren soll?«

Stefan riskierte ein Lächeln das seine blauen Augen erhellte. »Nein, ich benutze Magie für diese Dinge.«

Sie schüttelte den Kopf, schnalzte mit der Zunge und sah mit gespieltem Mitleid auf Plato herab. »All diese Magier die sich bei allem auf Magie verlassen. Wenn sie ihnen morgen weggenommen würde wären sie hilflos.«

Stefan nickte in Richtung des Katers. »Und das muss der sagenumwobene Kater sein, der das Haus der Sieben uneingeladen betreten kann.«

»Wirst du mich verpfeifen? Adler sucht doch nur nach einem Grund, um mich in eine verlängerte Auszeit zu schicken oder was auch immer sie tun um unkooperative Krieger zu bestrafen.«

»Liv, ich folge dir nicht weil ich dich in Schwierigkeiten bringen will. Ich würde Adler oder den anderen Ratsmitgliedern nichts von dir erzählen. Ich habe das Gefühl, dass du und ich zusammenarbeiten könnten, aber ich muss wissen was du vorhast. Zum Beispiel, warum du ins Naturkundemuseum eingebrochen bist und warum du dieses Schwert gestohlen hast.«

»Was? Ein richtiges Schwert wurde gestohlen?« Liv täuschte Überraschung vor. »Ich war für eine späte Lerngruppe da. Wir stellten eine wirklich tolle Insektensammlung zusammen.«

»Schön, ich verstehe, dass du mir nicht vertraust und ich verstehe auch warum. Im Haus der Sieben passieren viele verruchte Dinge, aber ich bin nicht wie Adler oder seine Untergebenen. Raina und ich arbeiten daran, das Gleichgewicht im Haus wiederherzustellen.«

»Wie?« Liv fühlte sich herausgefordert, wollte mehr erfahren, aber möglichst wenige ihrer eigenen Karten aufdecken.

»Nun, zum einen jage und entsorge ich keine Magier, die nicht registriert sind. Ich verwarne sie und biete ihnen Wege sich zu verstecken.«

»Warum solltest du das tun?«

»Weil es falsch ist, unsere eigenen Leute zu töten. Die Unschuldigen zu töten ist falsch und es war nie das Recht des Hauses, die Magie eines Magiers zu besitzen. So funktioniert Gerechtigkeit nicht.«

Liv wollte es nicht zugeben, aber Stefan klang sehr nach ihr. Aus diesem Grund war sie ihm gegenüber noch zurückhaltender. Jemand der versuchen würde, ihr Vertrauen zu gewinnen, würde natürlich genau das sagen was sie hören wollte.

»Ich arbeite allein«, sagte Liv nach einem Moment der Überlegung.

»Es scheint, dass du mit dem Lynx arbeitest.« Stefan deutete auf Plato.

»Das liegt daran, dass ich weiß, dass ich Plato vertrauen kann. Ich weiß aber nichts über dich.«

Stefan sah sie amüsiert an. »Du hast deinen Kater nach einem Philosophen benannt?«

»Ich habe ihn nicht benannt. Er hieß schon so als er in mein Leben getreten ist.«

Plato zuckte irritiert mit seinem Schwanz. »Ich habe es mittlerweile ziemlich satt, dass die Leute denken, dass ich nach dem alten Schwätzer benannt wurde, obwohl es eigentlich umgekehrt war.«

Liv trat einen Schritt zurück. »Ich werde ein Portal öffnen und gehen. Du wirst mir nicht mehr folgen. Wenn du willst, dass ich dir vertraue, hör auf mich zu verfolgen. Sage mir, was du über das Haus weißt und teile mir Informationen mit, dann werden wir sehen was passiert.«

Stefan nickte. »Gut, das ist fair genug. Aber wenn ich meinen Fernseher reparieren lassen muss, darf ich dann wieder in den Laden kommen?«

Liv drehte sich um und ging zurück, bis sie wieder vor ihrem Kriegerkollegen stand. »Nein. Und du solltest echt nicht fernsehen. Geh und arbeite an deinen Missionen.«

Sie öffnete ein Portal und verschwand, dicht gefolgt von Plato, der dem zurückbleibenden Krieger noch einen letzten spöttischen Blick zuwarf.

## Kapitel 32

Nachdem sie noch durch drei weitere Portale gegangen war, war sich Liv endlich sicher, dass Stefan ihr nicht gefolgt war. »Was denkst du über ihn?«, fragte sie Plato, als sie den üppig grünen Hügel hinaufwanderten, auf dem sich das Kloster befand. Es war ein altes Steingebäude mit drei Türmen, die sich hoch in den unberührten, wolkenlosen blauen Himmel erhoben.

»Ich glaube, er verheimlicht etwas«, entgegnete Plato und wusste, dass sie sich auf Stefan bezog, obwohl sie zehn Minuten lang nicht gesprochen hatten.

»Meinst du er steht hinter allem, was mit dem Haus los ist?«

»Ich glaube nicht. Mein Instinkt sagt mir, dass er nicht lügt, wenn es darum geht unregistrierte Magier gehen zu lassen. Trotzdem denke ich, dass es gefährlich ist, jemandem außer Clark zu vertrauen, zumindest bei dem was du gerade untersuchst.«

Liv stimmte ihm mit einem Nicken zu. Der Tod von Ian und Reese war immer noch ein Rätsel. Genau wie der ihrer Eltern. Vielleicht waren sie der Wahrheit zu nahe gekommen, aber jemand musste etwas darüber gewusst haben und diese Person könnte jeder sein. Nein, es wäre nicht klug von ihr Stefan blind zu vertrauen. Erst wenn er bewiesen hatte, dass man ihm auch nur ansatzweise vertrauen konnte.

»Soll ich an der Tür klingeln?«, fragte Liv, als sie es bis zum großen Tor an der Vorderseite des Klosters geschafft hatten.

»Naja, ich kanns nicht machen, aber ich glaube dennoch du klopfst lieber. Weil eine Klingel sehe ich hier nicht«, sagte Plato und nickte in Richtung des großen Klopfers an der Tür.

Liv hatte erwogen, in das Kloster einzubrechen, um es zu durchsuchen, aber das fühlte sich einfach falsch an, wenn man bedachte was es war. Sie mochte keine religiöse Person sein, aber sie respektierte die Heiligkeit der Religionen anderer Menschen.

Das Klopfen hallte durch das Gelände vor dem Kloster und schickte eine plötzliche Kälte über ihre Arme. Wenn sie hier von jemandem aus dem Haus der Sieben erwischt wurde, wusste sie nicht was sie entgegnen würde. Clark hatte gesagt, sie könne auf Unwissenheit plädieren, aber das würde nur eine begrenzte Weile funktionieren.

Ein Mann in langen braunen Gewändern zog die Tür auf, sein Ausdruck unsicher. Nachdem er einen Blick auf Liv geworfen hatte, drehte er sich um und ging in das Kloster. »Folge mir«, sagte er und ging mit einem leichten Humpeln voran.

Liv war nicht überrascht zu entdecken, dass Plato verschwunden war. Sie beeilte sich, den alten Mann einzuholen, was nicht schwer war. »Hallo, mein Name ist...«

»Ich weiß, wer du bist, mein Kind und ich bringe dich zu dem, was du suchst.«

Liv neigte ihr Kinn zur Seite und versuchte zu entscheiden, was sie dazu sagen sollte. Sie hatte sich diese ganze gefälschte Geschichte im Hinterkopf so schön zurechtgelegt, aber es schien, dass sie heute nicht Ethel Notterbottom sein durfte – was etwas enttäuschend war.

»Woher weißt du, wer ich bin?«, fragte sie schließlich und lächelte die Mönche an, als sie an einigen vorbeigingen, die sich im Hof versammelt hatten.

»Ich weiß es einfach«, antwortete der Mann. »Ich bin Niall und ich bringe die Besucher aus dem Haus der Sieben schon so lange an diesen Ort wie ich denken kann, obwohl ich mich nie erinnern kann, wen ich mitnehme und warum.« Er zuckte mit den knöchernen Schultern. »Es ist jedoch auch nicht meine Verantwortung, es zu wissen. Ich bin nur ein einfacher Diener.«

Das ergab keinen Sinn. Der Kanister war in diesem Kloster, aber die Mitglieder des Hauses kamen hierher, um etwas zu finden. Was war es?

»Wir gehen jetzt runter«, sagte Niall, nahm eine Laterne an einer Treppe und stieg in die Dunkelheit hinab.

Liv verspannte sich oben an der Treppe und versuchte zu entscheiden, ob sie ihm folgen sollte. Der Mönch an sich wirkte harmlos. Es ging mehr darum, was im dunklen Tunnel auf sie warten würde. Sie war jedoch so weit gekommen und argumentierte mit sich selber, dass sie jetzt nicht mehr zurückkehren könne.

»Du erinnerst dich nicht daran, wer genau aus dem Haus hierher kommt?«, hakte Liv nach.

»Ich erinnere mich nicht an viele Dinge über diese Reisen unterhalb der Erde«, sagte Niall.

Machtvolle Erinnerungszauber waren offensichtlich auf den Mönch gewirkt worden und als Liv durch die feuchten Tunnel ging, erkannte sie, dass auch ein Zauber auf sie wirkte. Sie hatte nämlich keine Ahnung mehr, wo sie waren und hatte das unterbewusste Gefühl, verloren zu sein.

Nachdem sie mehrmals abgebogen waren, merkte Liv, dass sie sich in einem Labyrinth befand und nie allein ihren Weg zu ihrem Ziel finden könnte. Der Weg nach draußen schien jedoch nicht schwer zu sein. Gerade in Anbetracht der Idee fühlte sie, dass sie sofort aus den Katakomben herauskommen würde, wenn sie es nur wünschte. Das war eine wirklich seltsame und vor allem machtvolle Magie, von der sie noch nie gehört hatte.

Niall blieb ohne Vorankündigung stehen und hielt die Laterne hoch. »Was du suchst ist dort. Ich warte auf dich, wenn du willst.«

Liv blickte zu dem Punkt hinunter, an dem der Tunnel endete und ein Schauer lief über ihren Rücken. »Du solltest gehen. Ich will dich nicht aufhalten.«

Der Mönch nickte. »In Ordnung. Bis zum nächsten Mal.« Er drehte sich um und humpelte den Weg zurück, den sie gekommen waren, das Laternenlicht beschien die Umrisse seiner dürren, schiefen Figur noch eine ganze Weile.

Liv öffnete ihre Handfläche und wollte ein Licht herbeirufen, aber nichts geschah.

»Deine Magie funktioniert hier nicht«, sagte Plato und erschien neben Liv, die weiße Spitze seines Schwanzes im Dunkeln sichtbar.

Liv rollte mit den Augen und zog eine Taschenlampe aus ihrer Tasche. »Ich wette, du schreist gerade ›Ich habe es dir doch gesagt‹ in deinem Kopf.«

»Ich bin keiner, der sich darüber freut, auch wenn ich Recht habe«, sagte Plato. »Aber es ist gut, dass du eine Backup-Option hast, da du hier keine Magie anwenden kannst.«

Liv ließ den Lichtstrahl durch den Tunnel scheinen und suchte, unsicher wonach sie Ausschau halten sollte. Ein runder blaugrüner Stein in der Mitte des Raumes fiel ihr auf. Sie ging hinüber und erkannte, wie ähnlich er dem Kreis war, auf dem sie in der Baumkammer immer stand. Symbole ähnlich der im Haus der Sieben waren um den Kreis herum geätzt.

»Kannst du es lesen?«, fragte Plato.

Sie blinzelte auf die Symbole und hoffte, dass das helfen würde. »Nein. Warum, *sollte* ich die Symbole entziffern können?«

»Du hast diese Fähigkeit als Kriegerin des Hauses in dir, aber diese Fähigkeit ist anscheinend noch nicht weit genug entwickelt.«

Liv kniete nieder und rieb ihre Hände über die Symbole. Wie sie es sich vorgestellt hatte, tanzten und leuchteten sie unter ihren Fingern und reagierten auf ihre Berührung.

Etwas piekste sie in ihren Oberschenkel. Liv stand plötzlich auf und schob ihre Hand in die Hosentasche, um herauszufinden, was sie dort piekste. Sie zog den Ring ihrer Mutter heraus.

Die Symbole auf dem Boden begannen sich zu verschieben und ordneten sich neu. Liv nahm den Ring in die Handfläche und die Symbole erstarrten und sahen aus wie zuvor.

Sie blickte auf Plato. »Siehst du, was ich sehe?«

»Nein, ich glaube nicht, dass ich das tue«, entgegnete er. »Was siehst du da?«

Sie öffnete ihre Finger, hob den Ring auf und schob ihn über die Symbole. Sie schwebten in die Luft und verwandelten sich plötzlich in eine Sprache die sie verstand. »Der Ring entschlüsselt die alte Sprache.«

Plato machte einen Schritt nach vorne. »Und jetzt kennst du schonmal einen seiner Zwecke, obwohl wahrscheinlich noch mehr in ihm steckt.«

»Wie die Wand in der Bibliothek«, sagte Liv.

»Zum Beispiel. Aber was sagen die Symbole nun?«

Liv zog den Ring weg und die Symbole tauchten wieder auf. Wieder fuhr sie mit dem Ring über die Symbole, und wieder veränderten sie sich. Da stand: »Schau in den Himmel. Klettere hoch um den Schatz zu erreichen.«

Livs Kopf neigte sich nach hinten, sie blickte nach oben und erkannte sofort, dass sie unter einem der Türme der Burg stand, die wahrscheinlich über zehn Stockwerke hochragten. Um die Wand des runden Raumes herum waren Felsen herausgeschoben, die kleine Vorsprünge bildeten. Sie gingen immer wieder rundherum, bis ganz nach oben.

»Du willst mich wohl verarschen«, kommentierte Liv trocken. »Es muss doch noch einen anderen Weg geben.«

»Du kannst keine Magie benutzen, also glaube ich nicht, dass es einen gibt«, sagte Plato.

Sie knurrte ihn an. »Du bist der Kater der immer auf den Füßen landet. Warum kletterst *du* nicht da rauf und lässt mich wissen was da oben versteckt ist?«

»Wir wissen beide, dass ich nicht klettern muss um dorthin zu gelangen, aber ich kann anscheinend auch nicht ohne dich da hoch gehen.«

»Wieso das?«, fragte Liv.

»Ich habe es gerade versucht. Etwas verhindert es. Ich schätze, ich brauche ein Mitglied des Hauses, das mich einlädt.«

»Warum kann ich hier keine Magie wirken, aber du kannst deine Houdini-Nummer machen?«

»Meine Magie hat nicht die gleichen Einschränkungen wie deine«, erklärte Plato.

»Du bist eine sehr seltsame Kreatur.« Liv schob den Ring ihrer Mutter auf den Ringfinger und steckte sich ihre Taschenlampe in den Mund, da sie beide Hände zum Klettern benötigen würde. Sie zog sich auf die erste Kante hoch, die etwa einen Meter über dem Boden lag. Der Vorsprung war so schmal, dass die Hälfte ihres Fußes über die Seite hing. Jeder Block war etwa einen halben Meter lang und der Abstand zur nächsten Kante war ungefähr gleich, aber jeder war etwa dreißig Zentimeter höher. Es war wie eine wirklich beschissene Treppe, auf der nur winzige Feen glücklich geworden wären.

Es war für Liv offensichtlich, dass sie früher oder später ihre Hände zum Klettern und vor allem zum Festhalten brauchen würde und ihr Mund wurde schon müde, also steckte sie die Taschenlampe mit dem Lichtstrahl nach oben in ihre Tasche, damit sie so wenigstens noch etwas sehen konnte.

Vorsichtig sprang Liv zur nächsten Kante und packte die Wand zum Ausgleich. Die rauen Steine gaben ihr Halt, aber sie erkannte, dass sie das nicht retten würde, wenn sie ihr Gleichgewicht verlieren sollte.

Je höher Liv kletterte, desto weniger geneigt war sie, von Stufe zu Stufe zu springen. Es gab keine Magie um sie zu retten, wenn sie fiel. Es gab auch niemanden, der sie retten konnte. Nicht, dass sie es bereute, Stefan gesagt zu haben er solle sich gefälligst von ihr fernhalten. Liv war keine Prinzessin in einem Turm, die nach einem Helden suchte. Sie war eine Kriegerin und kletterte um der Gerechtigkeit willen auf die Spitze eines Turms in einer Burg.

Plato erschien ein paar Schritte weiter oben und sah auf sie herab, als sie den Weg fortsetzte. Als sie sich der Platte, auf der er sich befand, näherte, verschwand er und tauchte ein paar Vorsprünge höher wieder auf.

»Versuchst du mich zu necken, weil es so einfach für dich ist?«, sagte Liv und schwitzte.

»Ich beaufsichtige. Die Verantwortung zu tragen ist einfach anstrengend«, kommentierte er lapidar.

Livs Fuß rutschte aus, als sie auf die nächste Kante trat und ihr Knie prallte gegen den Stein. Ihre Hände griffen im letzten Moment in eine Vertiefung im Stein, während ihre

Beine unter ihr baumelten. Sie versuchte, sich hochzuziehen, schaffte es aber nicht. Stattdessen schwang sie ihre Beine zur Seite und erreichte damit den Vorsprung, den sie gerade verlassen hatte. Als sie sicher war, dass sie ihn hatte, schob sie sich von dem Stein, an dem sie sich festhielt, weg und stützte sich gegen die Wand.

Für eine lange Minute atmete Liv schwer und drückte ihre Wange gegen den Stein. Als sich ihr Herz beruhigt hatte, öffnete sie die Augen, um Plato in Ruhe von oben herab sehend zu finden.

»Ich muss einfach mehr trainieren«, sagte sie zu ihm.

»Ich finde du hast den Beinahe-Fall gut gemeistert.«

»Ich konnte keinen Klimmzug machen, was sich aber sofort ändern wird, wenn ich hier wieder rauskommen sollte.«

»Ich kann auch keinen Klimmzug machen, wenn du dich dadurch besser fühlst.«

»Das tue ich nicht.« Liv trat vorsichtig zur nächsten Kante und hielt ihren Schwerpunkt bewusst niedrig. Sie bewegte sich weiterhin um den Turm herum und kam endlich in einen Rhythmus, als sie dabei immer höher und höher stieg.

Sie wollte es nicht, aber als sie nahe an der Spitze war, sah Liv nach unten. Sie bedauerte es sofort. »Heilige Scheiße! Es ist ein langer Weg nach unten.«

»Also besser nicht fallen«, sagte Plato, jetzt einen Schritt unter ihr.

»Danke. Dein Rat ist wie immer sehr hilfreich.«

»Jederzeit gerne«, antwortete Plato.

Es gab nur noch fünf weitere Stufen nach oben, die zu einer Öffnung in der Decke des Turms führten. Liv hatte keine Ahnung, wohin sie kletterte und wofür sie ihr Leben riskierte, aber alles, was sie herausgefunden hatte, hatte sie dorthin geführt. Was auch immer auf der Spitze dieses

Turms war, sie würde sich dem stellen.

Sie blickte zurück zu Plato, als es nur noch einen Schritt weiter war. »Kannst du immer noch nicht in den Raum kommen?«

Er schüttelte den Kopf. »Du musst zuerst gehen. Du musst mich hereinbitten.«

Liv schluckte und drehte sich zurück zur Kante. Sie duckte ihren Kopf, um nicht an die Decke zu stoßen, kroch auf die letzte Stufe und steckte ihren Kopf durch das Loch. Dann passierte etwas, was sie nach dem langen, anstrengenden Aufstieg nicht erwartet hatte. Die Stufe, auf der sie stand, verlagerte sich und fiel teilweise aus der Wand. Liv packte den Rand des Lochs, ihre Füße strampelten. Der Stein löste sich vollständig von der Wand und fiel hinunter auf den Boden.

Liv schrie fast, als ihre Beine über dem Abgrund baumelten. Sie versuchte, die Stufe vor der letzten zu finden, aber die war zu weit weg. Liv tastete wild umher, um Halt an der Wand zu finden, aber ihre Hände rutschten immer weiter in Richtung Loch. Sie war blind, sah auf den Stein vor sich, und ihre Finger waren verkrampft. Sie war sich sicher, dass sie gerade im Begriff war in den Tod zu fallen, als ihr Stiefel das Loch fand, aus dem der Stein gefallen war. Liv saugte lautstark einen Atemzug ein als sie ihr Gleichgewicht wiedererlangte; ihr Herz fühlte sich bereit, aus ihrer Brust zu springen. Obwohl sie sich selbst gerettet hatte, wollte Liv nicht mehr lange dort bleiben.

»Ich werde verdammt stark üben, um beim nächsten Mal einen Klimmzug machen zu können«, sagte sie und betonte jedes Wort, als sie sich mit den Füßen abstieß und durch das Loch nach oben zog.

Als sie hindurch war, schob Liv sich außer Atem weiter

und versuchte, etwas Abstand zwischen dem Loch und sich selbst zu bringen.

Blinzelnd, um ihren Blick zu klären, erkannte Liv, dass dieser Raum viel heller war als der Turm, aus dem sie gerade gekommen war. Sie stand auf, ihr Atem fing sich in ihrem Hals. Liv wusste nicht, was sie in diesem Raum erwartet hatte, aber das was sie sah, war definitiv etwas komplett anderes.

# Kapitel 33

Liv war den ganzen Weg hierher gekommen und dabei fast in den Tod gefallen, nur um herauszufinden was mit dem Sammelbehälter mit der gestohlenen Magie passiert war. Sie drehte sich langsam im Kreis und ihr Unterkiefer klappte vor Staunen nach unten, als sie auf Hunderte von Kanistern starrte, die die Regale säumten, welche den runden Raum füllten. Leuchtend blaue Kanister standen übereinander in staubigen Regalen.

»Was in aller Welt?«, flüsterte Liv.

»Nun, jetzt wissen wir auch was mit dem Kanister passiert ist«, sagte Plato neben ihr. »Er hat sich den anderen angeschlossen, im Haus der Sieben wäre er auch ziemlich einsam gewesen.«

»Wer hortet all diese Magie? Und warum?« Liv trat näher an die erste Reihe heran und streckte die Hand aus um einen Kanister zu berühren. Er leuchtete heller, als ihre Finger das Glas berührten.

»Und sie in einem Kloster zu lagern das von Sterblichen geführt wird.« Plato schlenderte durch den Raum und inspizierte den Inhalt.

»Ich fürchte, wir haben im Moment mehr Fragen als Antworten.«

Liv folgte ihm, verloren in einer Benommenheit des Unglaubens, als sie durch den kleinen Raum ging. »Ich verstehe einfach nicht, warum das alles hier ist, geschweige denn, wie der ganze Kram hier überhaupt hochgekommen ist. Der

Aufstieg war schrecklich. Ich könnte mir nicht vorstellen, das mit einem Behälter voller Magie so oft zu tun, wie es nötig gewesen wäre, um all das hier hoch zu bringen.«

Plato hielt vor dem Loch in der Wand an und blickte auf den Boden weit unten. »Vielleicht ist jetzt kein guter Zeitpunkt das zur Sprache zu bringen, aber hast du schon herausgefunden, wie du wieder runter kommst? Wenn ich mich recht erinnere, ist der erste Vorsprung vorhin abgebrochen?«

Liv schloß ihre Augen und fühlte sich momentan verloren. »Ich weiß es nicht. Ich schätze, ich muss mich hier wohl häuslich einrichten. Vielleicht kannst du ja zurückgehen und Clark sagen er soll kommen und mich retten, obwohl ich nicht sicher bin wie er es ohne Magie schaffen sollte.«

»Ist es nicht ironisch, dass man innerhalb der Klostermauern anscheinend nicht zaubern kann und doch wird hier all diese Magie aufbewahrt?«, fragte Plato.

Liv kratzte sich am Kopf und die Spannung ließ ihn schmerzen. »Ich verstehe nicht, was hier vor sich geht.«

Ein leises Zischen in Livs Rücken ließ sie sich erschrocken aufrichten. »Bitte sag mir, dass du das gerade warst, Plato.«

»Den Gefallen kann ich dir leider nicht tun. Das war ich nicht.«

Liv drehte sich zaghaft um und sah zunächst nichts, nur das Leuchten der Kanister. Aber dann sah sie es – zwei leuchtend gelbe Augen, die sie zwischen zwei Kanistern hindurch anstarrten. *Gab es hier oben vielleicht Ratten?*, fragte sie sich und trat zurück.

Die Augen bewegten sich nach vorne, und ein Schlangenkopf erschien zwischen den Kanistern. Anmutig rutschte die Schlange aus dem untersten Regal auf den Boden, ihr Körper wand sich um die Kanister. Sie musste über dreieinhalb

Meter lang sein.

»Ähm, Plato? Was hältst du davon?«

»Es ist eine Lophos«, sagte Plato und zum ersten Mal in ihren fünf gemeinsamen Jahren schwang so etwas wie Angst in seiner Stimme mit.

»Eine Lophos?«, fragte Liv, als er sich neben sie stellte.

»Es ist eine magische Schlange, die weder altert noch Nahrung braucht um zu überleben. Sie wird benutzt, um wichtige Gegenstände zu bewachen und wenn jemand in ihr Territorium eindringt, lähmt sie diese Person durch Hypnose.«

»Wie kann ich sie bekämpfen?«, fragte Liv.

»Das ist es ja gerade. Das kannst du nicht.«

»Kann ich nicht? Meinst du, ich kann nicht ohne Magie?«

Die Schlange glitt zu Boden und bewegte sich hin und her, wie ein seidiges Band.

»Liv, es gibt keinen Zauber, der die Hypnose einer Lophos verhindern könnte.«

Die Schlange zischte, ein langer melodischer Klang der sich um Livs Gedanken schnürte und sie an einen fernen Ort trug.

»Aber dir wird sie doch nichts tun? Kannst du hier nicht rauskommen? Geh zurück und hol Clark.«

Plato schwankte, sein Kopf sank langsam nach unten. »Liv«, sagte er, seine Worte waren undeutlich. »Lynxe haben viele Feinde, aber nichts ist gefährlicher für uns als die Lophos. Ich kann sie nicht bekämpfen...«

Der Kater fiel auf den Steinboden.

»Oh nein, so nicht!«, sagte Liv, obwohl sie nicht genau wusste warum. Es war schwer für sie, sich genau zu erinnern wo sie war. Alles was sie wusste, war, dass eine blöde Schlange gerade etwas mit ihrem Kater gemacht hatte.

Die Schlange zischte wieder, ihre lange gespaltene Zunge schnellte aus dem Mund.

Liv schüttelte den Kopf und versuchte die seltsamen Gefühle zu zerstreuen, die sie zu überwältigen versuchten. Sie beugte sich vor, hob Platos schlaffen Körper vom Boden auf und hielt ihn an ihre Brust. »Schau, ich verstehe, dass du einen Job hast diese Magie zu beschützen. Ich bin nicht hier um sie zu nehmen. Ich versuche nur herauszufinden...« Livs Stimme erstarb, als sie versuchte sich daran zu erinnern, warum sie einen seltsamen Kater in den Armen hielt und in einem Raum mit einem Haufen leuchtender Schneekugeln stand.

Warte, das waren keine Schneekugeln. Das waren magische Kanister und sie war eine Magierin. Und das war Plato in ihren Armen. Und es gab noch eine weitere Chance sie beide zu retten. Ihr Verstand war noch nicht komplett weg, aber er würde es bald sein und dann würden sie hier sterben. Aber das würde nicht passieren. Dies war nicht der letzte Tag von Liv Beaufont auf dieser Erde. Nicht einmal annähernd. Sie streckte die Hand aus und packte den nächsten Behälter konzentrierter Magie.

Die Schlange stürzte sich auf sie, ihr Zischen wurde immer intensiver.

Liv riß den Deckel vom Kanister, als die Schlange nach vorne schoss. Sie stieß zu und biss Liv ins Bein. Diese krümmte sich zusammen und fühlte einen Schmerz, wie sie ihn sich nie hätte vorstellen können. Das Gift füllte ihre Venen und sie dachte, sie würde jetzt gleich an dem Biss sterben, anstatt in einem hypnotischen Zustand einfach nur wegzudämmern. Der Behälter war jedoch bereits offen.

Liv zwang sich, eine Hand in die flüssige Magie zu tauchen. Sie erhob hoffnungsvoll die andere Hand in die Luft und versuchte, ein Portal zu bilden. Ihr benebelter Gedankengang war, dass im Kloster zwar keine persönliche Magie angewendet werden konnte, als ob sie irgendwie blockiert wäre. Aber eine dritte Quelle der Magie könnte vielleicht genutzt werden, eine Quelle wie die Kanister.

Das Portal leuchtete in dem kleinen runden Raum auf, das klarste und stabilste Tor zu einem anderen Ort, welches Liv je gesehen hatte. Sie trat aber nicht so hindurch, wie sie es sich vorgestellt hatte, sondern fiel regelrecht in den Eingang zu einem anderen Ort, trug den bewusstlosen Plato und den Kanister mit sich und hoffte, dass die Lophos ihr nicht folgen würde. Sie wollte nicht, dass dieses magische Monster ihre Gedanken für den Rest ihres Lebens übernahm – vor allem, wenn sie noch viel länger zu leben hätte, worum sie gerade inbrünstig betete.

## Kapitel 34

Livs Kopf traf den Beistelltisch neben ihrer Couch, als sie aus dem Portal in ihre Wohnung fiel. Ohne Zeit, sich um ihre neueste Verletzung zu sorgen, schloss sie das Portal umgehend, da sie nicht wollte, dass diese schreckliche Lophos ihr folgen würde.

Sie legte Plato, der immer noch ohnmächtig war, vorsichtig auf den Boden und untersuchte ihr Bein. Der gesamte Unterschenkel war voller Blut, das langsam aber sicher auf ihren Teppich tropfte.

Ihr Kopf schwamm, als sie sich in der Wohnung umsah und versuchte herauszufinden, was als nächstes zu tun war. Sie brauchte unbedingt Hilfe, fühlte sich aber kurz davor, vom Gift der Schlange ohnmächtig zu werden. Es brannte in ihren Adern und gab ihrem Bein das Gefühl, als stünde es in Flammen.

Mit zitternder Hand zog Liv ihr Handy heraus. Kaum stark genug, um das Telefon an den Kopf zu halten, schaltete sie es auf Lautsprecher um und rollte sich auf die Seite, ihr Gesicht in den Teppich gepresst.

Das Telefon klingelte einmal.

Zweimal.

Livs Augen flatterten. Wach zu bleiben fühlte sich irgendwie unmöglich an.

Wieder klingelte das Telefon.

»Hallo? Was ist passiert? Du rufst mich sonst nie an.«, fragte Clark hektisch.

»Ich brauche Hilfe...« Liv wollte mehr sagen, konnte es aber nicht. Das Gift schickte sie in eine Schwärze, die sich unendlich anfühlte.

* * *

»Wir müssen unbedingt wissen was sie gebissen hat, wenn sie nur bei Bewusstsein wäre um es uns zu sagen«, erklang die Stimme einer Frau und weckte Liv aus dem Nebel, der sie gefangen hielt.

Ungeduldige Schritte hallten auf dem Boden in die eine Richtung und dann in die andere. »Wie sieht es aus?«, fragte Clark, seine Stimme angespannt.

»Ich habe das Gift extrahiert«, antwortete die Frau. »Aber ohne zu wissen welche Schlange es war, kann ich sie nicht richtig behandeln.«

»L-L-L...«, murmelte Liv, immer noch halb gefangen im Delirium.

»Liv.« Clark eilte hinüber und packte ihre Hand. »Du bist wach.«

*Nicht wirklich*, dachte sie und versuchte, sich von dem zu befreien, was sie in der seltsamen Dunkelheit gefangenhielt. Sie spürte das Licht auf der anderen Seite ihrer Augenlider, aber egal wie sehr sie sich auch bemühte, sie schaffte es nicht ihre Augen zu öffnen – etwas, wie sie erkannte, dass sie ihr ganzes Leben lang für selbstverständlich gehalten hatte.

»Warum wacht sie nicht auf?«, fragte Clark und strich ihr sanft das Haar aus dem Gesicht.

»Ich bin mir nicht sicher«, sagte die Frau. »Was glaubst du, was sie da versucht uns zu sagen?«

»L-Lo-Lo«, stotterte Liv, unsicher, ob sie tatsächlich laut oder nur in ihrem Kopf sprach.

Clark lehnte sich nach unten und legte sein Ohr nahe an ihren Mund. »Was willst du damit sagen? Lo-was?«

»Lophos«, sagte Plato, seine Stimme matt, aber klar genug.

Die Frau keuchte. »Eine *Lophos* hat sie gebissen? Wo... Vergiss es. Ich weiß genau, was ich jetzt zu tun habe.«

»Was ist eine Lophos?«, fragte Clark. »Wird sie es schaffen?«

»Ich muss jetzt arbeiten«, antwortete die Frau. »Und sie wird nicht aufwachen, bis ich sie von diesem Biss geheilt habe. Das Gift wird sie im Dämmerschlaf halten.«

Liv streckte die Hand aus und fand Clarks Hand wieder. Sie drückte sie mit so viel Kraft, wie sie aufbringen konnte, ohne zu wissen ob es genug war, sich für ihn bemerkbar zu machen. Er nahm ihre Hand und rieb seinen Daumen über den Handrücken. »Ich weiß, dass du da drin bist. Halte aus, wir heilen dich. Ich verspreche es.«

»Ich sagte ihm, dass sie einen Virus hat«, sagte Clark von der anderen Seite des Raumes, seine Stimme war erschöpft. »Und was dann? Was hat er dir gesagt?«

»Sie ist seit fast zwei Tagen bewusstlos«, sagte Rorys vertraute Stimme. »Ich wusste doch, dass etwas nicht stimmen kann. Und John wird ebenfalls bald vermuten, dass etwas nicht stimmt, wenn wir nicht vorsichtig sind.«

»Ich verstehe es einfach nicht«, meinte Clark. »Wann wird sie aufwachen?«

»Der Biss der Lophos ist normalerweise tödlich«, antwortete Rory. »Die Tatsache, dass sie noch am Leben ist, ist bereits unglaublich.«

»Ich weiß, dass du versuchst, dass ich mich besser fühle, aber es funktioniert nicht.«

»Ich würde nie in Erwägung ziehen, dich besser fühlen zu lassen, Zauberer«, sagte Rory grinsend.

Liv rief in ihrem Kopf und schrie, dass sie wach sei und doch wusste sie, dass die beiden nichts hörten. Sie war gefangen. Gefangen auf der anderen Seite einer verschwommenen Wand, wo sie zwar alles hören konnte aber niemand sie hörte.

✷ ✷ ✷

Der wiederkehrende Traum war immer derselbe. Das Wolfsrudel jagte Liv und kam näher. Die Sicherheit war gleich da vorne. Ein Haus. Unverschlossen. Sie musste nur dorthin kommen und die Tür hinter sich schließen. Diesmal würden die Wölfe sie nicht fangen, bevor sie zum Haus gekommen wäre.

Jedes Mal endete der Traum auf die gleiche Weise. Erst die Krallen, dann die Zähne. Die Wölfe trugen sie immer schreiend weg, Schmerzen gingen von der Stelle aus, wo die Zähne in ihr Bein bissen. Immer am selben Ort. Und dann endete der Traum, nur um später wieder von vorne anzufangen.

Aber diesmal lief sie schneller. Sie war ihnen voraus. Diesmal würde sie nicht verlieren.

Das Haus war nahe. So nah dran. Sie sprintete auf die Veranda, über die Stufen springend.

Ihre Hand lag bereits am Türgriff, als sie nochmals zurückblickte. Die Wölfe hatten ein paar Meter entfernt angehalten, ihre Zähne entblößt und ihre Augen verengt.

Liv schwang die Tür auf und wollte durch die Tür rennen. Doch sie hielt sich im letzten Moment zurück. Es war hinter der Türschwelle überhaupt kein Haus, sondern eine Klippe, die über einer felsigen Küste thronte, nur einen tödlichen Sturz entfernt von der Tiefe.

Liv wandte sich wieder den Wölfen zu, dann sprang sie ohne zu zögern von der Klippe und stürzte in den – wie sie fürchtete – sicheren Tod.

Liv schoss in eine sitzende Position und nahm einen lauten Atemzug, ihre Stimme sehnte sich danach, losgelassen zu werden. Sie schlug mit den Händen auf ihre Brust und drückte gegen ihr Herz, das noch nie so schnell geschlagen hatte.

Clarks Kopf zuckte nach oben. Er saß auf der anderen Seite des Raumes, eilte aber sofort hinüber, seine Augen weit aufgerissen vor Schreck. »Du bist wach!«

Es gab tausend Dinge, die Liv sagen wollte und doch hatte sie keine Stimme. Jedes Mal, wenn sie ihren Mund öffnete, um zu sprechen, kam nur rasselnder Atem heraus.

»Hier, trink das«, sagte Clark. »Wir haben versucht, deine Kraftreserven so gut wie möglich mit Magie aufrechtzuerhalten, aber nichts ersetzt das Essen und Trinken auf altmodische Weise.«

Livs Hände zitterten, als sie das Glas entgegennahm und sie schlug es fast gegen ihre Zähne, während sie trank. Sie leerte das ganze Glas und fühlte sich, als würden die Risse in ihrem Hals bereits verheilen. »Wie... wie... wie lange?«

Clark nickte und schien ihre Frage sofort zu verstehen. Sein normalerweise perfekt frisiertes, blondes Haar war ein Chaos und fiel über seine Stirn. Seine Kleidung war zerknittert, die Ärmel seines Hemdes bis zum Ellenbogen hochgerollt und mit Blutflecken bedeckt. »Drei Tage. Es ist drei Tage her, seit du mich angerufen hast.«

Liv schaute sich in ihrer winzigen Wohnung um und bemerkte Flaschen für Tränke und andere Gegenstände, die nicht ihr gehörten. Plato hatte sich neben ihrem Bein zusammengerollt, dem, in das sie gebissen worden war.

Sie schaffte es den Kater anzulächeln, dessen Augen in stiller Anerkennung auf sie zurückglitzerten. Auf dem Tisch neben ihnen lag der Behälter mit Magie, der sie gerettet hatte.

Liv schwang ihre Beine zur Seite und wollte aufstehen, erkannte aber sofort, dass ihr Körper zu steif war, um sich schnell zu bewegen.

»Hey, immer mit der Ruhe«, warnte Clark. »Ich rufe Hester an, damit sie nach dir sehen kann.«

»Hester?«, fragte Liv.

Ein dunkler Schatten fiel über Clarks Gesicht. »Ich hatte keine Wahl. Als ich dich fand, wusste ich nicht wen ich sonst anrufen sollte. Sie ist die beste Heilerin die das Haus hat.«

»Aber sie ist ein Ratsmitglied«, argumentierte Liv, ihr Magen schmerzte plötzlich vor Hunger.

Clark stand auf und zog sein Handy aus seiner Tasche. »Ich glaube, man kann ihr vertrauen. Wie auch immer, ich habe ihr keinerlei Informationen gegeben und sie hat nicht gefragt. Sie hat nur bis zur Erschöpfung gearbeitet, um dich wieder auf die Beine zu bringen und es scheint, dass sie es trotz aller Schwierigkeiten geschafft hat.« Er hielt sich das Telefon ans Ohr und ging auf die Tür zu. »Es wird nicht lange dauern bis sie hier ist, also versuche bloß nicht aufzustehen. Ich bin gleich wieder da.«

Clark murmelte in das Telefon, als er zur Tür ging.

Liv blickte auf Plato herab und ließ einen gewichtigen Seufzer aus. »Also haben wir überlebt.«

Er drückte seinen Kopf in ihren Arm und rieb liebevoll die Seite seines Gesichts gegen ihre Finger, als sie ihn streichelte. »Wegen deines schnellen Denkens. Danke, dass du mich gerettet hast.«

Liv lächelte leicht. »Ich habe nur den Gefallen erwidert. Du hast mir bereits viele Male geholfen.«

Clark kam einen Moment später zurück und sah Liv an, als ob er erwartete, dass sie sich in der Minute verändert haben könnte, seit er sie verlassen hatte. »Sie wird bald hier sein. Wie fühlst du dich?«

»Als ob ich seit drei Tagen schlafe und ein amtliches Steak-Dinner brauche«, antwortete Liv.

Clark lachte und es schien etwas von dem Stress um seine Augen herum wegzuschmelzen. »Ja, das glaube ich dir. Ein Steak wäre jetzt perfekt.«

»Bist du hier, seit du mich gefunden hast?«, fragte Liv.

Er nickte und sah auf seine schmutzige Kleidung herab.

»Was denkt das Haus darüber?«

»Keine Sorge«, sagte Clark und winkte ihre Sorge ab. »Ich habe ihnen gesagt, dass ich mit anderen Geschäften zu tun habe und sie denken, dass du an deinem aktuellen Fall arbeitest. Ich nehme sonst nie einen Tag frei, also kam auch niemand auf die Idee es zu hinterfragen.«

»Ja, aber das ist genau das Problem«, argumentierte Liv. »Du nimmst dir nie einen Tag frei. Denkst du nicht, dass das Verdacht erregen wird?«

Clark senkte sein Kinn, Erschöpfung zeigte sich in seinen Bewegungen. »Liv, ich dachte du würdest sterben. Es war mir in dem Moment egal, was das Haus denken würde.« Als er sie ansah, stand der Schmerz, den er normalerweise so gut versteckte, deutlich auf seinem Gesicht.

»Es tut mir leid. Du musst besorgt gewesen sein. Wenn mir etwas passieren würde, würden die Beaufonts ihren Platz verlieren.«

Clark schüttelte den Kopf, neue Überzeugung in seinen Augen. »Nein, du verstehst es nicht. Es ging nie darum, dass wir unseren Platz im Haus behalten, Liv. Hier geht es um uns. Wir haben so viel verloren. Mama und Papa. Ian und Reese. Ich darf dich nicht auch noch verlieren. Das Haus steht bei meinen Prioritäten an zweiter Stelle. Die Familie ist das, was jetzt zählt.«

Tränen schmerzten in Livs trockenem Hals und bettelten darum, befreit zu werden. Sie zwang sich zu einem Lächeln, als eine einzige Träne über ihre Wange rollte und sie das Familienmotto aussprach. »*Familia est sempiternum.*«

Clarks Augen fielen auf den Kanister. Er zeigte nach vorne und versuchte offensichtlich die Spannung zu lösen. »Du hast den verschwundenen Kanister mit Magie wieder gefunden. Das ist doch schon mal was.«

Liv konnte sich nicht davon abhalten zu lachen, was sie glauben ließ, dass sie ohnmächtig werden könnte. Sie hob das Glas in Clarks Richtung und bat leise um mehr.

»Eigentlich habe ich den eher aus Versehen mit zurückgebracht. Alle Kanister zu holen würde mehrere Trips erfordern«, sagte Liv und erzählte Clark die ganze Geschichte, als er ihr Glas mit Wasser nachfüllte.

»Ich verstehe das nicht«, sagte Clark und nahm auf dem Stuhl neben ihr Platz. »Was machen die Behälter da? Warum sollte jemand solche Mengen an Magie speichern und sie mit einer Lophos schützen?«

Liv leerte das Glas und spürte, wie ihre Kraft zurückkehrte. »Ich weiß es nicht, aber wir haben definitiv noch mehr zu untersuchen. Wenn ich wieder auf dem Damm bin, muss ich die Wand mit den Symbolen in der Bibliothek überprüfen.«

Clark stimmte mit einem Nicken zu. »Ja, der Ring. Es klingt so, als würde er eine Menge erklären.«

»Ich habe vor, die alte Sprache zu lernen. Ich glaube, sie

enthält den Schlüssel zu diesem Geheimnis.« Sie sahen beide auf und hatten die gleiche Offenbarung.

»Schlüssel«, sagte Clark mit gedämpfter Stimme.

»Glaubst du, das war es, worauf Reese sich bezog, als sie sagte ›Olivia hat den Schlüssel‹?«, fragte Liv.

Clark nickte und fuhr mit den Händen über seine stoppeligen, unrasierten Wangen. »Ja und du hast gesagt, Ian hat den Ring für dich hinterlassen. Wenn du Recht hast und er etwas in der Bibliothek öffnet, dann müssen wir es uns ansehen.«

Liv versuchte wieder aufzustehen, hatte aber erneut Pech, da ihre Beine zu schwach waren, sie zu tragen. Clark flitzte nach vorne, fing sie auf und half ihr, sich hinzulegen.

»Aber im Moment musst du dich ausruhen. Der Ring und die Wand können warten«, befahl er ihr streng. »Du musst dich erholen.«

Widerwillig stimmte Liv zu und lehnte sich zurück auf das Sofa. »Und wir wissen immer noch nicht, was der andere Teil von Reeses Botschaft bedeutet, dass du das Herz hast.«

»Ich werde es herausfinden...«

Das Öffnen der Haustür unterbrach Clarks Worte.

Hester war ein seltsamer Anblick als sie in Livs Wohnung ging, ihr Reiseumhang bedeckte teilweise ihr stacheliges graues Haar. Sie lächelte Liv aufrichtig an und richtete ihre Augen auf sie. »Nun, ich habe schon lange keinen so schönen Anblick mehr gesehen. Es ist schön, dich wach zu sehen.«

Liv sah auf ihr bandagiertes Bein herab. »Danke, dass du mich geheilt hast. Ich kann es erklären.«

Hester eilte hinüber und gestikulierte, dass Liv ihr Bein wieder hochlegen sollte. »Lass mich einen Blick darauf werfen und dann kannst du es vielleicht erklären. Oder vielleicht solltest du es nicht tun.« Sie neigte ihr Kinn nach unten und sah Liv über ihre Halbmondbrille an. »Ich meine, der Rat muss nicht alles wissen. Mädchen wie wir haben das Recht auf ein Privatleben, oder?«

Liv lächelte und legte ihre Beine wieder auf das Sofa.

»Und ich habe vielleicht die oberflächlichen Wunden geheilt, aber wenn du aus dem Lophosbiss erwachen konntest, dann lag es an deiner absolut unglaublichen Sturheit«, fuhr Hester fort und löste den Verband an ihrem Bein. »Manchmal haben die erstaunlichsten Dinge im Leben nichts mit Magie zu tun.«

Liv war nicht bereit für den ekelhaften Anblick ihres Beines, als die Verbände entfernt wurden. Zwei große schwarze Einstichwunden bedeckten die Seite ihrer Wade, rote, spinnenartige Venen breiteten sich von den Einstichen aus.

»Nun, das sieht viel besser aus«, sagte Hester, ein Lächeln sprang auf ihr Gesicht.

»Das soll besser aussehen?«, fragte Liv lachend und verzog dann angewidert ihr Gesicht.

»Du hättest es am Anfang sehen sollen«, sagte Clark und schaute über Hesters Schulter auf die Wunde. »Dein Bein war komplett mit Blut bedeckt. Ich wusste nicht einmal, dass da ein Biss war, bis ich Hester anrief.«

Übelkeit traf Livs Magen. Sie erinnerte sich daran, wie sie durch das Portal gefallen war und auf ihr Bein herabblickte und dachte, das sei das Ende. Es schien, als hätte man ihr eine weitere Chance gegeben. Eine Chance, das Geheimnis des Hauses der Sieben zu lösen und für die Gerechtigkeit zu sorgen, für die ihre Eltern gekämpft hatten und sie wollte endlich wieder ein Teil der Familie sein, von der sie so lange nicht gewusst hatte, dass sie sie so sehr brauchte.

Der zarte Knoten stieg wieder in Livs Hals hoch, was ihr Angst machte, dass nun noch mehr Tränen aus ihren Augen fließen würden. »Wird die Narbe verblassen?«, erkundigte sich Liv bei Hester, um ihre Gefühle zu verbergen.

Die Heilerin fuhr mit der Hand über Livs Bein, ihre Finger vibrierten, berührten sie aber nicht. Sie öffnete ihre haselnussbraunen Augen und sah Liv nachdenklich an. »Ich kann es nicht sagen. Solche Bisse haben ihre eigene Art der Heilung und sie sind normalerweise einzigartig für die Person, der sie passieren. Aber ich denke zumindest, du wirst dich vollständig erholen.«

»Das ist toll«, sagte Liv, atmete tief durch und spürte, wie plötzlich ein Teil des Gewichts, das auf ihren Schultern gelastet hatte, verschwand.

»Ich bin wirklich froh dir das zu sagen«, sagte Hester. »Bisse sind nicht meine Spezialität. Mit dir und Stefan wurden meine Heilkräfte in letzter Zeit wirklich ziemlich herausgefordert.«

»Stefan?«, fragte Liv, überrascht den Namen zu hören. »Er wurde gebissen? Von einer Schlange?«

Hesters Gesichtsausdruck verriet ihren Fehler. »Oh, nein. Und es war nichts. Ich hätte nichts sagen sollen. Ich entschuldige mich. Diese Zeit hier mit dir und deinem Bruder außerhalb des Hauses der Sieben zu verbringen, hat meine Wand der Vorsicht etwas eingerissen.« Die Heilerin stand auf und sah Liv plötzlich ernst an. »Aber im Haus sollten wir uns an unsere Plätze erinnern und wie vorgeschrieben handeln. Ich denke, das wird das Beste sein. Findest du nicht auch?«

Clark trat vor und nickte. »Ich stimme zu. Und ich hoffe, dass du nicht den gleichen Fehler mit Liv und mir in der Gesellschaft von jemand anderem machst?«

Hester dachte für einen Moment nach. »Ja, ich denke es wäre das Beste, wenn wir das alles hier vergessen würden.

Ich bin mir nicht sicher, was du vorhattest als du gebissen wurdest, Liv, aber ich bitte dich in Zukunft vorsichtiger zu sein. Die Dinge in diesem Haus ändern sich und ich wage zu behaupten, dass du die Ursache dafür sein könntest. Wie dem auch sei, ich vertraue der Familie Beaufont. Ich kann das nicht über viele im Haus sagen.«

Erleichterung füllte Clarks Gesicht. »Wir vertrauen dir und natürlich auch Trudy. Danke für deine Diskretion.«

Hesters Blick schweifte über den Kanister mit Magie, der auf dem Tisch thronte. »Ich glaube, wir haben in diesem Haus einen schwierigen Weg vor uns. Es gibt diejenigen die gut sind, diejenigen die schlecht sind und diejenigen die sich in einer Grauzone befinden. So funktioniert das Leben jedoch. Viele von uns im Haus haben Angst davor, was kommen wird wenn wir uns wehren und Angst davor, was passieren wird wenn wir es nicht tun. Ich bin nicht glücklich zu sagen, dass viele von uns Feiglinge sind und doch glaube ich, dass unsere Herzen an der richtigen Stelle sitzen. Was wir brauchen, ist jemand der das Gleichgewicht wiederherstellt. Das war die ganze Zeit das Ziel des Hauses der Sieben, nicht wahr?«

»Ja«, sagte Liv, ihr Puls spiegelte die Aufregung in ihrer Brust wider. »Das ist es was wir tun.«

Hester hielt ihre Hand hoch und unterbrach Liv. »Ich glaube, je weniger ich weiß, desto besser. Ich bin schließlich Ratsmitglied und unsere Aufgabe ist es, objektiv zu sein. Als Krieger musst du Mut haben und ich denke, du hast uns das gerade durchaus veranschaulicht.« Sie sah sich um, als hätte sie etwas vergessen und nickte dann in Richtung Tür. »Ja, ich glaube ich werde jetzt gehen. Auf Wiedersehen, Liv.« Sie stand vom Sofa auf. »Wir sehen uns später, Clark«, sagte sie und nickte ihm höflich zu.

Er begleitete sie zur Tür und kehrte einen Moment später mit einem kleinen Paket in braunem Papier zurück.

»Was ist das?«, fragte Liv.

»Es lag auf der Türschwelle. Ich habe es gerade gefunden«, sagte er und zögerte, als er es ihr geben wollte.

»Das ist Rorys Schrift«, sagte Liv und las die Inschrift auf der Vorderseite.

*An: Liv Beaufont*
*Von: Rory Laurens*

»Oh«, antwortete Clark und übergab das Paket an Liv. »Ich habe ihn direkt nach Hester angerufen, um ihm mitzuteilen, dass du erwacht bist. Er machte sich ziemliche Sorgen.« Clark grinste ein wenig bei dem letzten Satz.

»Das ist richtig, du hast ja nun den Riesen getroffen, mit dem ich gemeinsame Sache mache«, sagte sie lachend und löste die Schnur, die das Paket zusammenhielt.

Clark warf ihr einen überraschten Blick zu. »Woher weißt du das?«

»Als ich die letzten Tage schlief, war ich irgendwie nicht ganz weg«, erklärte Liv. »Ich konnte bestimmte Dinge hören. Ich war jedoch im Schlaf gefangen und konnte nicht reagieren, als ich dich reden und vor allem deine Sorgen hörte.«

Liv hörte auf, das Paket zu öffnen und sah zu ihrem großen Bruder auf. »Du hast dich also mit dem Riesen vertragen, oder?«

Er zuckte irgendwie mit den Schultern. »Ich konnte sehen, dass er sich Sorgen um dich gemacht hat. Er kam gleich vorbei, als ich John mitgeteilt hatte, dass du zu krank bist um deine Schicht zu machen und er wollte kein ›Verpiss dich‹ als Antwort akzeptieren.«

Liv lachte. »Nein, Rory ist ein bisschen wie eine Mutterhenne, aber sag ihm lieber nicht, dass ich das gesagt habe.

Obwohl, wenn ich so richtig darüber nachdenke: eigentlich solltest du das tun. Es wird die Falte zwischen seinen Augenbrauen tiefer machen.«

»Augenbrauen... Mehrzahl?« fragte Clark. »Ich habe nur eine gezählt.«

Liv streckte die Hand aus, um ihrem Bruder auf den Arm zu schlagen, aber er war schnell genug, um sich rechtzeitig zurückzuziehen.

»Sei nett. Rory ist ein guter Kerl.«

»Was hat er dir geschickt?« Clark zeigte auf das Paket.

Liv sah auf das Paket herab, aber eine andere Frage kam ihr in den Sinn. »John? Geht es ihm gut? Hat er einen Verdacht?«

Clark sah sie unsicher an. »Ich bin mir nicht sicher. Ich sagte ihm, dass du krank bist, aber etwas sagt mir, dass er sich nicht besser fühlen wird, bis er dich in Augenschein genommen hat.«

Liv nickte. »Ja, ich bin sicher, dass es schwer für ihn war. Und er hat meine Schichten übernommen. Ich sollte da am Besten gleich mal runter gehen und...«

Clark schüttelte den Kopf und schnitt ihr das Wort ab. »Ruhe. Das ist es was du brauchst und ich werde John sagen, dass du dich erholst und bald wieder gesund bist. Ich werde ihm sagen, dass er kommen soll um dich zu sehen wenn ich gehe, aber halte bitte die Wunde bedeckt. Wir brauchen niemanden, der Fragen stellt.«

Liv stimmte zu und begann wieder damit, das Paket weiter zu öffnen, welches Rory ihr geschickt hatte. Der Geruch von Zimt und Nelken traf sie, als sie einen Laib Gewürzbrot auspackte. Darüber befand sich eine Notiz, auch in Rorys Handschrift:

*Wenn es dir besser geht, komm vorbei. Ich habe etwas das*

*dir gehört.*

Liv lächelte, packte das Brot aus und brach ein Stück für Clark ab und bot es ihm an.

»Der Riese hat dir Brot geschickt?«, fragte er und sah es skeptisch an.

»Nimm es«, flehte Liv. »Du siehst aus, als hättest du auch die ganze Zeit nichts gegessen. Und ja, der Riese ist ein großartiger Bäcker. Das abzulehnen ist eine schlechte Idee. Auch wenn dann mehr für mich übrig bleiben würde.«

Clark gab sein Zögern auf, nahm ein Stück vom Brot und steckte es in seinen Mund. Sein Gesicht verwandelte sich vor Überraschung. »Hey, das ist ziemlich gut.«

»Ja, siehst du? Du *kannst* Dinge ohne Magie machen«, sagte Liv, nahm einen Bissen und genoss die reichen Aromen, die in ihrem Mund explodierten.

»Weißt du was? Zum ersten Mal seit langer Zeit sehe ich, dass du Recht hast. Was Hester sagte ist wohl wahr. Die besten Dinge im Leben haben nichts mit Magie zu tun.«

Liv lächelte und starrte ihren Bruder mit einer Zuneigung an, die sie seit langer Zeit nicht mehr gespürt hatte. »Magie ist ein Bonus. Sie sollte immer ein Bonus in einem bereits wunderbaren und ausgefülltem Leben sein.«

# Kapitel 35

Das Gehen fiel ihr schwieriger als Liv es sich gewünscht hätte. Sie hatte die Arbeit noch zwei weitere Tage lang ausgesetzt und versucht, ihre Kräfte wiederzugewinnen. Die Schuldgefühle hielten sie nachts wach, nachdem John sie massiert und gefragt hatte, wie es ihr denn gehe. Clark hatte ihm gesagt, dass sie eine schreckliche Grippe gehabt hätte und es besser wäre sich erst einmal etwas fernzuhalten.

»Was soll ich sagen, wenn er fragt warum ich humple?«, fragte Liv, zog vorsichtig ihre Hose über ihren Verband und achtete darauf, die Wunde nicht weiter zu aggravieren. Sie konnte die Verletzung immer noch nicht ansehen ohne sich unsäglich krank zu fühlen.

»Vielleicht merkt er es nicht«, argumentierte Plato und beobachtete sie von seinem Sitzplatz auf der Seite des Sofas aus.

Liv lachte und zog ihr Bein halb hinter sich her, als sie sich in die Küche schleppte. »Ich fürchte er wird es sofort bemerken.«

»Sag ihm doch einfach, dass du im Delirium warst, während du die Grippe hattest und deswegen ausgerutscht und in deine Badewanne gefallen bist. Du wolltest ihn um ja eigentlich Hilfe rufen, aber du warst nackt und verlegen«, bot Plato an. »Nach so einer Ausrede wird er keine weiteren Fragen stellen, besonders wenn du noch einige pikante Details hinzufügst, wie zum Beispiel, dass du dabei den

Duschvorhang heruntergerissen und nun einen bösen blauen Fleck auf deinem A-«.

»Das ist jetzt aber genug«, sagte Liv und schnitt den Redefluß des Katers ab. »Und ich bin damit fertig, ihm Lügen zu erzählen. Es ist falsch. Ich weiß vielleicht nicht, wie ich ihm die Wahrheit sagen soll, aber ich muss ihn nicht auch noch mit phantasievollen Lügen abspeisen.«

»Okay, dann sag ihm, dass du von einer magischen Schlange gebissen wurdest, während du bei einer Suche nach gestohlener Magie auf der Spitze eines Klosters gefangen warst. Ich denke, das wird viel besser laufen.«

»Gute Idee. Aber ich werde den Klosterteil weglassen«, sagte Liv ernsthaft. »John kann Kirchen nicht ausstehen, das könnte die Geschichte ruinieren.«

Plato lachte, was er früher nicht sehr oft getan hatte, aber was seit ihrer Rückkehr aus dem Kloster immer häufiger passierte. Er hatte auch bisher die Wohnung nicht verlassen, was ihm überhaupt nicht ähnlich sah. Normalerweise verschwand er mindestens einmal am Tag, gab keine Erklärung für seine Abwesenheit und roch manchmal nach Rauch oder seltsamen Kräutern.

Obwohl ihr Weg zur Arbeit nicht besonders weit war, wusste Liv, dass ihr Bein den Fußmarsch nicht aushalten würde. Deshalb schuf sie ein Portal zu Johns Laden und achtete darauf, den Ausgang in der Gasse nahe der Hintertür zu platzieren. Sie trat durch den schimmernden blaugrünen Torbogen und war dankbar, dass ihre Magie zurückgekehrt war, nachdem sie ihre magischen Kraftreserven wieder aufgefüllt hatte.

Sie und Plato verließen das Portal und stießen fast mit John zusammen, der gerade eine Kiste zum Müllcontainer trug. Er sprang zurück, erschrocken durch ihr plötzliches

Erscheinen. Er ließ vor Schreck die Kiste mit einer kaputten Tastatur und anderen Teilen fallen.

»Oh, Gott, hast du mich jetzt aber erschreckt«, sagte John und griff - um sein Herz besorgt - an seine Brust.

»Es tut mir leid«, sagte Liv und drehte sich um, um sicherzustellen, dass das Portal verschwunden war. »Das wollte ich nicht. Geht es dir gut?«

John nahm mehrere tiefe Atemzüge, um sich wieder zu beruhigen. Liv machte sich ziemlich Sorgen, dass der Schrecken sein Herz übermäßig belastet haben könnte, aber er brach plötzlich in ein schallendes Gelächter aus und löste damit die Spannung. »Wo kommst du denn plötzlich her? Es ist fast so, als wärst du aus dem Nichts aufgetaucht.«

Liv blickte an die Stelle zurück, wo das Portal gewesen war. Die Sterblichen sahen normalerweise nie Magier durch ein Portal kommen. Wenn sie es dennoch taten, wurde es irgendwie logisch aus ihrem Kopf wegerklärt. Die Tatsache, dass es John so vorkam als wäre sie einfach so aufgetaucht, beantwortete schon mal eine Frage, über die sie in den letzten Tagen ständig gebrütet hatte. Aus welchem Grund auch immer, der Schleier zwischen John und der magischen Welt schien gefallen zu sein. Vielleicht, weil Liv und Rory so oft in seiner Nähe waren oder weil er halt einfach nur ein aufgeschlossener Mensch war. Jede Person war da anders, hatte Clark ihr in einem der langen Gespräche erklärt, die sie in den letzten Tagen geführt hatten.

Er hatte ihr auch gesagt, dass es in den meisten Fällen nicht funktionierte, einem Sterblichen die Wahrheit über Magie zu sagen. Sie konnten die Magie nicht sehen, weil es sie in ihrer Weltsicht nicht gab und sie dort auch nicht funktionierte. Deshalb sahen die meisten von ihnen keine Portale oder die vielen anderen magischen Dinge, die um sie herum geschahen. Wenn Sterbliche jedoch ständig der Magie ausgesetzt wurden, fingen sie mit einem Mal an Dinge zu sehen, die sie vorher noch ignoriert hatten.

Clark dachte immer noch, dass es gefährlich wäre, einem Sterblichen von der Magie zu erzählen, weil es ihn in die Welt eines Magiers versetzen würde. Liv hatte dies jedoch lange genug diskutiert und John im Dunkeln zu halten brachte ihn wahrscheinlich in eine noch größere Gefahr. Er wusste ja momentan nicht einmal, dass es etwas gab, vor dem er auf der Hut sein musste. John hatte im Militär gedient; er war einer der mental stärksten Menschen die sie kannte. Zu wissen, dass es da draußen etwas gibt und dass es eine potenzielle Gefahr sein könnte ist besser als ignorant zu sein. Zumindest war es das, was Liv glauben wollte.

»John, wir müssen reden«, sagte Liv und deutete auf die offene Hintertür zu.

»Ist alles in Ordnung? Geht es dir besser? Du musst nicht zur Arbeit kommen, wenn du noch krank bist.«

»Machst du Witze? Wenn ich noch eine weitere Minute auf die Wände in meiner Wohnung starren muss, fange ich an zu schreien.«

John kicherte und winkte sie nach vorne. »Okay, nun, dann mach schon.«

Liv tat was ihr gesagt wurde und zählte die Sekunden bis zu seinen nächsten Worten.

»Humpelst du?«

»Ja, ich habe mich irgendwie verletzt«, sagte Liv und brauchte länger, als sie zum Hauptarbeitsplatz im hinteren Raum humpelte. Sie setzte sich auf den Hocker und zeigte auf den anderen. »Du solltest dich dafür hinsetzen. Ich habe etwas das ich dir sagen muss.«

John zögerte und zog eine seiner buschige Augenbrauen

hoch. »Willst du kündigen? Geht es hier um deinen anderen Job?«

»Nein und ja«, antwortete Liv. »Aber mach weiter. Setz dich hin.«

John tat was ihm gesagt wurde, während Plato auf die Arbeitsplatte sprang und einen Platz in der ersten Reihe für die gleich stattfindende Show einnahm.

Liv räusperte sich. Sie wusste nicht, wie sie John den nächsten Teil erzählen sollte. Sie hatte ihr ganzes Leben lang von Magie gewusst und gefühlt, wie sie durch ihre Adern strömte. Sie konnte sich nicht einmal eine Realität ohne Magie vorstellen, also wie sollte sie es jemandem erklären, der nicht die gleiche Perspektive hatte wie sie? Wie sollte sie das erklären, damit John sie immer noch mochte und nicht dachte, dass sie eine total durchgeknallte Person wäre?

»Ich weiß, dass ich in letzter Zeit anders war und du hast einige neue Dinge in meinem Leben miterlebt«, begann Liv. »Es gibt eine sehr gute Erklärung für alles, aber du musst mir die Chance geben es vollständig zu erklären, was allerdings einige Zeit dauern könnte.«

»Du bist eine Magierin«, sagte John mit einem Lächeln im Gesicht.

Livs Kinnlade fiel herunter. Sie wartete darauf, dass er lachte. Um ihr zu sagen, dass er scherzte und nun bereit war zu hören, was sie zu sagen hatte.

John sprang von seinem Hocker und verschwand kurz in seinem Büro. Als er zurückkam, trug er ein Fotoalbum das sie noch nie gesehen hatte. Er musste die Überraschung auf ihrem Gesicht gelesen haben, weil er es hochhielt und sagte: »Ich halte das unter einer losen Diele versteckt. Du bist nicht die Einzige, die Geheimnisse hat, aber solange du ehrlich bist, werde ich es auch sein.«

Liv war sprachlos. Sie schaute zwischen Plato und John hin und her und fragte sich, ob die beiden sich abgesprochen hatten und einen Witz über sie machten.

Als er das Album vor Liv legte, öffnete John es auf die erste Seite. Ein muffiger Duft, wie ein Dachboden der nach langer Zeit wieder geöffnet wird, wehte aus dem in die Jahre gekommenen Buch heraus. Auf der ersten Seite war ein Bild von John, der neben einer Frau in einem weißen Kleid stand. Sie war wunderschön, mit langen, fließenden braunen Haaren und einer Krone aus Blumen. Neben ihr trug John einen losen Anzug und auf seinem Gesicht war das breiteste Grinsen das sie je gesehen hatte.

»Das ist meine Frau, Chloe«, sagte John und lächelte liebevoll das Bild an.

»Warte, du hast eine Frau? Warum weiß ich das nicht?«

John sah sie nachdenklich an. »Aus dem gleichen Grund, aus dem du mir gerade erst anvertraut hast, dass du eine Magierin bist. Und Chloe *war* meine Frau. Sie ist seit vielen, vielen Jahren weg.«

»Woher wusstest du, dass ich eine Magierin bin?« Liv hatte so viele Fragen, dass sie nicht einmal wusste wo sie anfangen sollte. Sie hatte diese Rede geprobt und sie war überhaupt nicht so gelaufen wie sie sich das vorgestellt hatte.

»Zuerst habe ich es ja auch nicht gewusst. Vielleicht sah ich dann im Laufe der Jahre unterbewusst Hinweise darauf, aber ich habe nie viel darüber nachgedacht«, erklärte John. »Weißt du, Chloe und ich waren schon ein Pärchen in der High School. Ich bat sie nach unserem Abschluss um ihre Hand, aber sie lehnte ab. Sie reiste durch das Land, aber ich folgte ihr und wusste, dass das nicht unser Ende sein konnte. Es hat lange gedauert bis ich sie dann endlich gefunden habe.« Er kicherte und seine Augen wirkten abwesend, so als ob er die Erinnerung in seinem Kopf gerade nochmals erlebte. »Du hättest ihr Gesicht sehen sollen, als ich in das Café ging wo sie an den Tischen bediente. Genau wie du arbeitete Chloe gerne mit ihren Händen. Sie mochte einen guten, ehrlichen Arbeitstag.«

»Warte, sie hat deinen Antrag abgelehnt und du hast sie dennoch einfach verfolgt? John, das ist super gruselig.«

Er nickte und lachte. »Das merke ich jetzt auch, aber ich war damals total verliebt und ich glaubte ihr nicht, als sie sagte, dass sie mich nicht heiraten will. Da fehlte etwas, eine Erklärung für ihre Antwort und ich wollte nicht weiterleben, ohne zu wissen welche das war.«

»Chloe war ebenfalls eine Magierin«, vermutete Liv.

»Das ist richtig«, sagte John und sah auf das Foto vor ihnen herab. »Sie dachte nicht, dass ich verstehen würde wie anders ihr Leben ist. Liv, ich dachte zuerst sie übertreibt masslos, aber später erfuhr ich, dass es nicht so war. Ich flehte sie an, mich in ihr Leben zu lassen. Ich sagte ihr, ich würde alles tun damit es funktioniert.«

»Und sie akzeptierte«, mutmaßte Liv.

»Nun, zuerst nicht. Sie zögerte und sagte, dass es für Sterbliche viel zu gefährlich sei, in der Welt eines Magiers zu leben«, sagte John und sein Ausdruck wurde finster. »Aber ich habe nicht aufgegeben. Ich tauchte jeden Tag in diesem Café auf und demonstrierte ihr, dass ich es ernst meinte, dass wir zusammen sein sollten. Wie auch immer sie mich lassen würde.«

»Nochmals, du klingst echt wie ein Stalker«, sagte Liv lachend zu ihm. »Und du hast es nicht seltsam gefunden, als sie sagte, dass sie eine Magierin ist? Du dachtest doch nicht, dass sie sich das ausdenkt?«

»Ich gebe zu, zuerst dachte ich, es wäre eine wilde Ausrede, aber Chloe hatte mich noch nie angelogen, also wusste ich, dass es die Wahrheit war. Sie war geheimnisvoll, sicher, aber sie war immer ehrlich zu mir gewesen und ich konnte das spüren.«

Liv hatte oft das Gefühl, dass John unglaublich intuitiv war und wusste, was sie tun würde bevor sie es tat. Es war nicht schwer für sie zu glauben, dass er diese Art von Einblick auch in Chloe gehabt hatte.

»Und um deine Frage zu beantworten, ich wusste nicht, was ich von diesem magischen Geschäft halten sollte«, fuhr John fort. »Zuerst konnte ich die Dinge, die Chloe mit mir teilte, nicht behalten. Ich vergaß regelrecht alles, wenn sie ihre Magie einsetzte. Später erwähnte sie es und ich hatte keine Erinnerung mehr daran. Mit der Zeit wurde die Magie jedoch dann auch ein Teil meines Lebens. Ihr Leben war seltsam und ich wusste zuerst nicht was ich davon halten sollte, aber ich hatte sie an meiner Seite und das war das, was ich am meisten wollte.«

»Also habt ihr beide geheiratet«, sagte Liv, blätterte durch das Album und sah sich einen John an, der mindestens dreißig Jahre jünger war. Er lachte viel auf den Fotos, seine Augen immer auf Chloe gerichtet.

»Ja und als ich zum Militärdienst eingezogen wurde, wusste ich, dass unsere Liebe stark genug war, um die Zeit der Trennung zu überstehen.« Johns Gesichtsausdruck wurde wieder dunkel. All die Freude, die er kurz zuvor gezeigt hatte, verschwand aus seinen Augen. »Als ich jedoch zurückkam, bereit unser gemeinsames Leben nun wirklich zu beginnen, war Chloe plötzlich ganz anders. Sie war auf einmal distanziert, während sie mich vorher noch in ihr Leben gelassen hatte. Sie schaute immer über ihre Schulter und wachte mitten in der Nacht auf. Eines Tages hinterließ sie eine Nachricht, in der stand, dass ich leider nicht mehr an ihrem Leben teilhaben könnte und es auch nichts gäbe, was das ändern würde.« Er schüttelte den Kopf. »Der Brief sprach all die Dinge aus, die man erwarten würde, eben wie ein in Schriftform gegossenes Klischee. Sie schrieb, dass es nicht an mir läge, sondern an ihr. Sie schrieb, dass wir zu unterschiedlich seien und dass sie sich um unsere Zukunft Sorgen mache, deshalb könne es keine gemeinsame Zukunft für uns geben. Dann bat sie mich, sie gehen zu lassen und nicht wieder nach ihr zu suchen.«

Pickles hob seine Pfoten auf Johns Bein, als ob er spürte, dass der jetzt den zusätzlichen Trost brauchte. John griff nach unten, hob den Hund hoch und starrte für einen langen Moment in seine dunkelbraunen Augen. »Das war vor fast vier Jahrzehnten.«

»Also bist du ihr nicht gefolgt?«

»Nein. Sie hatte mich gebeten, es nicht zu tun«, sagte John.

»Aber du hast schon beim ersten Mal nicht auf sie gehört, als sie deinen Antrag abgelehnt hatte.«

»Ich wusste, dass sie etwas verheimlichte und dass sie mich immer noch wollte. Allerdings war der Ton in Chloes Brief anders als zuvor. Meine Frau war anders. Zuvor war sie warmherzig und voller Lebensfreude gewesen, aber als ich zurückkam, war irgendetwas in ihr gestorben. Sie war nicht mehr die Frau die ich geheiratet hatte. Ich versuchte es zu verstehen, aber je mehr ich versuchte zu ergründen was mit ihr los war, desto härter schob sie mich weg. Als sie mich bat sie gehen zu lassen, wusste ich, dass ich das tun musste. Und ich nehme an, dass sie in gewisser Weise Recht hatte. Sterbliche und Magier sind nicht dazu bestimmt dauerhaft zusammen zu sein. Ich weiß, dass Chloe sich Sorgen machte, was passieren würde wenn wir eine Familie hätten.«

Livs Herz schmerzte. Sie konnte es kaum glauben, dass der Mann, den sie schon seit fünf Jahren kannte, eine solche Geschichte zu erzählen hatte. Sie hatte nicht einmal die Möglichkeit gehabt, die Auswirkungen dessen, was John ihr gerade mitgeteilt hatte, abzuschätzen. »Also wusstest du, dass ich eine Magierin bin?«

»Ich habe erst vor kurzem angefangen, die Dinge zusammenzusetzen, obwohl ich glaube, dass ich gleichzeitig ordentlich am Verleugnen war.« John kratzte Pickles Kopf. »Du weißt, dass ich dich als Tochter betrachte. Als ich anfing, die Magie um dich herum zu spüren, so wie ich es bei Chloe gefühlt hatte, hatte ich Angst, dass sie dich von mir wegtreiben würde. Und du bist distanzierter geworden und warst auf geheimen Abenteuern unterwegs. Dann tauchten hier plötzlich Magier und Fae auf und ich fürchtete, dass du mich bald auch verlassen würdest.«

»Was? Du wusstest, dass Clark und Rudolf magisch sind? Wolltest du mir je etwas darüber sagen, wenn ich es heute nicht zugegeben hätte?«, fragte Liv.

John zuckte mit den Schultern. »Natürlich. Es ist ja irgendwie schon offensichtlich, wenn man sie nur richtig ansieht. Und ich glaube fest daran, dass die Menschen in meinem Leben ihre Privatsphäre haben dürfen und ich weiß, dass es für Magier nicht einfach ist, dies den Sterblichen zu erklären.«

Liv sah Plato an und schüttelte den Kopf, bevor sie ihren Blick wieder zurück auf John richtete. »Das ist alles so seltsam. Ich dachte schon, ich müsste dich überzeugen, dass ich mir das nicht alles ausgedacht habe. Jetzt erfahre ich, dass du sogar mit einer Magierin verheiratet warst.«

John schlug auf sein Knie, ein zufriedener Ausdruck durchbrach die Spannung auf seinem Gesicht. »Okay, also fang einfach mal am Anfang an. Sag mir was du kannst.«

»Nun, ich bin mir nicht sicher... Ich habe erst kürzlich meine Magie wieder freigeschaltet bekommen.«

John nickte und grinste ihr von der Seite aus zu. »Ja, ich glaube ich weiß genau wann das war, nämlich als all die seltsamen Dinge geschehen sind. Mein Taschenrechner hat zum Beispiel die Zahlen addiert, bevor ich sie überhaupt eingegeben hatte.«

»Ja, das tut mir leid. Ich habe ja versucht zu vermeiden, dass meine Magie unbeabsichtigte Folgen hat. Wenn du nicht willst, dass ich bei der Arbeit Magie einsetze, verstehe ich das vollkommen.«

John spottete. »Machst du Witze? Seitdem du deine Magie wiederbekommen hast, läuft der Laden reibungslos. Er ist so sauber wie möglich und unsere Bearbeitungszeit bei Reparaturen hält die Kunden zufrieden.« Er lehnte sich nach vorne, hielt Pickles an seine Brust und sah Liv konspirativ an. »Eigentlich, jetzt, da wir ehrlich sind, habe ich das Gefühl, dass ich deine Talente ausnutzen könnte, um als Geschäftsinhaber zu profitieren. Ich hoffe, ich bringe dich nicht in eine unangenehme Lage.«

»Überhaupt nicht«, sagte Liv sofort. »Nein, ich bin es, die das Gefühl hat dich in Gefahr zu bringen. Deshalb sage ich dir jetzt die Wahrheit. Ich denke, du solltest eine Wahl haben und die Fakten kennen. Ich bin eine Magierin. Insbesondere bin ich ein Krieger des Hauses der Sieben, der regierenden Instanz in der magischen Welt und ich mache mir beim Patrouillieren in der magischen Welt Feinde. Um mich herum geschehen seltsame Dinge. Seltsame Leute besuchen mich. Die Grenze zwischen meinem alten und meinem neuen Leben ist verschwommen und ich möchte, dass du das weißt und mir sagst, wenn es für dich nicht mehr in

Ordnung ist. Weil das Letzte, was ich tun will, ist dich und dein Geschäft in Gefahr zu bringen.«

John bedachte ihre Worte eine lange Zeit, seine Augen suchten den Boden, ohne ihn wirklich zu sehen. »Ich habe schon mal vom Haus der Sieben gehört. Chloe hatte nicht immer nette Dinge darüber zu sagen.«

Liv nickte. »Das ist nicht ungewöhnlich. Einige Magier mögen die Vorschriften, die das Haus für die Gemeinschaft erlässt, nicht, aber sein übergeordnetes Ziel der Gerechtigkeit ist ein gutes.«

»Und du arbeitest jetzt für sie?«, fragte John. »Das ist der andere Job, von dem du erzählt hast?«

»Ja, aber ich arbeite meist nachts und ich kann mit beidem umgehen.«

John zeigte auf ihr Bein. »Und diese Verletzung?«

»Eine magische Schlange biss mich und ich schlief danach drei Tage lang.«

John pfiff durch die Zähne und schüttelte den Kopf. »Kein Wunder, dass dein Bruder so schlecht aussah. Er *ist* dein Bruder, oder?«

Liv nickte. »Ja, und er ist auch ein Magier. Meine Familie lebt im Haus der Sieben.«

»Und du willst nicht mit ihnen leben?«, fragte John. »Ich weiß, dass du, nachdem deine Eltern gestorben sind, viel durchgemacht und Zeit gebraucht hast, aber es scheint, als ob du nun zu ihnen zurückkehrst. Würdest du dich nicht besser fühlen, wenn du bei deiner eigenen Art wärst und an einem besseren Ort leben würdest? Es muss dort sicher schöner sein als in deiner heruntergekommenen Wohnung.«

Liv schoss ihm einen beleidigten Blick zu. »Ich mag meine Wohnung zufälligerweise sehr. Und nein, um deine Frage zu beantworten, ich muss nicht bei ihnen sein. Jedenfalls nicht die ganze Zeit. Ich gehöre hierher. Nun, zumindest solange es für dich in Ordnung ist. Wie gesagt, mein Leben als Magier ist voller Gefahren und ich kann nicht garantieren, dass sie mir nicht irgendwann auch mal bis nach Hause folgen.«

»Eine magische Schlange hat dich gebissen, ja?«

Liv nickte und versuchte, den Blick in Johns Augen zu lesen. Er sprach von seinen Sorgen und Bedauern und Unsicherheiten.

»Ich erinnere mich, dass Magier ein abenteuerliches Leben führen«, sagte er, seine Stimme leise. »Chloe erzählte mir Geschichten und ich sah meinen fairen Anteil, obwohl ich denke, dass sie mich irgendwie behütet hat. Ich habe ihre magischen Freunde nie getroffen und vielleicht war das auch das Beste.« Er blickte weg, der Schmerz aus seiner Vergangenheit tauchte wieder in seinen Augen auf.

»John, wenn das zu viel für dich ist, nach allem, was du durchgemacht hast...«

Er hielt seine Hand hoch, um sie davon abzuhalten weiterzureden. »Liv, du bist eine Magierin und du hast eine gefährliche Rolle. Es klingt fast so, als ob du damit rechnest, dass du alle möglichen Monster hierher schleppen würdest und das könnte dann den Laden, unser Leben oder die Stadt zerstören. Ich arbeite nun seit dreißig Jahren am Aufbau dieses Unternehmens und der Gedanke, dass plötzlich alles gefährdet sein könnte? Nun, er stört mich kein bisschen.«

»Was?«, fragte Liv und lehnte sich nach vorne. Sie war sich absolut sicher, dass er sagen würde, dass sie ihre Taschen packen und verschwinden musste.

Ein aufrichtiges Lächeln brach über sein Gesicht. »Liv, was ich tue ist wichtig, aber nicht wichtiger als die Menschen in meinem Leben. Und was ist schon dabei, wenn du ein Magier mit einem verrückten Nachtjob bist? Was wäre also, wenn tödliche Monster vor dem Laden lauern würden? Du bist eine meiner Lieblingsmenschen und ich würde es vorziehen, dich nicht gehen lassen zu müssen. Egal welches Risiko in deinem Leben besteht, ich bin dabei.«

Liv konnte das alles fast nicht glauben. Sie wollte ihre Arme um Johns Schultern legen und ihn fest umarmen. Stattdessen lächelte sie einfach. »Ich kann nicht glauben, dass du mit all dem einverstanden bist.«

»Eigentlich kann ich auch nicht glauben, dass ich es bin. Nach allem was mit Chloe damals war, dachte ich, ich würde nie wieder Magie erleben wollen, aber im Laufe der Jahre hat sich viel verändert. Du hast mich verändert. Doch«, warnte John sie plötzlich, »wenn dein Leben jemals nicht mehr mit mir in deiner Nähe funktionieren sollte, kannst du es mir ruhig sagen. Ich bin mir immer noch nicht sicher, ob sich Sterbliche und Magier wirklich vermischen sollten. Ich will glauben, dass sie es können, weil ich dich nicht gehen lassen möchte, aber ich werde immer das Richtige für dich tun, auch wenn das bedeuten würde dich gehen zu lassen.«

Liv warf ihre Arme um John und ließ Pickles über die plötzliche Bewegung wimmern. Sie hielt ihn fest und er umarmte sie zurück. Als sie ihn wieder losließ, hatte er einen fast schon zärtlichen Blick auf seinem Gesicht. Es ließ ihn so viel jünger aussehen, als ob ihr Moment der Ehrlichkeit und Emotion ihn magisch verändert hätte. »John, ich gehe nirgendwo hin. Ich möchte glauben, dass die beiden Rassen zusammen existieren können, nicht getrennt wie schon so lange. Mach dir keine Sorgen, dass ich irgendwohin gehe. Solange du mit einer verrückten Magierin und ihrem sprechenden Kater einverstanden bist, bleibe ich hier.«

John sah Plato plötzlich an. »Der Kater kann sprechen?«
»Oh, ja«, sagte Liv. »Mach schon, zeig es ihm, Plato.«

Der Lynx gähnte, legte sich auf den Bauch und legte seinen Kopf auf die Pfoten.

John sah sie mit einem Seitenblick an. »Bist du sicher, dass du wirklich eine Magierin bist und nicht einfach nur verrückt?«

»Ich glaub ich bin beides«, stimmte Liv zu.

John schob sich vom Hocker hoch und setzte Pickles auf den Boden. »Nun, jetzt da dieses Thema aus der Welt ist, habe ich eine wichtige Frage für dich.«

Liv blickte neugierig zu ihm auf.

»Wo ist der Karottenkuchen den du mir versprochen hast? Ich bin am verhungern.«

## Kapitel 36

Rorys Haustür stand offen, als Liv an diesem Nachmittag bei seinem Haus ankam. Plato hielt an der Schwelle an und schnüffelte an der Luft.

»Oh, komm schon«, sagte sie und winkte ihm zu. »Es sind nur Kätzchen.«

»Das sind gefährliche kleine Bestien«, antwortete Plato.

»Nun, sieh mal einer an. Du *kannst* ja doch reden«, sagte Liv und blickte den Kater streng an. »Vielleicht lässt du mich beim nächsten Mal nicht wie einen Idioten dastehen. John glaubt mir immer noch nicht, dass du reden kannst. Er glaubt zwar, dass ich die Dinge mit Magie in Ordnung bringen kann und mich einer bösen Schlange gestellt habe, aber er zog definitiv die Grenze bei einem sprechenden Kater.«

»Ich rede nur mit dir«, erklärte Plato.

»Das ist nicht wahr. Du hast Clark gesagt, dass es eine Lophos war die mich gebissen hat.«

»Ich habe eine Ausnahme gemacht, aber insgesamt ziehe ich es vor nur mit einer Person zu sprechen. Nehmen wir einfach mal an, dass es mir hilft meine Energie zu sparen.«

»Ja und das musst du offensichtlich tun, da du sowieso den größten Teil des Tages einfach verschläfst.« Liv folgte dem Lärm und trat über ein Paar Kätzchen, die in der Küche miteinander rangen. Auf dem Herd brodelte etwas und ein schmackhaftes Aroma wehte aus dem Topf.

Rory hackte Holz in seinem unberührten, überdimensionierten Hinterhof.

»Hey da«, sagte Liv und gewann seine Aufmerksamkeit. »Ich habe Neuigkeiten.«

»John weiß, dass du ein Magier bist«, sagte er und legte seine Axt nieder.

»Verdammt. Warum stehlen alle meinen Offenbarungsmoment?«

»Es ist eine Verschwörung«, antwortete Rory grinsend.

»Woher wusstest du das?«

Er zuckte mit den Achseln und zog einen Lappen aus seiner Jeans, um sein Gesicht abzuwischen. »Ich wusste es einfach.«

»Oh, das ist so ein Blödsinn.«

Rory sah sie von hinter dem Lappen an, als er den Schweiß an seinen Wangen abwischte. Er schien sich ein wenig zu entspannen. »Okay, gut. Es war eigentlich nur eine glückliche Vermutung. Aber Lügen und Geheimnisse sind wie von Menschen getragene Kleidung. Wenn du dich von ihnen befreist, siehst du gleich anders aus.«

Liv blickte auf ihre ausgefranste Jeans und ihr T-Shirt. »Und ich sehe jetzt anders aus?«

»Du siehst weniger belastet aus.«

»Das gefällt mir«, sinnierte Liv. »Und es ist wahr. Ich fühle mich besser, weil ich weiß, dass er die Wahrheit kennt und mich akzeptiert, egal was passiert.«

»Hast du ernsthaft daran gezweifelt, dass er es tun würde?«, hakte Rory nach.

»Ja. Es bestand die reale Möglichkeit, dass er mir sagen würde, dass ich verrückt bin und verschwinden solle.«

»Dann *bist* du verrückt.« Rory ging zu einem Arbeitsbereich, den er mit ausgebrannten Kohlen und einem Fass Wasser und Werkzeugen eingerichtet hatte, die Liv nicht kannte. Er holte ein Schwert in einer Scheide und trug es zu ihr hinüber.

Rory zog die Lederscheide vom Schwert und enthüllte eine kurze silberne Klinge, welche die untergehende Sonne einfing. Der Griff war glatt und Rory hatte blaue Edelsteine eingelegt. In den Händen des Riesen erschien das Schwert unterdimensioniert, als wäre es für einen Brownie gemacht. Als er es jedoch Liv übergab, erkannte sie, dass es genau die perfekte Größe für sie hatte.

»Dies ist Bellator«, sagte Rory und machte einen Schritt zurück, als Liv ihre Finger um den Griff legte und für einen Moment erstarrte. Ihre Hand schien mit ihm zu verschmelzen und eins mit der Waffe zu werden. Ihre Augen wanderten zum feinen Punkt an seiner Spitze und nahmen sachverständig die Einzelheiten auf.

»Es ist wunderschön«, sagte Liv mit gedämpfter Stimme.

»Wir beschreiben ein Schwert selten so, aber ich werde Nachsicht zeigen, da das Gift der Lophos dich anscheinend immer noch Unsinn reden läßt.«

Liv schürzte ihre Lippen. »Wie *soll* ich es beschreiben?«

»Nun, es ist ein von Riesen gemachtes Schwert, was bedeutet, dass es nie stumpf oder rostig werden wird. Das Schwert wird sein ganzes Leben lang so aussehen, wie es heute ist. Und da es speziell für dich hergestellt wurde, sollte Bellator dir zahlreiche Vorteile bieten, aber du musst hart trainieren, um sie zu erlernen.«

»Bellator?«, fragte Liv.

»Ja. Der Schöpfer benennt jedes Schwert und das ist der Name den ich für deins ausgesucht habe.«

»Was bedeutet er?«

»Dass du zu viele Fragen stellst«, antwortete Rory mit gespieltem Ernst.

»Ha-ha«, sagte Liv und bewegte das Schwert durch die

Luft hin und her, wusste aber nicht wirklich wie man damit übt. »Wirst du mir beibringen, wie man Bellator benutzt?« Als sie ein Kind war, hatte sie mit ihrer Mutter trainiert, aber sie erinnerte sich heute nur noch bruchstückhaft daran. Tatsächlich, als sie nun daran zurückdachte, verursachte ihr die Erinnerung an ihre Mutter und das Sparring mit ihr nur eine Enge in der Brust. Sie musste darüber hinwegkommen und sich daran erinnern, was ihre Mutter ihr damals beigebracht hatte und es dann verbessern.

Rory hob seine Axt auf und zentrierte ein Holzscheit auf dem Hackklotz. »Nein, ich will nicht an deiner Kampfausbildung teilnehmen. Ich nutze meine Zeit effektiver, wenn ich dir beibringe wie du deine Zauber und deine Elementarmagie benutzt.«

»Das bedeutet also, dass du mir endlich beibringen wirst wie man Feuerbälle wirft?«, stichelte Liv.

Er schwang die Axt über seinen Kopf und spaltete den Holzscheit sauber. »Die Antwort darauf ist immer noch nein. Aber ich werde dir andere hilfreiche Dinge beibringen.«

»Danke, aber wer wird mir beibringen, wie man das Schwert richtig benutzt?«, fragte Liv.

Rory sah sie über seine Schulter. »Dafür musst du einen kompetenten Lehrer finden. Ich vermute, du kennst schon jemanden, wenn du bereit bist deine Vorbehalte fallen zu lassen und ihm zu vertrauen. Aber ich habe erst noch eine Warnung für dich.«

Liv erstarrte und wartete darauf, dass er weitersprach.

»Niemand darf jemals erfahren, dass ich dieses Schwert für dich gemacht habe.«

»Wird es nicht als von Riesen gemacht erkannt werden?«, fragte Liv.

Rory schwang die Axt wieder und spaltete einen weiteren

Scheit. »Das könnte schon sein, aber du bist nicht verpflichtet, jemandem zu sagen woher es kommt oder wer es gemacht hat.«

»Ich verstehe nicht«, sagte Liv. »Was ist so schlimm daran, wenn jemand erfährt, dass du es gemacht hast?«

Rory drehte sich um und sah Liv an, die Axt lag auf seiner Schulter. »Die Riesen haben seit sehr langer Zeit kein Schwert mehr für einen Magier geschmiedet. Wenn jemand herausfinden würde, dass der Enkel von Rory Bemuth Laurens ein Schwert für einen Magier gemacht hat? Nun, meine Tage des Friedens würden definitiv zu Ende gehen. Magier können ungerecht zu Riesen sein und Elfen und andere Rassen meiden uns von Zeit zu Zeit. Aber niemand ist grausamer zu einem Riesen als seine eigenen Leute. Das bleibt zwischen dir und mir, Liv.«

»Natürlich. Immer. Und danke. Bellator ist...« Liv hielt inne und suchte nach einem besseren Wort als schön. Ein Adjektiv, das Rory wissen lassen würde wie sehr sie das Geschenk zu schätzen wusste. »Bellator ist großartig.«

Rory nickte mit stillem Stolz, der sich in seinen Augen niederließ. »Gern geschehen.«

Liv testete die Balance des Schwertes, schwang es durch die Luft und bemerkte sofort, dass ihre Reflexe schneller wurden. Ihre Bewegungen waren sauberer und seltsamerweise tat auch ihr Bein nicht mehr weh, als sie sich drehte um durch die Luft zu schneiden. Etwas hatte sich in ihr verändert, als sie das Schwert in die Hand genommen hatte und sie freute sich darauf, herauszufinden, wie es sie und ihre Aufgaben bereichern würde. Ein Schwert, das von einem der größten Schwertschmiede der Welt speziell für sie angefertigt worden war, musste eine ganz besondere Magie in sich tragen..

Liv hielt Bellator fest und fühlte sich unaufhaltsam. Sie fühlte sich wie eine Kriegerin, die es mit der ganzen Welt aufnehmen könnte.

*FINIS*
*Liv Beaufont kehrt zurück in »Die aufsässige Magierin«*

\* \* \*

Nach den üblichen Seiten mit den Autorennotizen, den Social-Media-Infos und der Buchliste findest Du übrigens als kleiner Leckerbissen und Appetitmacher die ersten beiden Kapitel von ›Von der Hölle gefürchtet‹, dem ersten Buch aus der Serie ›Der unglaubliche Mister Brownstone‹ von Michael Anderle. Für diese neue Serie, die parallel zu Liv Beaufont und dem Kurtherianischen Gambit für Dich übersetzt wird, haben wir für das erste Buch noch den Dezember für eine Veröffentlichung vorgesehen. Wenn Du wissen möchtest wann das genau passiert, bleib über unsere Facebookseite oder über unseren Newsletter informiert.
– Dein Team von LMBPN International

## Sarahs Autorennotizen

Vielen Dank, dass du meine Bücher liest und mich dadurch unterstützt. Ich bin so high vom Leben nach der Veröffentlichung des ersten Buches im englischen Sprachraum, denn es schlug ein wie eine Bombe und das ist für eine Autorin ein besonderes Erlebnis. Ich sitze derzeit in einem Hotelzimmer in Las Vegas und verwöhne mich nach Abschluss dieses Buches. Michael ist nicht in der Stadt, sonst würde ich ihn drängen, mit mir in ein Steakhaus zu gehen oder Nachos zu essen. Nachos mit BBQ-Geschmack natürlich! Lecker. Wie auch immer, wir wussten nicht, wie diese Serie aufgenommen werden würde, aber die Resonanz war erstaunlich. Nochmals vielen Dank!

Ich hatte eine Menge Spaß daran, dieses Buch zu schreiben. Und weißt du, wer besonders glücklich darüber ist? Meine Tochter Lydia. Sie sagte mir neulich: »Mami, ich bin froh, dass du Schriftstellerin bist, weil es sicherstellt, dass wir immer etwas zu bereden haben.«

Oh mein Gott, ich liebe dieses Kind verdammt noch mal. Und sie hat Recht. Schriftstellerin zu sein bedeutet, dass ich bisher nie einen langweiligen Moment hatte und es immer seltsame Dinge in meinem Kopf gibt.

Apropos Lydia, ich habe Sophia ihr nachempfunden. Sie ist klug, schön und eine gesunde Mischung von Talent und Spaß. Das Kind einer Schriftstellerin zu sein, hat noch so einige Vorteile. Einer davon ist, dass sie Charaktere benennen durfte. Sophia und Liv wurden beide von meiner Tochter benannt. Platons Aussehen haben wir dem Vorbild von Finley nachempfunden, das ist unsere Familienkatze. Und Rory letztendlich wurde von einem befreundeten Wissenschaftler inspiriert, der wirklich ein sanfter Riese ist. Vielleicht weiß er das aber nie. Einen Riesen zu haben, der heimlich schöne Dinge tut, war eine dieser großartigen Anderle-Ideen. Ich plane für die Zukunft, dass er andere edle Gesten macht, die Liv heimlich herausfinden wird. Ich liebe Menschen, die Dinge tun, weil sie das Richtige sind und nicht ein Lob oder eine Belohnung erwarten.

Jedes Mal, wenn ich mit Lydia über dieses Buch sprach, sagte sie mir, dass sie Hunger auf einen Keks hatte. Ich denke das lag daran, dass ich allzu oft von Brownies sprach.

Okay, das Dienstmädchen wirft mich aus meinem Zimmer und ich muss auf die Straße. Der ideale Zeitpunkt, mich mit einer Portion BBQ-Nachos im The Henry bekanntzumachen. Ich liebe euch alle, liebe Leser. Ich hoffe, Ihr bleibt bis zum Teil 12 Liv treu.

– *Sarah Noffke im Februar 2019*

## Michaels Autorennotizen

Vielen Dank, dass du nicht nur diese Geschichte, sondern auch diese Autorennotizen gelesen haſt. (Ich denke, ich war gut darin, immer mit »Danke« zu beginnen. Wenn nicht, muss ich die anderen Autorennotizen bearbeiten!)

**Weiteſtgehend zufällige Gedanken**
Donuts.
Fragen Sie mich nach allem rund um das Hotel Antlers in Colorado Springs, Colorado und ich würde es wahrscheinlich noch zusammen bekommen.

Steak? Das Famous Steakhouse iſt nur zwei Blocks vom Hotel entfernt.

Erſtaunliches Essen mit vielen Hatch-Chilisorten aus New Mexico, die in den Rezepten verwendet werden?

Ein Block.

Verdammt, es gab sogar einen GÜNSTIGES Starbucks-Geschäft, das mit dem Hotel verbunden war. Ich weiß, dass ein Starbucks in einem Hotel nicht so ungewöhnlich iſt. Jedoch würde ich vermutlich mindeſtens zweimal so viel Geld ausgeben, um das gleiche Getränk in einem Starbucks in einem Hotel auf dem Las Vegas Strip zu kaufen, wie ich in Colorado Springs zahlte.

Aber wie ſteht es mit Donuts in Colorado Springs? Nein.

Ich habe weit und breit keinen Donutladen gefunden auf meinen Rundgängen, die ich machte, um in Reſtaurants zu essen oder im Laden Handschuhe gegen die gottverdammte Februarkälte zu kaufen.

Es gibt ein Sprichwort: »Nichts schmeckt so gut, wie es sich mager anfühlt.«

Außer vielleicht Donuts.

Also meine Donuts von Krispy Kreme sagen mir sehr oft, dass ›mager‹ für den Arsch ist!

•••

Vielen Dank möchte ich auch noch sagen für die großartige Unterstützung, die diese Serie erhalten hat! Ich bin super aufgeregt, dass du die fröhliche Gruppe von Charakteren genießt, die wir mit dir teilen.

Den größten Teil meines Lebens dachte ich, dass mein Problem mit den Geschichten in meinem Kopf eine Fehlfunktion war. Etwas, das eingedämmt, eingeschränkt und eingesperrt werden sollte, damit ich mich auf andere Projekte konzentrieren kann.

Ich wusste damals noch nicht, dass ich, anstatt meine Gedanken festzuhalten, sie einfach nur in geschriebener Form herauslassen musste.

**UM DIE WELT IN 80 TAGEN**
Einer der interessanten (zumindest für mich) Aspekte meines Lebens ist die Fähigkeit, von überall und zu jeder Zeit zu arbeiten. In Zukunft hoffe ich, meine eigenen Autorennotizen noch einmal zu lesen und mich an mein Leben als Tagebucheintrag zu erinnern.

›American Airlines‹-Flug von Colorado Springs zurück – Superstars Writing Conference mit dem bekannten Science-Fiction-Autor Kevin J. Anderson

Ich sitze auf Platz 2F und sitze neben dem Fenster (dunkel draußen, kann nichts sehen.) Ich muss für zwei Bücher noch die Autorennotizen verfassen und noch den Storyrahmen für anderthalb Bücher eines neuen Projektes festlegen, also genug zu tun bis ich wieder in Las Vegas lande.

Ich hoffe, ich schaffe das. Im Moment hängen meine Augenlider und ich bezweifle, dass die Flugbegleiterin mir Streichhölzer bringen kann, um mit ihnen meine Augen aufzusperren.

Oh, und Metallicas Seek & Destroy hat gerade angefangen, in meinen Kopfhörern zu spielen.

...

Ich bin in der richtigen Stimmung für ein wenig Headbanging, aber ich glaube das wäre in der Businessklasse völlig unangebracht. Ich würde ja meine neben mit sitzende Frau fragen, aber der vernichtende Blick, den sie mir wahrscheinlich schenken würde, wäre bestenfalls schlecht.

... was mich aber nicht davon abhält, zumindest die LAUTSTÄRKE HOCHZUDREHEN!

**WIE MAN BÜCHER, DIE MAN TOTAL LIEBT, RICHTIG VERMARKTET.**

Schreibe Rezensionen, damit andere deine Gedanken mitbekommen und erzähle es Freunden und den Hunden deiner Feinde (denn wer will schon mit den Feinden reden?)... Genug gesagt, ich belasse es mal beim dezenten Wink mit dem Scheunentor ;-)

*– Michael Anderle im Februar 2019*

## SOZIALE MEDIEN

**Möchtest Du mehr?**
Abonnier unseren Newsletter, dann bist Du bei neuen Büchern, die veröffentlicht werden, immer auf dem Laufenden:
https://lmbpn.com/de/newsletter/

**Tritt der Facebook-Gruppe und der Fanseite hier bei:**
https://www.facebook.com/groups/ZeitalterderExpansion/
(Facebook-Gruppe)
https://www.facebook.com/DasKurtherianischeGambit/
(Facebook-Fanseite)

Die E-Mail-Liste verschickt sporadische E-Mails bei neuen Veröffentlichungen, die Facebook-Gruppe ist für Veröffentlichungen und ›hinter den Kulissen‹-Informationen über das Schreiben der nächsten Geschichten. Sich über die Geschichten zu unterhalten ist sehr erwünscht.

Da ich nicht zusichern kann, dass alles was ich durch mein deutsches Team auf Facebook schreiben lasse, auch bei Dir ankommt, brauche ich die E-Mail-Liste, um alle Fans zu benachrichtigen wenn ein größeres Update erfolgt oder neue Bücher veröffentlicht werden.

Ich hoffe Dir gefallen unsere Buchserien, ich freue mich immer über konstruktive Rezensionen, denn die sorgen für die weitere Sichtbarkeit unserer Bücher und ist für unabhängige Verlage wie unseren die beste Werbung!

*Jens Schulze für das Team von LMBPN International*

**DEUTSCHE BÜCHER VON LMBPN PUBLISHING**

## Das kurtherianische Gambit
## (Michael Anderle – Paranormal Science Fiction)

### Erster Zyklus:
Mutter der Nacht (01) · Queen Bitch – Das königliche Biest (02) · Verlorene Liebe (03) · Scheiß drauf! (04) · Niemals aufgegeben (05) · Zu Staub zertreten (06) · Knien oder Sterben (07)

### Zweiter Zyklus:
Neue Horizonte (08) · Eine höllisch harte Wahl (09) · Entfesselt die Hunde des Krieges (10) · Nackte Verzweiflung (11) · Unerwünschte Besucher (12) · Eiskalte Überraschung (13) · Mit harten Bandagen (14)

### Dritter Zyklus:
Schritt über den Abgrund (15) · Bis zum bitteren Ende (16) · Ewige Feindschaft (17) · Das Recht des Stärkeren (18) · Volle Kraft voraus (19)

### Kurzgeschichten:
Frank Kurns – Geschichten aus der Unbekannten Welt

### In Vorbereitung:
…die restlichen Bücher bis Band 21

## Aufstieg der Magie
## (CM Raymond, LE Barbant & Michael Anderle – Fantasy)

Unterdrückung (01) · Wiedererwachen (02) · Rebellion (03) · Revolution (04)
In Vorbereitung sind die restlichen Bücher bis Band 12 aus dem Kurtherian-Gambit-Universum

**Das zweite Dunkle Zeitalter**
**(Michael Anderle & Ell Leigh Clarke**
**– Paranormal Science Fiction)**
Der Dunkle Messias (01) · Die dunkelste Nacht (02)
In Vorbereitung sind die restlichen Bücher bis Band 4
aus dem Kurtherian-Gambit-Universum

**Der unglaubliche Mr. Brownstone**
**(Michael Anderle – Urban Fantasy)**
Von der Hölle gefürchtet (01) · Vom Himmel verschmäht (02) ·
Auge um Auge (03) · Zahn um Zahn (04) ·
Die Witwenmacherin (05) · Wenn Engel weinen (06) ·
Bekämpfe Feuer mit Feuer (07)
In Vorbereitung sind die restlichen Bücher dieser
Oriceran-Serie

**Die Schule der grundlegenden Magie**
**(Martha Carr & Michael Anderle  – Urban Fantasy)**
Dunkel ist ihre Natur (01)
In Vorbereitung sind die restlichen Bücher bis Band 8
diese Oriceran-Serie

**Die Schule der grundlegenden Magie: Raine Campbell**
**(Martha Carr & Michael Anderle  – Urban Fantasy)**
Mündel des FBI (01)
In Vorbereitung sind die restlichen Bücher bis Band 9
diese Oriceran-Serie

**Die Chroniken des Komplettisten**
**(Dakota Krout – LitRPG/GameLit)**
Ritualist (01) · Regizid (02) · Rexus (03) ·
Rückbau (04) · Rücksichtslos (05)
In Vorbereitung sind die derzeit verfügbaren Teile

**Die Chroniken von KieraFreya**
**(Michael Anderle – LitRPG/GameLit)**
Newbie (01)
Anfängerin (02)
In Vorbereitung sind die restlichen Bücher bis Band 6

**Die guten Jungs**
**(Eric Ugland – LitRPG/GameLit)**
Noch einmal mit Gefühl (01)
Heute Erbe, morgen Schachfigur (02)
In Vorbereitung sind die restlichen Bücher der Serie

**Die bösen Jungs**
**(Eric Ugland – LitRPG/GameLit)**
Schurken & Halunken (01) in Vorbereitung
In Vorbereitung sind die restlichen Bücher der Serie

**Die Reiche**
**(C.M. Carney – LitRPG/GameLit)**
Der König des Hügelgrabs (01)
In Vorbereitung sind die restlichen Bücher der Serie

**Stahldrache**
**(Kevin McLaughlin & Michael Anderle –**
**Urban Fantasy)**
Drachenhaut (01) · Drachenaura (02) ·
Drachenschwingen (03) · Drachenerbe (04) ·
Dracheneid (05) · Drachenrecht (06) ·
Drachenparty (07) · Drachenrettung (08)
In Vorbereitung sind die restlichen Bücher bis Band 15

**Animus**
**(Joshua & Michael Anderle – Science Fiction)**
Novize (01) · Koop (02) · Deathmatch (03) ·
Fortschritt (04) · Wiedergänger (05) · Systemfehler (06)
In Vorbereitung sind die restlichen Bücher bis Band 12

**Opus X**
**(Michael Anderle – Science Fiction)**
Der Obsidian-Detective (01)
Zerbrochene Wahrheit (02)
Suche nach der Täuschung (03)
In Vorbereitung sind die restlichen Bücher bis Band 12

**Unzähmbare Liv Beaufont**
**(Sarah Noffke & Michael Anderle – Urban Fantasy)**
Die rebellische Schwester (01)
Die eigensinnige Kriegerin (02)
Die aufsässige Magierin (03)
Die triumphierende Tochter (04)
Die loyale Freundin (05)
Die dickköpfige Fürsprecherin (06)
Die unbeugsame Kämpferin (07)
Die außergewöhnliche Kraft (08)
Die leidenschaftliche Delegierte (09)
Die unwahrscheinlichsten Helden (10)
Die kreative Strategin (11)
Die geborene Anführerin (12)

**Die einzigartige S. Beaufont**
**(Sarah Noffke & Michael Anderle – Urban Fantasy)**
Die außergewöhnliche Drachenreiterin (01)
Das Spiel mit der Angst (02)
In Vorbereitung sind die restlichen Bücher bis Band 24

**Die Geburt von Heavy Metal
(Michael Anderle – Science Fiction)**
Er war nicht vorbereitet (01)
Sie war seine Zeugin (02)
Hinterhältige Hinterlassenschaften (03)
In Vorbereitung sind die restlichen Bücher bis Band 8

**Weihnachts-Kringle
(Michael Anderle –
Action-Adventure-Weihnachtsgeschichten)**
Stille Nacht (01)